何凯旋 ◎ 著

图景

中国文史出版社

目　录

1

三 匹 马

　　三匹马拴在院子里。我们通过敞开的窗户，看见三匹马发亮的马背。马背前面是我家的园子。我们用镢头刨出来的，不到一亩地，种满青菜。园子前面的开阔地里丛生着灌木。成群的鸟儿从那里起飞，飞到我们视线所及的山脉。连绵起伏的完达山脉永远散发出淡蓝色的光芒。"不能总让它们吃草。"妈妈说，她两手沾满面看着我们。"得给它们钉个槽子。"爹说。"吃完饭再钉。"妈妈说。我们没有理会。我们出了屋子。从仓房里拖出来两块木板，爹把木板用蘸墨的线画好，开始在长凳上又刨又推起来。"看来没有我的事啦！"爹用眼睛专注地瞄着刨出崭新木纹的板子。"我得看看它们去，我得和它们混熟。"我走近拴在树上的三匹马，它们一下子扬起头，拽得树干颤悠颤悠的。三匹马惊恐的玻璃眼里映出来我，我成了一个椭圆的样子，一个又矮又圆的木桶。"得得得……"我用手轻轻地摸它们鼻梁以上的部位，从脑门摸到潮湿的嘴巴。每一匹马鼻梁上面的颜色都和马背上的颜色不一样。姐姐在把马嘴下面的地面打扫干净。"驾！"我拍一下马背，马的四蹄践踏起来。"哎哟——"姐姐惊叫着扔下笤帚跑到屋里去。"吁吁吁——"我又抚摸它们的鼻梁，马朝我喷出来带水的响鼻。这是一个好兆头！"你别跟它们胡来。"爹抬一抬头。他已经开始"乒乒乒乒"钉钉子，两米多长的马槽只剩下两个堵头没有钉。柔软的刨花堆在爹的脚周围。"你真是没有事情闲的。"妈妈说。门响之后，妈妈把洗菜水泼到地上。"他净吓唬我。"姐姐说。从敞开的窗户里面溢出来做饭的蒸汽和铁锅的声音。姐姐伸出毛茸茸的脑袋。"吃饭啦——"姐姐喊道。

爹钉完最后一颗钉子，我们把崭新的槽子抬到马嘴下面，把散落到地上的草放进去，拌上料。"好啦吃吧。"爹说。他搓着两只手，转身朝屋里走去。"把后窗户打开。"爹进屋后感到不流通的空气。"过堂风。"妈妈说。爹推开窗户。"你出一身汗哪。"妈妈说。她也没有关后窗。爹坐到炕里面，我们坐到炕沿上。我们吃饭。过堂风吸得顶棚上的报纸"呼嗒呼嗒"地响。"真烦人！"姐姐说，并不是指顶棚发出来的声音。后窗下面是一棵樱桃树，樱桃刚刚红。樱桃树后面是一条土道，土道挨着排水沟，沟沿上堆放着我们家过冬的劈柴。"真烦人！"沟沿上生长着碗口粗的柞树，我们知道令姐姐心烦的声音。"没完没了，"她皱着眉头，摇着两条干干巴巴的辫子。那声音总在午饭后响起——吭哧吭哧。姐姐放下饭碗，哀愁地望着我们。"你去把它轰走。"妈妈说。我冲着后窗外面喊一声："噢去。""你当那是鸡哪！"妈妈说。我知道那不是鸡。我出门听见马嚼草的动静。拐过墙角，看见水沟上面那棵唯一笔直的松树。黄牛在往树干上蹭背——吭哧吭哧。松油发出来油脂的亮光儿，牛蹲下身子一侧的两条腿，努力往背顶上接近脊梁骨的部位蹭，牛喘息

2

着，像拖着犁干活，喷出来带水珠的气息。我赶跑牛。"它一会儿又来啦。"姐姐在红樱桃树后面望着我。牛在不远处的风化石道路上站住。"你们快吃饭吧！"我坐到松树下面的石板上，"我给你们守着。"我说。"你等着。"姐姐消失的头重又出现。"这么大丫头翻窗台。"妈妈说。姐姐翻过窗台，碰得樱桃树摇晃起来，姐姐把饭碗递给我，转身穿过土道，又翻过窗台回到屋里。我端着饭碗坐在松树下面吃饭。

面对晨曦下面的那片开阔地，爹把手搭到眉毛上面望出去。"先得砍倒那些灌木。"爹放下手。"马就用不上了。"我说。马跟在我们身后，三匹马拖着爹打保养间借来的犁。"碰上粗树还得用。"爹说完离开我，弓着身向一棵手腕粗的柞树进军。我不能在这儿站着，我的任务是打一条防火道出来。"咣咣咣——"斧头的声音在无遮无拦的旷野上尽情地奔跑，成块的木头顺着新鲜的木茬飞出来。我向灌木丛深处走去，停在一片埽条和软椴木跟前，准备使用镰刀把它们割倒。爹的斧头不时地停下来，那是碰到了粗树，斧头砍起来费时间的粗树，爹把辕马的缰绳从犁上解下来，拴在树根下面，鞭子在马头上摇晃着，"喔喔喔"地喊着。辕马往前迈开步伐，感到来自树根的力量，它低下头，新钉的铁掌吃进土里边，树叶"哗啦啦"地响起来。我听到树叶的响声，听到马嘶的叫声。马蹄很快在灌木丛中踩踏起来，树枝在它的肚子周围摇摇晃晃。它身后拖着一棵树，树根带着崭新的泥土和新鲜的草皮，在我们能够看见的地方，辕马停下来，马背上渗出来一层纤细的汗珠儿，被初升的太阳照亮。"咴咴咴——"马甩动着脖子，脸转向我们，一副轻松自如的神态挂在树丛上面，就像听到招呼，朝我们走过来。走我身边的时候，伸过头朝我喷出来一串儿响鼻儿，带出来一股潮湿的鼻息。四肢并没有停下来，继续蹚着树丛，宽厚的胸廓撞得树枝弯曲下去，划过腹部，从两股之间抬起头，长鬃的尾巴俯在树枝上面，被抬起头的枝头弹起来又落下去。

我继续使用镰刀，割倒那些拇指粗的灌木。那些灌木压弯的地方，树皮绷紧，刀刃碰上去马上蹦出许多木茬儿。爹在我身后继续挥动着斧头，斧头的声音铿锵有力地传过来，马蹄的声音"叮叮咚咚"传过来，还有马嘶还有"哗哗啦啦"的树叶声传过来。太阳渐渐把开阔地上面那些雾气蒸发干净，鸟儿落在枝头上，它们望着我们，对闯入者发出一种尖厉的嘶鸣声，这是因为它们用树棍和干草搭的窝挂在树丫中间。有一只山雀儿几乎擦着我的头顶盘旋着，上下扇动着翅膀，停在半空中哀鸣不止，草窝里面有什么东西我没有看见，我用镰刀尖儿挑起它，把它放到附近一棵粗树上面。把它留给爹吧！我不愿意看见里面那些没有长毛的小东西，它们光光溜溜，灰灰突突，令人恶心。如果没有头顶上一直盘旋着的哀鸣，完全会是另一种情况。我转过身，躲开它们，准备收拾割倒的树枝。灌木丛中发出唰啦唰啦的响动，这是帆布裤子划动的声音。"你把它们拢成堆儿。"爹扛着斧子走过来，走在一条三米宽的道路中间。道路两边继续生长着灌木丛。"够不够宽？"我指着道路问道。"我量一量。"爹用平常走路的步子量着，一共五步，"要是风不大还行，"爹停下来，"主要是那些高树，"爹下嘴唇上沾着烟卷儿，说话的时候，翘起来和上嘴唇沾一下，烟雾冒出来，呛得他眯起一只眼睛，瞄着脚下开阔的地域，"你把它们捆起来。"爹说完又去砍树，我又去使用镰刀。

我们这样干几天之后，开阔地里出现了崭新的景象：倒下去的树木摞起了成捆的柴火垛，三匹马来回地奔跑，跑到道路上，跑到树丛里，灵活的四肢变幻无穷。我们把砍倒的树木和捆好的灌木装上马车，沿着割出来的道路，走到马蹄踩踏出来的小径上，穿过一片绿茵茵的菜地。妈妈和姐姐在地头上翘首仰望。这么多柴火，妈妈惊喜地拍着手，跟在车后面走过房山下的一大片阴影，树木和柴火捆堆到房后的沟沿上。

"吭哧吭哧吭哧——"那头牛仍在松树上蹭着背。

"真烦人。"姐姐说。

现在就剩下点火啦。我们站在院子里望出去，黄昏降临在那片开阔地上面，那条防火道已经牢牢地围绕着方圆几里地的一块沃土。

人们都站在风化石路上看着我们点着火。妈妈和姐姐通过窗口向外望去。"他们都骑在马上。"姐姐发现我们。她趴在窗台上，双手捧着下颏儿，脸朝着窗外，窗外隔着院子，隔着一排高树，就是冒起浓烟的开阔地域：火苗擦着地面的茅草延伸出去，面积越来越大，点燃了灌木，转变成火焰和浓烟，在开阔地上空翻卷起来。我们骑在马背上，手里拎着树条，沿着防火道跑来跑去，扑灭企图越过去的火苗儿。一直没有什么事发生，火苗也不旺，很容易扑灭。后来从完达山山脉上涌现出来大片的黑云，风从黑云下面钻出来，转向的风把烟灰吹向我们家的方向，吹向那片没有砍伐的高树，它们把火势推向高潮：黑烟和草木灰越过树冠，越讨菜地，席卷过去，遮住房子前面的树和园障。"看不见他们啦！"姐姐转过头，"会不会烧着房子，"姐姐想到。她跳下炕沿。"不会的。"妈妈说。"会的。"姐姐拽住妈妈的袖子，跺一下脚。我们事先没有在园障外面打出一条防火道，紧挨着园障有一排榆树，十多米多高，青绿的树干青绿的树叶，饱含着充足的水分，我们以为它们足可以挡住火势。火势真的逼近，树干和枝丫发出"噼里啪啦"的响声，就像炉灶间烧湿柴火的时候经常听得到的"噼啪"声。站在风化石路上的人们，看见了那排榆树冒起滚滚浓烟。我们在开阔地的烟雾后面，看不见那边的情况。我和爹两腿夹在马背中间，我骑着一匹灰色的外套马，爹骑着栗色的辕马。翻卷的火头迎面压下来，外套马和辕马发出来咴咴的嘶叫，前肢抬起，倒立起来，踢蹬几下，又落下去，还是扭头跑开来。"吁——"爹勒住缰绳。"你看——"他让我看。我看见爹的脸上全是烟灰，两只眼睛分外突出、分外明亮。"看那边别看我！"爹不让我看他，让我看手指着园障的方向。"烟太大！"我看见烟雾，没有发现别的情况。"火！"爹在烟雾后面说道。"什么火？"我还是没有弄明白指的是哪里的火。园障下面的那排榆树在我纳闷中，经过浓烟的熏染，"轰"的一声巨响，变成熊熊烈火。防火道围住的开阔地里已经烧干净，只剩下零星的火苗，隐约可闻的"噼啪"声。所以那边的烈火分外明显。"快！"爹喊一声，挥动着手里的树枝，树条烧成黢黑的枝干。"驾！"爹用它抽打两下马背，辕马的前蹄又一次腾空，后蹄跟着也腾空起来，四肢扬起来灰烬下面的火星，爹消失在噼啪作响的火星里面。"怎么办？"姐姐望着越来越亮的火光。"快出来！"妈妈拽住她，火光把屋子照亮，妈妈拽着姐姐跑出屋门，跑到风化石路上，随着路上的人们向房后散去。浓烟整个笼罩下的家园，草木灰纷纷落到屋顶上来，一层接着一层。"烧不着房子吧？"姐姐想到。菜园中间有一棵沙果树。"沙果树可别着火！"妈妈嘀咕着，转动着身体，焦急的神情挂在脸上。"砍倒它！"有人建议道。"谁去砍我们家园子里的沙果树？！"妈妈张皇的脸四下里张望着，没有人答应。"用不着你们管！"姐姐说道，转身悄然消失在人们背后。"她去干吗？"妈妈问道。没有人理她。人们在静观着火势，他们都被突如其来的大火弄得张大嘴，一言不发。姐姐跑过风化石路面，跑下路基，拍响邻居家的木门，没有人回应，她又跑回来。有人已经跑上路基，举起斧子，无声地向着冒着浓烟的园障奔去。"截住他！"人们猛醒过来。他已经撞开园障的木栅栏门，奔跑在土豆地的垄沟里。黑烟渐渐压到土豆秧上面，他的上半身完全裹在黑烟里，和黑烟混为一体，仅剩下两条腿清晰地向前摆动着。"我也去！"姐姐往前跑两步，想朝那个黑烟吞没的身影跑过去，身后被一双大手紧紧地拽着，退到排水沟后面。"别拽我！"姐姐挣脱开，又想往前跑，又被妈妈拽住。许多人开始把我们家的劈柴垛往后面的球场上搬运，防止更大的火势席卷开来。

遥远山脉上出现了黑云，万马奔腾地扑过来，布满家园的上空。

"你们干吗拽我？"姐姐疑惑地问，"你们不去也不让我去，"她回过头，发现人们充满理解的目光，"他是谁我都不知道。"她的声音低得变成了自语，身体变得瘫软下来，蹲在地上。我怎么抽坐骑下的那匹灰马，它只在防火道上转悠，怎么也不肯踏入走过荒火的开阔地。爹已经冲出黑色烟雾的屏障，火头够着那棵园中的沙果树，火焰侵入树叶的内部，吸干里面的水分，变成一团燃烧的烈火。爹发现那个举着斧子的人，斧头正无力地向树干砍去，随着落下去的斧头，身体打着晃儿，烟雾早已把他呛晕，他就要随着落下斧头倒下去。爹在马背上看着他，马蹄踏着火奔跑，越跑越近，扬起火星和烟灰。爹埋下头，身体躲在马背的另一侧，经过那片园子，伸手抓住他的后背，把他拎起来，跑出浓烟滚滚的菜园。

火势借助着沙果树的跳板，轻易地跑到苦草的房顶上面。

"真是天意啊！"姐姐为那人得救激动得坐到地上。

"真是天意啊！"那人激动地拍打着身上的烟灰。

"真是天意啊!"妈妈和更多的人看见黑烟上面的乌云骤然化作暴雨的情景。真是天意啊!他们像姐姐像那人一样,倏忽间,紧绷的神经松弛下来。

　　我们站在雨水里,面对瞬间变成一片灰烬的房顶,以及房顶下面的家具、镜框,还有一台全频道的半导体,一台十九英寸的彩色电视机。我们没有任何悲伤。如果不是雨水及时降临,火灾将把邻居家的房屋、连同后面的牧场,一同化为灰烬。这个道理同我们脸上流下来的汗水和雨水混在一起,叫我们感到舒畅感到安慰。

　　三匹马在雨里面低着头,雨水冲洗着马背,像绸缎一样光滑。它们好像睡着啦,完全一副宁静的姿态。

马 惊 了

隔一段时间，隔着马棚隔着菜地，牛车就会出现一次，出现在我们家新房子后面，停在叫火烧过的旧房子前面。他们一会儿在车上一会儿在车下，在那里干得热火朝天。再也看不见他们家那么多的矛盾。他们之间那么和谐那么愉快。

"这是怎么回事！"我和姐姐还有妈妈都弄不明白。

"你过去看看。"妈妈让我过去看看。

"我也去。"姐姐也跟着我走过马棚走过菜地。

我们首先看见庄永霞，她举着锹，站在车顶上，锹刃在她的头顶上闪动一下，又落下去，锹刃插进土里的声音和那头牛不停倒嚼的声音都能听得见。我们头一回这么近地看到我们家这幢化为灰烬的旧房子：那是在春天的一场大火之后，这幢烧毁的房子，我们再没有走近它，也没有说起过它，好像它从我们记忆中消失。但是，偶尔望过去一眼，就能看见它，就会有一道痕迹划过脑海，尽管不清晰，不会总是记住，它还是在脑海里存在着，只要去想，它就能回来到我们眼前：我在那里出生，姐姐在那里出生，我们俩共同在那里长大。爹妈没有说过它是谁盖的，他们又是从什么时候住进去的，然后有了我们，我们还都没有来得及问，它就化作灰烬，这些记忆好像也就化作灰烬。除非有人在它那里活动，在它前面热火朝天地挥动铁锹，记忆马上就复活起来，灰烬马上转变成火，火转变成房子，完整的房子马上就又近在眼前：那面熟悉的房山上面，印着火苗爬上去的痕迹，一缕挨着一缕，还都是火苗的形状，还都往上蹿动着，记录着火怎样爬上房顶的整个过程，火不需要梯子，不需要扶助，就把房顶化为灰烬。房顶上面，那场及时的大雨，把燃烧的房梁浇灭的过程，也都记录在案，房梁变得黑黢黢，变成了一层焦炭，裂开一道又一道的裂纹，大大小小，密密麻麻，亮亮晶晶。我们走近它，庄永霞站在车上装着黄土的上面，往下一锹一锹地铲土。"噢！"她看见我们，"噢"了一声，并没有停下来铁锹。我们又记起她，又记起她的丈夫、那个脸上长满白癜风的人，长年在完达山上的人参棚里种人参，把人参运下山，铺在水泥场院上晒干，用麻绳一棵一棵捆起来，装上车运到密山县的土特产销售公司卖掉。我们经常看见铺满场院的人参，一片黄澄澄的东西，像小人儿的样子，皱皱巴巴地躺在水泥晒场上。她的丈夫坐在阴凉的苫布棚里，瞅着场院外面。我们不记得他说过的话，不记得他有过笑脸的时候，却记得他脸上的白癜风，一块一块白得吓人。现在她又和三杨他们家一起干活，我们才记起来好长时间没有看见她丈夫和那么些小人一样的人参，他是什么时候消失的，怎么消失的，我们竟然不知道，但也不感到吃惊。因为三杨早就是一个鳏夫，从我们出生那一天起，就不记得他有过老婆，也没有听说过他老婆是什么样子，只是看见杨香挺起来大肚子的时候，才记起他应该还有过一个老婆，没有挺大肚子的时候好像什么也不存在，连杨香也不觉得是他的姑娘，他们吵吵闹闹，骂骂咧咧，爹不像爹姑娘不像姑娘。

"这么多的土！"我看到地上半人高的土堆。

"还不够。"庄永霞说。宽大的脸盘朝我扬一扬，笑一笑。

"这也不是你们家的车呀？"姐姐故意这么问她。

"老三的车。"庄永霞把三杨说成老三，脸都没有红一下。

"谁是老三呀？"姐姐又故意问。

"三杨是老三呀。"庄永霞爽快地回答道。

"三杨的车你出这么大力气？"姐姐装作不知道其中的奥秘。

"还没有到出大力气的时候。"她把土都铲下来，站在车板上，把锹往车帮上敲——咚咚咚，把锹上的黏土震下来。"还得苫房顶还得抹大墙还得刷白灰，到时候杨香正好该生孩子，孩子出生正好住进去。"庄永霞在替他们家做着美好的打算，连杨香还没有出生的孩子都替她想到了。

"你的背上湿透了！"姐姐眯起眼睛，瞅着她湿漉漉的后背打断她美好的打算。

"风一吹就干。"她回手拽起来后背的湿衣服，让风吹进去。

"你真卖力气。"姐姐说。

"驾！"她没有再理姐姐，用锹背拍一下牛背，铁和牛骨头撞在一起，咔咔崩地响一声。牛车往房后驶去，驶到新压出来的土道上，土道上凸凹不平，牛车左右摇晃，庄永霞拄着锹把，站在车板上，随车摇晃起来，宽厚的后背看上去像一个男人。

"你也没有问！"姐姐等着牛车远去后说我。

"你不是一直问吗。"我说。

"我问的不重要，应该你问。"姐姐说。

"我问什么？"我说。

"你问她谁让她往这块儿卸土的，"姐姐说，"妈妈还在那里等着呢。"她回过头，我也回过头，妈妈站在前面的后窗户里，伸出脸向这边张望着。"妈妈叫你来问的，"姐姐说，"是不是？"她看着我。

"光你说话来着。"我说。

"妈妈没有叫我问。"姐姐说。

"还有人。"我听见说话声。

"在哪儿？"姐姐说。

"出来了。"我手指着空荡荡的房架子，说话声从那里传出来。

"谁？"姐姐问。

是爹和三杨，他们从烧成木炭的房架子下面的断墙里走出来。

"是是是。"三杨点一下头，后背跟着弯一下，一副诚恳又可怜的样子跟在爹身后。

"就这样，"爹拍一拍断墙，"这都不用拆。"他说。

"不拆不拆……"三杨附和着说。

爹没有再理他，也没有理我们，直接走到菜地中间，中间留着一条小道，通向前面的马圈门口。我们跟在后面。

"谁让他们往那儿卸土的。"我说。

我们走过马圈门口，马卧在干草上，"呼哧呼哧"喘着粗气。杨香也"呼哧呼哧"喘着粗气。马朝着我们打出来一串儿响鼻儿，四蹄乱蹬着想要站起来，我们走过去。

"谁让他们往那里卸土的。"姐姐说。

"什么？"爹停下来，停在房后头，妈妈伸出头，疑惑的表情离我们不到一米远。三杨还站在那里，看见我们回过头，急切地冲我们招着手，满脸都是谦恭的笑容。"我，"爹瞅着三杨，"是我让他们往那儿卸土的。"他说得很轻松。

"我们留着空房架子也没有用，"妈妈说，"还不如让他们收拾收拾住。"

"那就白住啊！"姐姐说。

"不用你们管！"爹语气突然生硬起来，根本不容得我们再问什么话。

两天以后，我从场院回去找他们，告诉他们爹说让他们帮助我们家扬场去，我才又一次看见两天来经过他们家收拾，烧毁的屋顶上已经铺满崭新的板子，杨木板子散发出来柔和的光泽，已经不再像是我们家着火以后的房顶，要不是残垣断壁上还留有火苗爬上去的痕迹，整个房子就完全是他们家的新房子。

"我们非得去吗？"国顺坐在屋顶上，听到我说的话，停下手里的活，两只眼睛从上面紧紧盯着我，我的注意力才从房顶上转过来，看见他令我不舒服的目光。"我们非得去吗？"他又问一遍，又像是说我们可不可以不去的意思。我没有说话，看着他站起来，站在倾斜下来的屋顶上，一脚高一脚低，整个身子向后仰着。

"不是我的意思。"我完全替他着想起来。

"都一样。"国顺撇一撇嘴，指出来不管谁说的都一样的意思。说完仰着身子走到屋檐上，跨下一步站到一堵断墙上。

"你下来干吗？"杨香说，她真像庄永霞说的要生了一样，挺着大肚子拎着一根木棍，守在一口大铁锅旁边，锅里泡着成块的石灰，石灰水"咕噜噜"地冒着泡，"你的活还没有干完，"她搅动着石灰水，"他的活还没有干完哪。"她又回头对我说。

"又不是我的意思。"我又说一遍。

"别说啦。"国顺从断墙上跳到地上。

"你别下来！"杨香说。

"我去。"国顺冲我点着头说，一脸不情愿的表情。

"他们呢？"我想到庄永霞和三杨，"他们在你们就可以不去。"我灵机一动说。

"他们去打苫房草去了，"杨香说，"他们套上马车去的，一会儿就回来。"她紧接着强调是套马车不是套牛车，是想说明马车比牛车跑得快的意思，说完冲着我满怀希望地看着，意思是想让我等他们很快回来，他们回来他俩就可以不去。

我没有吭声，爹并没有说叫谁去不叫谁去。我这么说是叫他们觉得舒服一些，觉得本来他们可以不去的，因为庄永霞和三杨不在，他俩才顶替他们去的，我没有想到她还会往下问。

"真的？"国顺也笑着追问道。

"不是。"我脸一下子红了。

"呵呵，"国顺笑出声来，"走！"他挥挥手不叫我再说。

"我也去。"杨香离开"咕噜噜"响的大铁锅，手里的木棍滴答着石灰水，滴到地上一排白点儿。

"她去干吗？"我镇定一下，看看她的大肚子，又看看国顺。

"去吧！"国顺摇摇头。

"她走道都费劲！"我急忙说。

"我走到哪儿她跟到哪儿。"国顺又摇摇头。

"当然啦，你走到哪儿我跟到哪儿。"杨香拄着棍子，拄在脚后面，拄着腰，像个老太太走到我前面。"快走！"还催我们快走，好像我们比她走得慢。

还没有到场院，妈妈老远就看见我们，冲着我们招着手。"我们正缺人手。"她指着堆得像小山一样的麦堆喊道。

"把麦子摊开。"我说。

"先扬一下。"妈妈说。

"扬场机。"我说。

"你去把扬场机拽过来。"妈妈对国顺说。国顺朝着扬场机的方向走去。

"我什么也干不了。"杨香说。

"肚子太大了。"我说。

"怎么的！"杨香气汹汹地看着我。

"我没叫她来。"我说。

"总可以扫麦子吧。"妈妈却说。

"我什么也干不了，不信问国顺。"杨香看着场院另一头，"国顺我是不是什么也干不了？"她喊着问道。

"扫麦子总可以吧！"妈妈也冲着那个方向喊道。

"扫！"国顺从那边狠狠地说，"再过来一个人！"紧接又狠狠地喊道，手把着三角形的牵引架，站在扬场机前面。我跑过去，扬场机锈迹斑斑，连四个胶皮轱辘上都沾上锈迹。我和他各把着三角形的两个铁边，手上摸到锈迹。"来！"我显得很有干劲。"一、二。"我喊着口令。

牵引架吱吱咔咔响起来，生锈的轮子吱吱咔咔转动起来。"你那边用劲儿！"我发现牵引架总往他那边斜，力量用不均才往他那边斜，"用劲儿呀！"我又喊道。"我不用劲儿它能走吗？"他反问我。"你用劲儿能走这么偏？"我停下来，回过头让他看扬场机快走到苫百棚下面，离麦堆相距越来越远。"你们这是往哪儿拽？"妈妈也看出来问题。"那谁知道。"他冲我瞪起眼睛，表示出来无关紧要的神情。"你起来，我自己拽！"我不愿意看到他的神情。他没有松开手，还是做出来拽的样子，扬场机转了一个大圈，才回到麦堆旁边。我松开手，牵引架掉下去，砸到他的脚。"哎哟！"国顺坐下来，抱住脚，"哎哟哎哟"地叫起来。"砸坏了没有？"妈妈跑过来。"他一点儿也不用劲儿。"我说。"没事！"国顺站起来，踮着脚走几步，"别让杨香看见。"他小声说。杨香没往这边看，她叉着腰站在麦堆后面，麦堆把她的脸挡住。我去开电闸，妈妈离开我们，跑到苫百棚的支柱下面，电闸安在上面，妈妈举起连接着导线的三相插销，对准插线盒，冲着我们晃动着，做出要插的样子。

"准备好。"我把麦堆往两边分开，我示意着国顺搬过来输送带。

"你别无精打采的。"杨香从麦堆后面露出头，她说国顺的话倒像是希望他无精打采，不像是责备他。

"我插了！"妈妈喊道。

"插！"杨香说。

"没让你说。"妈妈说。

"嘻嘻嘻——"她笑起来。

"你嘻嘻什么？"我说。

"嘻嘻怎么啦，嘻嘻。"她又笑起来。

"插不插？"妈妈喊道。

"插！"我说。

"不插！"杨香说。

扬场机转动起来：咣当咣当咣当。

"撮呀！"我说道

"不撮！"杨香说。

国顺才用木锨往输送带上输送麦子。

扬场机的滚筒里射出来一股麦粒，麦粒并不充足，稀稀拉拉地落下去。

"怎么回事？"妈妈也看出来，她跑过来，"你不会快点儿撮！"她冲着国顺喊，抢过来木锨，弯下腰用劲儿挥动起木锨来，射出去的麦子多起来，麦粒儿"哗哗啦啦"落到场院上的声音大起来，像巨大的雨点儿大起来。

"落了我一头。"杨香说，她扔掉扫帚，扬起手遮住头顶，好像她多么娇贵，"疼死啦！"她缓慢地转着圈儿，好像麦粒儿能把她的头打破一样。

爹从一幢水井房旁边的杨树林里出现，后面跟着马车，马车上围着一圈一圈的席子。他首先进入我的视线：爹一边拽着马笼头，一边朝我们指点着。

"妈！"我说。我停下来。她们也停下来。

爹跑进场院，开始瞪着我们。

"你用不着瞪我们。"妈妈说。

"多长时间啦！"爹说，他像对别人说话时一样，让我们看他手腕上的手表，并且把表壳儿敲得当当响。

"哪能怨我们！"妈妈说，"这么大的苫布，"妈妈指着刚刚卷起来放到苫百棚顶上的苫布，"还有这地方这么潮！"她又指着铺过苫布的场院上潮湿的痕迹。

"我们拽也拽不动。"姐姐说。

"是。"我说，我看见她们拽也拽不动那么大的苫布。

"卸车！"爹说，"卸你的车去！"

"地还没有干。"我说。

"卸！"爹说。

"我们干什么？"妈妈说。

"干什么都不知道！"爹说。

"你说呀！"妈妈说。

"爹！"姐姐说。

我离开他们，到马车跟前，把席子一圈一圈地打开，金黄色的麦子顺着车厢帮流到晒场上。

他们还在那里说话。

"爹！"姐姐光叫爹，也说不出叫爹干什么。

"这么点儿活儿，"爹说，"啊！你们都干不完！啊！"爹说。

"谁闲着啦？"妈妈说。

"爹！爹！"姐姐说。

看着他们干活真叫人觉得别扭，国顺磨磨蹭蹭。杨香装出来娇贵的样子。看着他们干活真叫人觉得别别扭扭！我在想。

"嘀嘀"——后来是这个声音叫我们都停下来。不是汽笛声，爹妈和我专心听着嘀嘀声。国顺和杨香没有停下来，他们推着推子走在摊开的麦子上面，他们不注意嘀嘀声，收音机里预报中午十二点之前的嘀嘀声。多少天没下雨，爹看看妈妈。他们刚刚过去一个小时，就已经好起来，已经不计前嫌。妈妈记不起来多少天没下雨，我也记不起来，我们觉得那是爹的问题。再有两个日头麦子就干啦，爹也没有说这个问题，他仰头看天空碧蓝，有如丝如缕的云彩游移不定。"听着！"妈妈提醒我们听着。收音机放在苦百棚下面，开关打开着，里面最后一声嘀的声音很长，跟着开始预报中午十二点，跟着一个男中音说现在是午间天气预报时间。"听着！"妈妈张大嘴，爹也张大嘴，谁也不再说话。男中音开始说："今天中午十二点到明天中午十二点，全省晴，部分地区有时阴有阵雨。其中……"我们听到黑河地区听到大兴安岭地区听到哈尔滨市，听到第七个地方才是牡丹江地区："牡丹江地区晴，部分地区有雷阵雨。""看不出来。"爹又开始看着天上，没有看出来形成雷阵雨的云彩。应该有乌云，我也看到天空碧蓝，云彩像朵朵的棉花。"雷阵雨来得快走得快，"妈妈不看天上，"天气预报没有错，"她相信收音机里的天气预报。"部分地区。"我想起来部分地区的含义。"嗯——"爹放下搭在眉毛上的手，点着头，似乎在考虑我提醒部分地区的含义。"我的意思是说牡丹江地区有多大？"我想不出来这个问题。"那就非得一定落到这么小块场院上来。"爹也开始心存侥幸。"呼啦一下，雷阵雨来了可措手不及，"妈妈看着满场院摊开的麦子，"来不及收的麦子可要遭殃，"妈妈想到雷阵雨中麦子可怕的景象。"还是先收起来麦子。"她说出自己的意见。"收吗？"爹看着我。"真的要是来了雷阵雨……"我也犹疑起来，害怕万一来了雷阵雨，雷阵雨又急又大，像铜钱那么大。"那可不行啊！"爹担心起来。"收！"爹最后决定。

爹亲自拉下电闸，扬场机不再转动，摊开的麦子开始往中间堆。

刚刚摊开又堆起来，国顺在前面拉着绳子，绳子连着推板。"关你什么事！"杨香扶着推板。推板前面推着大片的麦子。"这么好的天哪有雨。"国顺嘀咕着。"有没有雨和我们有什么关系。"杨香大声说，是想让我们听见。国顺停下来，回过头看着她。"本来就是！"杨香继续大声说。"你总多嘴。"国顺松开绳子，踩得麦粒咔咔地响，"你当我愿意。"他踩住推板，不让它向前走。"我推麦子！"杨香推不动，推板和水泥地夹住的麦粒纷纷被碾碎，变得发白的一小团。"你干什么，你干什么。"我们都听见杨香这么喊着。我们没有注意，因为她总故弄玄虚，故意让我们听见。所以国顺撒开脚，推板向前滑去，她失去力气坐到麦子上，"呜呜呜"地哭起来。我们也没有理会，国顺好像也没有注意，独自往苫百棚下面走去。"你有气冲我撒！"杨香喊着说，"我有气冲谁撒！"她喊道。国顺伸手够着苫布的绳子。"叫什么能耐！"杨香继续喊。帆布带下来苫百棚上面的一块瓦。"咔——"瓦碎声比杨香的喊声还响。"你不跟他们家说跟我撒气！"杨香仰起脸，脸上的眼泪叫阳光照亮。我们望着她满脸的泪珠，她用两只手拄着背后，撑着大肚子，像个大蛤蟆，呱呱叫的大蛤蟆。我们重新堆起来大堆的麦子。"就剩下你坐的这块了。"我到杨香跟前，她屁股下面坐着一摊麦子。"我不起来！"她喊着说。"你不管她？"我看着国顺。"怎么管？"他问我。"妈！"我看着妈妈。"唉！"妈妈叹口气。"还不如不叫他们来！"我到妈妈跟前，看着爹，爹没有说话，自己去把扬场机拽开，又自己拖着帆布盖住堆起来的麦堆。天已经过了中午时间，依然没有乌云出现，依然没有听到雷声。我们在等着它们的出现。"会不会不下雨？"我说。"这块不下别的地方下。"妈妈说。"那有什么用。"爹说。"天气预报里说的！"妈妈说。"你总信天气预报。"爹说。"那是科学！"妈妈说。"呵呵，科学！"爹学着妈妈说的科学，学得阴阳怪气。"你过来坐坐。"爹不再理我们，他喊国顺，让他同我们一起坐在苦百棚的阴凉地里。国顺冲我们摆着手，指着坐在地上的杨香。"我的妈呀！我的亲妈呀！"她还在叫唤，好像她真有了一个亲妈。她还撑着那个大肚子，"他们都欺负我！我的亲妈快来救我呀！"好像她的亲妈真能听到来救她。我们听着并不动心，因为她没有一个亲妈，一个什么样的妈也没有，所以她怎么喊我们都不相信，我们就像听着收音机里的声音并不动心，就好比收音机里有个人在哭哭啼啼，收音机里没人哭哭啼啼，收音机里面正在播放流行歌曲的节拍：踢踢踏——踢踢踏。妈妈跟着踢着脚后跟。我们听着收音机，听着妈妈踢踢踏。不听收音机里面踢踢踏。

"马惊了！"爹这时候猛然说道。

那是另外一匹公马，不是我们家的公马，大汗淋漓，四肢撒来，好像有六条腿在它下面活动，时而前时而后，奔跑在场院对面烘炉山下的土道上。

"马惊了！"国顺不禁喊道。

"我的亲妈呀！"杨香也在喊。

公马朝着场院朝着黄澄澄的麦堆跑过来。

那是另一挂马车，不是我们家的马车，马车没有进入水泥场院，卡在两棵树之间。场院外围有一排碗口粗的杨树。八月里，杨树的叶子绿意正浓。公马在树叶后面闪动。马嘴里吐出来白色的泡沫，吐出来尖厉的嘶鸣。我们看见公马狰狞的脸孔，公马龇牙咧嘴的脸孔，公马怒目圆睁的脸孔。一个人从后面的土道里站起来，解着手腕上的绳子，绳子缠在手腕上，绳子缠得很紧，一直缠到肉里。绳子和马车之间相距五六米远的距离。一个人！爹看见尘土里站起来的人。"庄永霞！"爹惊叫道。

我们都站起来。望着浑身是土的庄永霞，谁也说不出话来。解不开绳子！庄永霞扬一下手腕，扬起手腕上缠住的绳子。"快拿镰刀去！"爹喊道。"我去拿！"妈妈朝着苫百棚里跑进去。里面有各家各户的仓库，仓库里有镰刀镐头锄头播种机，下地的农具应有尽有。

庄永霞高大健壮的骨架上，穿着一件蓝色的褂子，穿着一件蓝色的裤子。褂子上露出肩膀来，裤子上露出膝盖来。尘土沾满她的脸，沾满她的浑身上下。她站在场院的外面，弯腰扑打着身上的土，拍打下来的土把她整个吞没。土里发出来拍打衣服的声音：嘭嘭嘭，像球场上拍球的声音。尘土纷纷荡起来，如烟如雾。直到不再嘭嘭嘭，烟雾落下去。庄永霞的蓝衣服清晰起来，脸上更加模糊起来，分不清鼻子嘴眉毛。妈妈跑过去，用镰刀割断她手腕上的绳子。她向我们走过来。"腿破了！"杨香说。她还坐在那块麦子上。还像个大蛤蟆，不再出声的大蛤蟆。阳光照着庄永霞分不清五官的脸，落满尘土的头发，脸和头发一样灰突突的。"胳膊也破了。"国顺说。他守着杨香，离我们远远地站着。庄永霞到我们面前，两只袖子连在胳膊窝下面，上面两块布整个撕下来，露着又白又嫩的膀子，两块布在胳膊上晃荡。

公马还在两棵树之间折腾。公马的身子停止蹿动，马蹄在冲着树根，冲着树根周围的草，用着力气。公马的脸隐蔽在树后面，马脸上的树叶哗哗地作响。

"在草甸子里装上草还没有事，一上路它就开始跑，"庄永霞眨着的眼皮冲着我们忽忽闪闪，"一片一片闪过去，"她给我们讲述着马在道路上奔跑的情景，用手形容从她眼前闪过去的树和耕地的情景，胳膊上来回晃荡着两块掉下来的布，"草都颠了下去，"她的眼睛和嘴巴在尘土密布的脸上闪动，"我站起来又倒下去，"看不出她有畏惧的表情，"手

缠到刹车的绳子上，"看到她只有兴高采烈的劲头。一直到三杨出现，三杨拎着鞭子喘着粗气，跑到卡在杨树之间的那匹马跟前，我们都没有注意他，都在看着庄永霞兴高采烈的劲头，直到那已经安静下来的马重新开始叫唤起来。

"妈——"杨香也重新开始叫唤起来，比那匹马叫唤得还欢还想响亮。"妈——"她又开始重新呼唤。没有叫我们吃惊，好像她突然又有了一个亲妈。"妈呀！"她又接上刚才希望有一个亲妈的茬儿，大声呼唤。

"嗯！"庄永霞停下来，并且答应了一声。"妈呀——嗯！"我们感到遗憾感到惊诧，一个心甘情愿充当亲妈的遗憾和惊讶。

"呜呜呜——"杨香哭起来。"呜呜呜——"她指着国顺，又指着我们三个人。"呜呜呜——"哭得像风一样，"呜呜呜"的大风。

"哭什么？"庄永霞看着国顺。国顺转过身，离开杨香。庄永霞过去要扶起来她。"她怎么来了？"她问我们，脸上顿生疑问，眼睛变得严厉起来。"呜呜呜——"杨香不起来，趴到她的大腿上，大肚子上下颤动。"他们怎么来了？"她问的声调大起来。"呜呜呜——"杨香哭得更欢。

"你的腿。"爹指着她的腿，腿从膝盖上流下来血。"还有胳膊。"爹指着她的胳膊，胳膊从肩膀上流下来血。"还有脸。"爹又指着她的脸，脸从脸颊上流下来血。

"国顺！"庄永霞没有理爹。她大声喊着国顺，四处看着他。国顺正朝着两棵树跟前跑去，那匹马正在三杨的鞭子下重新蹿动。"三杨！"她不再喊国顺，开始喊三杨。

"我叫你跑！"三杨还在两棵杨树之间抽那匹马，"跑啊跑啊。"他在鼓励着它继续奔跑。它已经跑不出来，慢慢地低下头，慢慢地发出来驯服的哞哞声。

"三杨！"庄永霞又喊一声三杨，没有答应。"走，回去！"她弯下腰扶起来杨香。"走，回家！"她悄声对杨香说。

"不是我叫她来的。"我急忙闪到一边。

"也不是我。"姐姐也急忙闪到一边。

"走，回家！"她们一直走过我们身边，一直走到那匹马跟前。"住手！"她这才把三杨手里的鞭子夺下来。

"我非抽死它！"三杨还在哆嗦着，没有看到我们之间发生的事情。

国顺紧紧牵住马的笼头看着我们。

"爹！"我说，"爹！不是我叫她来的！"我看着爹，"是不是？"我问道。

"对，不是你！"爹说，他追赶上她们，拽住已经退出车辕的马。马被笼头勒着，低下头看着地上，国顺松开马笼头看着我们。"是我！"爹说，"是我叫他们来的，你们要在你们也要来。"爹牵住马，不让马离开。

"什么？"三杨这才问起来，不停地眨动着眼睛。

"你们要在你们也要帮助我们来摊场！"爹手指一指三杨，又指一指庄永霞又说一遍。

"噢，"三杨不再眨动着眼睛，"噢，"他渐渐明白过来，"我去我们马上去。"他带头重新往场院上走去。

"站住！"庄永霞的声调突然高昂起来。

"还没有摊完场。"爹说。

"别跟我说！"庄永霞说。

"还有好多活！"爹说。

"跟我们没有关系！"庄永霞说。

"我去，我们去。"三杨又跑回到爹跟前。

"我需要人手！"爹没有理他。

"我们去。"三杨看着爹，拽住庄永霞。

"驾！"庄永霞拍一下马背，"驾！"她又拍一下，马往前冲过去。爹和三杨急忙闪开身，马紧擦着他们俩的肋下冲过去。他们俩惊骇地看着马一直冲到土场院上，没有再受惊，停下来等着他们过去。他们扶着杨香，是庄永霞和国顺不是三杨，他们俩谁也没有理我们，一直把她扶到马背上，一人伸出一条胳膊，托住杨香的两条胳膊，好像高高地举起她，跟在马的两侧，随着马的四肢大踏步地走起来。

"回来！"三杨等一会儿才又重新叫起来，却没有人听他的。

他们一人举着杨香的一只胳膊，杨香坐在马背上，随着马背一起一伏，好像是她在一声一声地抽泣，一声一声地叫唤，只是没有声音而已。

"回来！"三杨跑过去几步，没有追上他们，又跑回来几步。

"妈的！"爹半天才骂出来一句。

"回来！"三杨听到爹的骂声，急忙看看我们，又急忙看看他们。他站在离我们近一些，离他们越来越远的地方。"回来！"他又想去追他们又不想离开我们，不知道该怎么办。

"谁让你叫他们来的。"我看着爹。

"住嘴！"爹转过身，"住嘴！"他的脸上阴沉沉的。

"本来就是。"我说出姐姐总爱说的一句话。"是不是？"我问妈妈。

"你别插嘴。"妈妈说。

"白让他们家住我们家的房子了！"姐姐说。

"住嘴！"爹喊道。

"本来就是！"姐姐也喊道。

爹没有再理我们，朝着不知所措的三杨怒气冲冲地走过去。

谁知道这是怎么回事……

三杨骑在叫火烧得黢黑的房脊上面，举起来斧子，砍着曾经是最吃劲的那根房梁。

国顺爬上残垣断壁，挎在肩膀上的帆布兜子碰到烧焦的墙壁上，焦土不时地掉下来。

"不用你上来。"三杨停下斧子叫国顺不要上来。他的脸上沾着黑色的炭灰，手上沾得也是。

"我给你送锯来了，"国顺从兜子里拿出来一把锯，带木把的手锯亮晶晶的。"给你锯。"他把锯递上去。

"斧子比锯好使！"三杨没有接手锯继续使用斧子砍下去。

烧毁的房梁外面包着一层木炭，里面的木纹还挺新鲜的。随着"咣咣咣"的斧头声，大块的炭灰和新鲜的木茬纷纷落下去，落到空荡荡的房架底下。

"我锯哪一根儿呢？"已经跳到房架底下的国顺，望着一排黑乎乎的房梁，还在想上去锯其中的一根橡木。

"我说了不用你锯！"三杨大声阻止他。"你去把顶着房子的圆木拉到木工房去。"他指着相隔一条风化石大道，房山对着房山，现在只是他自己住那栋旧房子，房子周围支着好多圆木，防止房子山墙倒塌下来。"再去把破好的板子拉回来。"他给国顺分配完任务，朝底下点一点头，一直看着国顺低头走出空荡荡黑黢黢的屋子，"咣咣"的斧头声在上面又响了起来。

四轮拖拉机停在荒草里面，从前繁忙的院子，一场大火过后，几个夏天没有人过来了，长满了荒草。

国顺驾驶着拖拉机掉过头，穿过两幢房子之间相隔的风化石大道，把车停在对面凌乱的院子里，先去撤支住房山的圆木，一共有四根，都有三十厘米直径那么粗。

"你把木头拿走了，房子是要倒的。"杨香从对面他们住的玉米楼里探出头。她的肚子也跟着探出来，比探出来的头还大还长，圆圆滚滚的，像是举出来的一口锅。

"你爹让我撤的。"国顺小声地回答她。

"对，是我让他撤的！"隔着一条大道，三杨还是听见了这么小小的声音。

"我也下去。"杨香自语地走下木梯，手拄着腰绕着房山，仔细看过撤去圆木的山墙，山墙没有倒塌的迹象，只是裂开的墙缝子又大几分。"缝子又大了。"杨香把她的发现说出来。

国顺没有理会她的话，继续撤去房前支撑的三根圆木，还有三根没有撤掉。

"别撤了呀。"杨香终于喊出来。

"都撤下来。"三杨一直观察着这边的情况，一直手握着斧子，站在空荡荡的房架子上面。

"不能都撤下来。"国顺也发现房前出现更大的裂缝。

"撤！都撤下来！"三杨坚决地说。

"再说车也拉不动。"国顺又指着拖拉机铁皮车斗喊道。

三杨这才不再说话。"咣咣咣"的斧头声又一次响起来，大块的木炭落下来。

拖拉机开到大道上，掉转好车头，又往车斗里装上两根圆木，顺着圆木往前走到车厢板跟前，准备跳到车厢板下面的皮座位上去。

"等等我啊——"杨香追了过去，像鸭子一样臃肿、缓慢。

"你干吗去？"国顺转过身，瞅着慢慢移动过来的杨香，瞅着宽得像四方块一样的老婆，惊愕地问道。

"你上哪儿我上哪儿。"杨香抓住圆木的顶头。

"我到木工房去。"国顺喊道。

"我也到木工房去，"杨香往上用劲儿，肚子挡住了她。"用不上劲儿，你拽我一把呀！"她伸上去手。

"唉——"国顺叹一口气，跳到车厢板下面，让杨香转过身，让杨香的脚蹬到车轱辘上，他支着她的胳肢窝往上举她，举半天才把她举到车上去。"唉——"国顺继续叹着气。

杨香不理会他的叹气，坐在木头上，脸色煞白，挺着大肚子，腰板笔直，两手叉着腰部，大口地喘着粗气，空洞的眼睛望着身后面自己走过来的风化石道路，神态呆滞却又无比幸福，好像已经揣上定心丸一样，不是肚子里揣上的东西，肚子里揣上的东西让她茫然，叫她不知所措，只有揣上另一件东西，另一件隔着肚皮与肚子里的东西息息相关却又力大无比的东西，才能够叫她茫然而又坚定起来……

木工房的电锯不再转动，静静地显露着一个又一个刺眼的锯齿。已经破好的木板堆在锯床旁边，长长短短横七竖八，散发出来木板潮湿的气味儿，散发出来崭新的木头色儿。

庄永霞坐在木板堆上，看着拖拉机"突突突"冒着黑烟，缓缓地爬过烘炉山下面漫长的缓坡。

她站起来的身体宽大壮实而又丰满，浓密的头发上沾着新鲜的锯末儿，套袖上沾的也是锯末儿，脸上手上沾的也是。

机车一直开到木板堆下面，掉过头停下来。

庄永霞往前走过去。

"这么大的肚子！"她惊喜地看到杨香的大肚子。"抱住我的脖子！"她伸过两只手去，凑近坐在车上的杨香，伸过去自己长长的脖子，让她抱住自己的脖子下来。

"国顺——"杨香躲闪开她送过来的怀抱。

"别动别动……"庄永霞架住她的胳肢窝。

"国顺、国顺——"杨香张开两只手挣扎起来。

"这不下来了吗。"庄永霞已经把她抱了下来。

"这么多板子！"杨香放下手，红着脸，低下去头，摸着潮湿的板子，掩饰着她的不适应。

"这还不够哪，还得加上这些干木头才够。"庄永霞往下卸着圆木，跟她解释着把它们破成干燥木板才够用的情况。

"这些也破成板子？"杨香抬起头，她的脸已经不红了。

木工房四周静悄悄地，门上上着锁头。

"钉完扒板，还得挂二棚。"庄永霞继续说着，继续卸着原木。

圆木直接滚下车，砸到木板堆上面，横七竖八的木板弹起来，飞到空中去了。

"哎哟！"杨香看着弹到空中的木板条，捂住肚子，怕落下来的板子砸着她。"国顺——"大声喊起来国顺。

"你到电锯后面去吧。"庄永霞等着她离开木板堆，等着她到锯床后面、隔着一块挡板的安全地方。

"不用上二棚的，糊上去报纸就行。"杨香站到安全地方，听到弹起来的木板落到身后的木头堆上面。她又想起来刚才听到的话。

"新房子不能糊报纸。"庄永霞笑一笑。

她们隔着明晃晃的电锯，隔着宽大、厚实的挡板，互相看一看。

"有什么不能糊的？"杨香没有笑。

六根圆木都顺利地滚下车。

"新房子挂上麻子抹上白灰……你上一边去吧。"庄永霞没有跟她过多解释，只是让她离开更远些，她好一门心思往车厢上装破好的板子。

"铛铛铛，"国顺早已经离开她们，早已经在敲木工房的门，门里没有丝毫的反应。"铛铛铛，"他又去敲玻璃，边敲边往玻璃里面看。看见的都是木料，一台电刨子杵在木料中间，一张空着的床卧在电刨子后面。他觉得应该有人从床上下来，应该不是翟木匠一个人，应该还有一个人。"铛铛铛，"他还继续敲着玻璃，应该是两个人。

"翟木匠翟木匠……"一边敲一边扯着嗓子喊开来，还是没有反应，"李永红李永红……"又喊起来另一个人的名字。

"你喊翟木匠干吗？"杨香悄悄来到他的背后。

"什么？"国顺吓了一跳。

"你喊李永红干吗？"

"什么？"

"门都上锁了。"

"什么？"国顺回头看着跟过来的杨香。"你又跟着我！"他更加烦恼起来。

"你上哪儿我跟你上哪儿！"杨香又说起那么一句话。

"走走走……"国顺朝着电锯的方向挥着手，自己先走回到木板跟前。"别顺着装，"他看见装上车的板子全是前后方向，"一上路颠腾几下都得掉下来。"他要把板子横过来重新装车。

"躲开躲开……"庄永霞抱着板子横着压到顺茬的木板上面。"这不正好压住茬儿，"她已经干得汗流浃背，"不用你！"回头看见杨香也搬起一块板子，"你都弯不下腰了！"她看见杨香已经弯不下腰，只能蹲一下再站起来，捡起一块板子抱在怀里，还得"呼哧呼哧"喘着气，还固执地干。"她都弯不下腰了！"庄永霞把话递给了国顺。

"不用你干！"国顺气汹汹地奔过去。

"干吗？"杨香固执地瞅着他。

"撒开手！"国顺去夺她手里抱着的板子。

"你别这么跟她说话。"庄永霞赶忙上来劝阻。

"我又不碍你的事。"杨香继续往车上举着板子，板子一头搭上去，另一头还在她的手里。

"给我吧你——"国顺一把夺了过来。

"你别这么凶啊！"庄永霞继续劝阻道。

"我不干了！"杨香扭头往回走。

"我本来没叫你来。"国顺大声喊道。

木工房周围出现几头奶牛，奶牛一直走到他们跟前，哞哞地叫唤着，往木头上蹭着身子：吃哧吃哧吃哧……

"真烦人——"杨香感到叫她烦躁的声音，捂住耳朵独自走回去。

"行了——"庄永霞看着装上车的木板，架架棱棱，有一人高，地上还剩下一半没有装上去。

"你不用回去。"国顺坐到车座上说。

"我不回去也不能干，没有人开电锯。"庄永霞告诉他，"万一半路上散了架，"她看着车上的木板，"你一个人也弄不上去。"她又看着国顺，等着他改变主意。

"我能弄得上去。"国顺没有改变主意。

"那得耽误多长时间啊！"庄永霞继续劝导他。

"这些木板怎么办？"国顺指着地上的木板。

"没有事，没人动的。"庄永霞摇着头。

"那些圆木怎么办？"国顺指着堆在地上的圆木。

"没人开电锯也锯不了啊！"庄永霞告诉他。

国顺不再说话，"突突突"地启动车，很快追上杨香。

杨香站在树荫下面等着机车开过去。

"没有地方坐。"国顺减慢速度告诉她。

"你走吧。"杨香挥一挥手让他离开。

"你走吧。"庄永霞跟上来，也催促着国顺离开。机车"突突突"地开动起来。"不着急，咱们慢慢走。"庄永霞扶着她的胳膊，轻声地安慰道。

"我、我、我……"杨香憋了一肚子的话不知道怎么说出来，"你跟我爹也是这样吗？"她突然问道。

"我跟你爹不这样。"庄永霞告诉她。

"那他怎么对待我这样？"杨香几乎靠到她的身上，"怎么我怀孕了就不愿意理我啦？"她们慢慢地走起来，好像腿受了伤一样地缓慢。

庄永霞没有跟她说不愿意理她的原因，只是把她揽过来靠在自己的身上。

除了房脊上最吃劲儿的那一根梁木，其余的椽木都没有换下来。只是把外面一层炭灰刮下去，露出来过火没有烧透的白色木茬儿，这样的椽木比原来的细一圈儿，不过照样还能够使用。新鲜的木板顺着椽木铺上去，出现了崭新的"人"字形房顶的模样。

三杨蹲在崭新的房顶上，一个钉子接着一钉子往下钉。

"叮叮当当、乒乒乓乓，"钉子穿过木板钉在椽木上。

"停下来！停下来！"庄永霞站在空荡荡的屋子里，站在还没有完全封顶的房顶下面。

四壁除了烟熏火燎的痕迹，还有没有火燎着的地方留下来的灰白色的墙壁，是以前贴过东西留下来的痕迹。

三杨不知道是怎么回事，停下手里的斧子，从板缝之间朝下看，看到她举起来的手正在仰起来的脸前面摇晃，表示让他停下手里的活计。

"我看你踩的板子直颤悠。"仰着的脸上落上去顺着板缝漏下来一道一道的阳光，像铅笔画上去的道道，落在眼睛和眉毛上面。

"你再看一看。"三杨蹲在上面又用劲儿顿了几下。"吱吱咔咔……"细一些的椽木颤动出来细微的颤悠声。

"你再用一点儿劲儿就会断的，"庄永霞走到空荡荡四壁外面，望着蹲在房顶上的三杨。"不然你下来看一看，"脸上落上道道的凝聚着叫三杨担忧的表情。

"你看行不行？"三杨还在上面询问她。

"我也拿不准主意。"庄永霞摇一摇头。

"那我下去吧。"三杨顺着房顶滑到房檐上。

"那我上去吧。"庄永霞理解了他下来的意思，主动往房山里走过去。

三杨跳下断墙，"咕咚"地响一声。

庄永霞顺着残存的山墙爬到一半停下来，回头看一看下面，又继续往上爬上去。三杨已经走进空房子里。庄永霞松了一口气，又爬完另一半断墙，撑着墙头上来房顶上，蹲在三杨刚才蹲的位置上，像三杨一样用脚往下顿了几下。

"行吗？"她边顿脚边问道。

"行！"三杨很快出来。"能吃住劲儿！"他看着上面，果断地判断道。

"行啊？"庄永霞看着他。

两个人面对着面，眼睛瞅着眼睛，交换着他们通过肉体关系业已达成一部分的默契，这部分默契存在于他们的眼睛里，存在他们一模一样的动作里，存在他们交换意见的语气里面。

"谁没事上房顶用那么大劲儿跺脚。"三杨告诉她。

"是呀是呀……"她提高了语气，表示领悟到他的意思，"没人上房顶用这么大劲儿跺脚。"她点着头，不再坚持自己的意见，拿起放在房顶上的斧子，把板子压到另一面空房架上，和铺好的板子对齐。"叮叮当当。""乒乒乓乓。"手臂挥起来，又落下去，朝着阳光宽厚的后背上面，带动出来宽厚结实的线条，来回地在上面蹿动着，像一条一条蹿动的活物，活泼有力。

"别钉歪了啊。"三杨看着宽厚的后背想到她钉下去的钉子，并且看到钉子在一寸一寸往木头里进。

"嗯？"庄永霞抬起头，嘴上含着一排钉子。

"别把钉子含在嘴里。"三杨看见钉子在她嘴上闪闪发光。"钉吧钉吧。"三杨朝她挥挥手，没有让她说话。

"钉子尖湿了好钉！"她又含上去几颗钉子，又"乒乒乓乓"地钉起来。

"你钉房顶，我干什么？我不能看着你干，我什么都不干。我把泥水活好了吧。"三杨像对自己说，又像对庄永霞说。

庄永霞没有抬起头，继续钉着钉子。

那堆堆在院子里的土已经有半人多高，中间插着一把铁锹。土里面掺进去铡短的草，水从中间向四周洇开来，已经沤了两天两夜，已经沤软了土。三杨拔出来铁锹，再往里插进去，草和土结合得结结实实，插不进去。

"怎么插不进去？"三杨停下来，依然是自言自语地说道。

"用二齿钩子呀！"庄永霞蹲在房顶上，回头看着下面提醒道。

"你又看我和泥，你又钉钉子，你到底要干哪个？"三杨说了她一句。

"乒乒乓乓。"庄永霞又埋头钉起来。

三杨又把锹往草和泥里面插，又没有插进去。

"里面净是草插不进去的。"庄永霞又停下来。

"你干还是我干？"三杨又停下来。

"我干就我干！"庄永霞放下斧子，顺着房顶往下挪动着脚步。

"你一会儿上去一会儿下来，"三杨看着她挪动到房檐上，"我还得给你找梯子。"三杨往地上插住锹，准备给她寻找梯子去。

"我不用梯子，"她站在断墙上有些犹豫，"我也能跳下去。"她抬起头咬住嘴唇。

"那你跳吧，"三杨没有再管她，"哪有二齿钩子？"他绕着房子转一圈，同意了她的建议，却没有找到她说的那件工具，又转回到土堆前面。

"有！"庄永霞看见隔着菜地隔着牲口棚，牲口棚旁边的草料堆上面，四个齿的工具勾在铡短的草料上面。

"我才不动人家的东西。"三杨也看见草料堆上的工具，感到有一种东西在心里苏醒。

"用一用又不是不还人家。"庄永霞眨动着眼睛，眼睛里透露出来不懂他意思的神情。

"我宁可不干也不用人家的东西！"三杨把插在地里的锹用劲踩一下，表示自己的某种莫名的决心。

"我去！"庄永霞沿着她不懂的内容往下探着脚。"我下去，"脚踩到断墙上，距离地面还有一段距离。

"你动人家的东西就好像是我动人家东西一样。"三杨看见她绷着脸，前后晃动着胳膊，眼睛盯着地面。"我才不动他们家的东西哪。"

"我跳下去！"她对自己说一声，纵身跳下去。

"你——"三杨愣一下，听见"咕咚"一声。

庄永霞顺着落地的劲儿，猫着腰奔到他跟前，直起腰没有停下来，大步朝着草料堆的方向，仰起头，走到菜地里。

"我告诉过你了！"三杨大声说。

"什么？"她停在菜地中间。

"到头来好像是我动人家的东西一样！"三杨浑身绷着一股劲儿，像在跟她争辩着什么内容，脸变得红通通的。

"行啦行啦……"庄永霞摆一摆手，不再听他说话，"我跟人家说一声就行了，"她转过头，走出菜地，走到牲口棚旁边，从草料堆上拽下来四个齿的工具，扛着它，往前走过一排榆树，走进房山的阴影，再走出阴影，走到房前面。邻居家的院子里没有人。

"喂——"庄永霞叫一声。屋子里也没有人回应。"砰砰砰……"又敲起门，还没有人回应，又挨个喊邻居家的人名。

邻居家的人都在麦地里干活，麦子挡住他们的视线。再说根本没有工夫回头看一眼。他们家正在迎接一台叫作"康拜因"的联合收割机的到来。

她不再喊，返回到房子后面。

水从土堆上洇出来。

三杨爬上房，乒乒乓乓地钉起来。庄永霞没有惊动他，弯下腰，用四个齿的钩子往泥和草里捣下去。

"爹——"隔着大道，国顺正在喊着三杨，"爹爹爹——"边喊边指着身后他自己住的屋子，让三杨看到所指的方向：屋门和窗户四敞大开，窗户扇叫风吹到墙上，再吹回到窗户框上，来回来去咣当咣当地响。

"不用管它！"三杨看见嘡嗒的窗户扇，他正把锯下来的木板碎头，顺着房顶的斜面，用脚一块一块端下来。

"不是嗯嗒的窗户扇！"国顺扬起双手，双手在头顶上摇晃着，表示着不是他理解的意思。

"什么意思？"三杨看出来国顺脸上焦虑的神态，"等一会儿我过去，"他把木板碎头收拾干净，顺着倾斜的房顶下到地上，穿过风化石大道。

首先听见狗正在"汪汪"地叫唤：黑狗趴在窗台上面，伸出来半拃长的长舌头，龇着洁白的牙齿，"呜呜"地叫唤。

如果没有在南山上发生的那一幕，它的这个样子会比现在令人信服得多。想到南山上煞有介事，想到虎头蛇尾的那一幕：土埋住了四肢，埋住了半截身子，只露出一个脑袋……送葬的人都为它感激涕零，都为它点上一大把香，香烟缭绕中，都为它念叨着"阿弥陀佛……"它却突然抖擞掉身上的土，突然离开老主人的棺材板，奋力跳出了墓穴，不想陪她去了……它现在的任何样子已经不大起作用。

"它怎么也不下来。"杨香靠在玉米楼下面的立柱上，越加鼓起来的肚子把她的腰弄得向后仰下去，叫她时刻需要靠在身后的东西上。

隔着空荡荡的院子，对面那条狗是卧在窗台上。

"你看——"国顺在三杨来到之前，举起来一条扁担，往窗台上比画几下叫他看。

"汪汪汪……"狗发出低沉的吠声，龇出白森森的牙齿，鼻子皱成一团，像要咬住扁担一端。

"它不叫我们靠近。"国顺说。

"也不站起来。"杨香说。

"那碍什么事！"三杨没有理他们，低着头进到屋里，掀开缸盖儿，喝下去半瓢凉水。

"汪汪汪……"狗叫声大起来。

"再叫！"国顺继续用扁担比画它。

"你非被咬着不可！"杨香离开玉米楼下面的立柱。

"你别过去！"国顺拽住她。

"我才不过去哪。"杨香扶着梯子往玉米楼上爬。

"你别逗它！"三杨喝完水出来，就往崭新的房顶那边看，那边现在在他心目中占有主要的位置，寄托了他现在所有的梦想。

"它趴在窗台上一直也不下来。"国顺又想接近它。

它又一次发出汪汪的声音，又一次目光阴郁地怒视着前方。好像前方有它要咬到的东西。

"爹！"国顺说。"爹爹爹——"他把三杨叫了好几遍。

"爹！你进屋看一看去吧。"杨香站在梯子上也说。

玉米楼的木门比她的肚子还要窄，她不知道怎样才能够进去。

"怎么回事？"三杨的心思回转过来，他看看狗要咬东西的样子，也觉得不对头，看一看他们，他们的神情也不对劲儿。"我看一看去！"三杨重新进屋，在屋子里转悠着，四处破破烂烂。"家不像个家样！"他对自己说。"嘶嘶嘶——"他吸着鼻子，闻到破烂中散发出来一股潮湿的霉味儿，来回来去的过堂风也没有把它们吹跑。用不了多长时间了！他又想到崭新的屋顶，心里格外轻松起来。

"汪汪汪……"狗回过头，尖厉地叫着站起来。

"是佛——"狗身子下面压着那尊铜佛，闪亮的佛像在窗台上散发着黄色的铜光。

"哎哟！"三杨想到墙上的佛龛，佛龛里面已经没有东西发光发亮。

"原来是这样啊！"三杨跳到炕上。

狗看他跳上来，自动跳下窗台，站到院子里，晃动着尾巴，看着窗户上面。

"你弄它干什么？"三杨冲着窗外问道。

狗朝他看着，"汪"地叫一声。

三杨不明白它叫什么，冲它张一张嘴，它也冲他张一张嘴。

"汪！"三杨叫一声。

"汪！"它也叫一声。

"汪汪！"三杨叫两声。

"汪汪！"它也叫两声。

"汪汪汪……"三杨连续叫起来。

"汪汪汪……"它也连续叫起来。

叫完了，三杨把佛像拿回去，佛龛的门开着。"谁把门弄开的？"三杨想到一直扣上的门别儿，把铜佛放进去也没有弄明白谁把门别儿弄开的。

外面，国顺和杨香看着这一幕，看着狗身子底下压着那尊佛，看着三杨拿起闪闪发光的佛像，看着三杨和狗相互说话相互张嘴的情景，看着他们互相叫唤的情景，看着爹若有所思地进去出来，看着狗若有所思地回到玉米楼下的稻草堆里……

杨香已经坐在玉米楼门槛上。她已经忘了那个从她怀里掉在地上的东西，那个息息相关的东西掉下来就没有关系了。她的怀里变换出来一个真正的东西叫她忘记了一切。

国顺还站在院子里，他半天说不出话。他不知道怎么回事，只感到有某种东西叫他百思不得其解。

"都是怎么回事啊？"杨香什么都想不起来了。

"不知道。"国顺摇着头，一脸不解的神情。

"我们该怎么办哪？"她突然抱住肚子，冲着院子里大声问道。

"什么怎么办？国顺茫然地问道。

"我也不知道。"杨香大口地喘着气，万分地烦躁起来。

的确，他们即将迎接的许多东西，他们什么也不知道！

"你想要珍珠我下海。"我说。

"我不要珍珠。"我妈说。

"你想要云彩（菜）我上天。"我说。

"我不要云彩（菜），我要你记住我说的话。"我妈说。

"你说的什么话我忘了。"我说。

"你想一想。"我妈说。

"我记不起来。"我说。

"你能记住什么。"我妈说。

"噢——你说过大道劝人三件事：戒酒除花莫赌钱。"我说。

"不是我说的。"我妈说。

"那是《女儿经》上说的。"我说。

"是《明贤集》上说的。"我妈说。

"我的脑袋总记不住。"我说。

"你就是不用脑袋说话。"我妈说。

"脑袋能说什么话？"我说。

"用脑袋想一想再说话你会明白其实事情是一回事儿。"我妈说。

"什么事是一回事？"我说。

"天下的事。"我妈说。

"那不等于什么事没有发生。"我说。

"对，就是什么事没有发生，你用脑袋想一想。"我妈说。

"狗屁脑袋吧。"我说。

"你不用踢狗。"我妈说。

"它在屋里撒尿。"我说。

"狗是天下跟佛最亲的东西，跟我最亲。"我妈说。

"狗有脑袋吗？"我说。

"狗有脑袋。"我妈说。

"狗不会说话。"我说。

"狗会说话你听不见，它跟佛最亲跟我最亲，你给我一炷香。"我妈说。

"一点儿用也没有。"我说。

"给我。"我妈说。

"你还没跟我说事儿哪。"我说。

"我说完了，我一辈子的话都说完了。"我妈说。

"这哪有事呵。"我说。

"这就是事儿。"我妈说。

"妈你怎么啦？妈！妈！妈！"我喊道。

"汪汪汪……"狗喊着。

"你说一说。"三杨讲完了，看着庄永霞。

"那狗怎么不陪你妈去哪？"庄永霞想起他妈下葬那天虎头蛇尾的那一幕，扑哧一声笑起来。

"你就是那天上我的炕了！"三杨想起他们在他妈送葬当天睡在一起的事情。

"那怎么啦？"庄永霞笑着说。

"跟你有关系。"三杨说。

"跟我有什么关系？"庄永霞说。

"狗不陪主人下葬，就是主人有事情没完成。"三杨说。

"我不是上你炕上来了。"庄永霞说。

"还有事情。"三杨说。

"还有什么事情？"庄永霞说。

"房子事情。"三杨说

"房子盖起来了。"庄永霞说。

"杨香事情。"三杨说。

"你姑娘要生孩子了。"庄永霞说。

"谁知道哪？"三杨说。

"又是你那个佛。"庄永霞说。

"我是不是把它忘了的原因。"三杨说。

"你就该把它忘了。"庄永霞说。

"那可不行。"三杨说。

"你说说怎么不行法。"庄永霞说。

"这东西要么你就别动它，动了它你想不管它那可不行。"三杨说。

"哟——还黏上你了。"庄永霞说。

"可不是黏上了我啦。"三杨说。

"还拿不掉了。"庄永霞说。

"可不是拿不掉了！"三杨说。

"你给我。"庄永霞说。

"你要干什么？"三杨说。

"我把它扔了。"庄永霞说。

"瞎说。"三杨说。

"我把它扔到大泥塘里去。"庄永霞说。

"你别给我找麻烦。"三杨说。

"找什么麻烦？"庄永霞说。

"抖擞都抖擞不掉。"三杨说。

"吓唬我。"庄永霞说。

"你还怕吓唬。"三杨说。

"就是。"庄永霞说。

"送给他们吧。"三杨说。

"吓唬他们哪。"庄永霞说。

"让他们供着它吧。"三杨说。

"吓唬他们哪。"庄永霞说。

"保佑他们吧。"三杨说。

"你不供着了。"庄永霞说。

"说不定什么时候帮他们孩子一把。"三杨说。

"你不要帮啦。"庄永霞说。

"我就不用帮了。"三杨说。

"那谁帮你。"庄永霞说。

"你知道我最喜欢你哪儿。"三杨说。

"哪儿？"庄永霞说。

"这儿！"三杨用劲儿拍一下她的屁股。

"来吧。"庄永霞说。

"你不累。"三杨说。

"这才解乏哪。"庄永霞说。

"我可够累的啦。"三杨说。

"累死你。"庄永霞说。

"哎哟嗬——我的佛喔——"

"嘻嘻嘻——我是你的佛喔——"

"哎哟嗬——我的佛祖宗喔——"

"嗯嗯嗯——我是你佛祖宗——"

康 拜 因

　　"什么破玩意儿！"姐姐瞅一眼那天黎明时分突然闯进麦地里的庞然大物，撇一撇嘴，不再往那边瞅，低下头撸下来一棵麦穗儿，放在两个手掌中间，一边搓着麦穗儿，一边张开手掌，吹出去搓下来的麦壳儿。

　　"开开开……"爹站在齐腰深的麦子里面，胳膊举在麦穗儿上面。麦穗儿沉甸甸的，垂下头去，垂到爹的腰下面。"开开开……"爹往怀里挥动着两只手。那个庞然大物轰轰隆隆地往爹跟前挪动着，叫我们听不见爹的喊声，光能听见机器的轰鸣声，光能看见爹的嘴唇上下颤动、爹往脸前挥动的手臂。"停！"爹的手臂落下来，手垂到麦子里面。庞然大物前面的收割架落下去，落到距离地面十厘米的高度，悬在那里不再落下去。爹跑出麦地，跑过一段空地，跑进屋里，再跑出来，手里举着一盒红河牌香烟，红白相间的烟盒在他的脸前面晃动着，沿着通向上边的铁梯子爬上去，停在一幢房子一样高的操作台上面，恭恭敬敬地点着

50

头。连接着整个庞大机体前后两端的操作台，顺着它可以走到后面去，后面有一个伸向外面的卷扬筒，还有长长短短的铁东西，被一个接着一个的齿轮连接在一起。驾驶员坐在前面的驾驶室里，不像是黎明时分从千里之外昼夜兼程开过来，没有丝毫疲劳不堪的样子：戴着洁白的薄布手套，扶着黑色的方向盘，蓝白相间的旅游鞋蹬在红色的操纵杆上面，身子懒洋洋倚靠到天蓝色的皮革靠背上面，侧脸看着爹不停地敲着驾驶室的有机玻璃门，一副悠闲自得的神态。"哎哎哎……"爹边敲玻璃边哎哎着，朝着他点着头，朝着他晃动着手里的香烟，脸上的笑容谦恭又小心，害怕惹得他不高兴。足足敲到两分半钟时间，驾驶员才慢腾腾打开驾驶室的玻璃门，探出来一张异常年轻的刀条脸儿，脸上生满红色的粉刺疙瘩，粉头上有的还冒着血点子。爹递上去红河牌烟卷，等着他打开封口，等着他将着封口闻一遍，抽出来两支，叼上去一支，夹到耳朵后面一支，冲着爹谦恭的笑脸上吐出一口烟，爹没有提防，被呛得不住地咳嗽着帮助他关上门，转身捂着嘴跑下来。庞大的机器再一次轰响着，闯进稠密的麦地里。又稠又密的麦子纷纷向后倒下去，正好倒在收割架上面，倒出来比庞大的机体还要宽，跟收割架一样宽敞的道路。庞大的机体就这样从我们眼前开过去，上面好多的三角皮带带动着无数的皮带轮转动着从我们眼前开过去，带动着整个绿色的机体都在上下颤动着，向着后面高高扬起的卷扬筒用着劲儿开过去，麦粒儿等了一会儿的工夫，才顺着卷扬筒流出来，落进后面乳白色的铁皮拖斗里面，麦秸一团一团地落到拖斗后面的木格档里面。整个过程令人眼花缭乱，目不暇接。

"你们别傻站着！"爹不再谦恭不再小心翼翼，不再让我们傻呆呆地站着看这个开过去的庞然大物，让我们像他一样大踏步地跑过来跑过去，最终是跑到麦地里干活去。房子前面成熟的麦地一丝绿意都没有，它们不知道跑到哪去了，在什么地方化作一片焦黄的颜色，又干又脆的黄颜色，像马上要着火一样焦黄。没有风吹动房子后面那一排阔叶杨树，宽阔的树叶还是绿的，又深又黑的绿意也不颤动，沉甸甸的，好像有好几斤的重量坠落下来。房顶的瓦脊上落上去一排麻雀，伸头伸脑往前面张望着，前面麦地深处像波浪一样起伏变幻，如同一块巨大的旧苫布，褪了色的苫布起伏变幻着的黄颜色。"你！"爹首先严厉地用手指着我，"你去把车上的席子围好！"爹从我面前跑过去。我们家借来了三杨家的平板车，没有费一点儿劲儿，没有像爹想象得那样费劲口舌，那样讨价还价，三杨就主动借给我们车，主动问用不用他们家的拖拉机，我们说不用他们家的拖拉机，也不用我们家的拖拉机，不用消耗几百块钱买来的柴油，柴油价钱越来越贵，已经不是春天耕地时候的价钱，一公斤已经涨了好几块钱，一天要消耗十几公斤柴油，一天要消耗上百块钱，不如套上我们家里刚刚买来的一匹马，那匹光吃草就能干活的枣红马，高大漂亮，是我们家从百里外种马场上买来的淘汰儿马。马车早已停在我身边，套上马就叫马车，套上拖拉机就叫机车的平板车厢。枣红马龇着牙，咬着我的衣服角嚼过来嚼过去，一点儿也不陌生。"你去收拾收拾场院！"爹跟着跑到妈妈跟前，给她分配着任务。"一共四十八粒！"姐姐也已经吹干净手掌里的麦壳儿，已经数出来剩下来的麦粒儿。"你别数那玩意儿。"爹隔着妈妈指着姐姐说道。"那我干什么？"姐姐纳闷地看着爹。"你跟着你妈上场院去！"爹朝她一挥手说道。"妈！"姐姐喊着妈妈跑到她跟前。我离他们十米远距离，往车板上围上去草席，围上一圈儿又围一圈儿，一圈儿比一圈儿围得小，一共围上去十二圈儿，像给车板上戴上一顶上面尖下面宽的帽子。"像不像一顶帽子？"我这么问姐姐。"风一刮肯定倒下来！"姐姐告诉我。"你们还磨蹭什么！"爹马上回过头说道。"我没有磨蹭。"我告诉他。"妈！"姐姐四下里寻找着妈妈，一转眼的工夫妈妈已经不在她的跟前。"我在这儿，"妈妈又一转眼从屋里面出来，"这么晒呀！"她看一看高悬在头顶上的太阳，头顶上戴上去一顶草帽，宽大的帽檐遮住她的脸，阴影一直落到肩膀上面，随着迈开来的步伐，一会儿挪到后背上面，一会儿挪到前胸上面。"走走走。"妈妈扛上去一把竹扫帚，拽上姐姐的手，让她跟着她走。"我还没有戴草帽儿！"姐姐甩开妈妈的手。"你戴什么草帽！"妈妈没有停下来。"你戴我也戴！"姐姐跑回屋里，也戴上一顶大草帽出来，追赶着妈妈，向房后面跑去。

"这怎么能行？"爹追上来，指着车厢板上围上去的草席问我。"这不行吗？"我叫住了马。车停在新收割过的麦茬地里，麦茬锋利，直扎脚腕子。爹没有说话，举起锤子扶着钉子，叮叮当当，把席子钉到车帮上面，钉了满满一圈钉子，"这样才行，"钉完了才告诉我，"快去吧！"才拍一下马的后背，让我继续赶着它往麦地里走。

马车走在刚刚收割过的麦地上，走在和康拜因一样宽大的道路上，道路两边密密实实的麦子，垂着饱满的麦穗儿。马一边往里走，一边伸出去脖子，龇出来黄色的大板牙，往麦穗儿跟前凑过去，想吃到附近的麦子。我把它赶到中间，刚刚走出去两步，它又往另一边的麦穗儿跟前凑过去脑袋。我从坐着的车辕上下来，牵着缠在它的脑袋上面的缰绳，不让它往两边凑过去。它不能往两边运动，眼睛仍然向没有割过的麦地里张望，伴随着咴咴的嘶鸣声，扭着宽大屁股大踏步往前走，撞得车辕"咣当咣当"地响，撞得整个围起来的席子摇摇晃晃，好像它已经忘记怎样拉车，好像它根本就不会拉车，不会不晃动屁股，夹住尾巴，才能够不撞到两边车辕，钉上去的席子才能够不摇晃。

"呜呜呜——"驾驶员拉响了汽笛。汽笛声是脱粒出来的麦粒儿装满白色拖斗发出来的信号儿。"呜呜呜——"汽笛声在空旷的麦地里分外刺耳,像尖厉的哨子没完没了地吹着。

"驾驾驾——"我又坐上去,又开始用力地抽着马背,让马加快步伐。它昂首挺胸,四肢抬得更高,更加有力地晃动着宽大的屁股,更加有力地撞得马车左右摇晃,车上的席子摇晃得更加厉害起来。"呜呜呜——"汽笛依然没完没了地叫唤。

"听见了!"我对着马对着摇晃不止的巨大的旧苫布喊道。他恐怕我们听不见,恐怕我们不加快步伐,像催命鬼一样"呜呜呜、呜呜呜……""驾驾驾——"马的脑袋在前面上下颤动着,脖子也跟着上下颤动着,喷出来一股一股的气息,带出来它"呼哧呼哧"的喘息声,车轮在又细又密的垄沟里嘚嘚地跳动不止。我也跟着跳动不止,快要从车板上颠下来。

"我看见你趔里歪斜的!"马车终于停在庞然大物下面,被抽疼的马背不停地抽搐着,不停地发出来哎哎的呻吟声,不停地"呼哧呼哧"喘气。他站在驾驭室玻璃门外面,高高在上地看着我。"你看见了还没完没了地拉个没完!"我指的是他拉响的汽笛声。"嘿嘿嘿……"他笑起来,脸上的神态怡然自得,幸灾乐祸。席筒对准白色拖斗下面的四方漏斗。"准备好啊!"他弯腰回到驾驭室里面,弯腰按下去一个按钮儿,麦粒儿紧跟着哗哗地流下来。

"你信不信?"他又出现在上面有机玻璃门口的外面,又高高在上地看着我问我。

"我信你什么?"我仰起头看着他。

"下一场雨,你们家的麦子全都完蛋,全都烂到地里。"他说。

"那你一分钱也得不到。"我说。

"敢少给我一分钱！"他扭头钻进驾驶室，关掉机器。

"还没有满。"我指的是席筒里面的麦子。

"敢少给我一分钱！"他说，嘴上叼上烟，吐出来烟圈儿。

"又不是我给你钱。"我终于软下来。

"这还差不多。"他又按下去按钮儿，麦粒儿又哗哗地流下来。"拿着。"他扔下来一支爹给他的烟，我没有接住，烟掉到麦茬中间又细又密的垄沟里。垄沟里生长着一层趴地草，见不到阳光柔弱的骨节草，又细又瘦，一副苍白无力弱不禁风的样子，就像他弱不禁风的身坯子，这样柔弱的身坯子开着这么个庞然大物，耀武扬威，高高在上，好像这就是他，他就是这么高大。他不知道谁都能叫它停下来谁都能叫它不流麦粒儿，并不是光他能够那么做。

"这又不是你。"我说。我是指着庞然大物说的。

"什么？"他没有弄明白。

"我也能叫它走就走叫它停就停。"我说。

"它不听你的。"他说。

"主要它不是我们家的。"我说。

"所以是我管着你们家的麦子。"他又趾高气扬起来。

"停下！"我说。席筒已经装满，满得鼓鼓囊囊，冒出麦子的尖头来。"快去呀！"我喊道。他又一次钻进驾驶室，又一次关掉开关，这一次再也没有露出头。这个庞然大物又向麦地深处驶进去，好像它就是他一样，就是那么高大一样，就是那么威风凛凛地开过去。一个四四方方的麦秸垛，从它的尾部的木格挡里吐出来，矗立在麦茬地里，像雷雨过后猛然间诞生出来的巨大蘑菇。我惊奇地等着第二个麦秸垛吐出来，矗立在那里。没有等着吐出来第三个，听见爹在喊我的工夫，看见它矗立在那里，不是麦秸垛矗立在那里，是它矗立在那里"呜呜呜"地又一次叫唤开来。

"你怎么这么慢！"爹背着手一直等在麦地边上，望着呜呜作响停在地里的庞然大物，等着我掉过头颠来颠去地回来。"一共用了二十分钟。"他敲着手腕上的表壳儿，让我看他戴在上面的手表。他一直在看表壳儿，在一分钟一分钟地数着过去的时间。"马老要吃两边的麦子。"我把实情告诉他。马车载上重量，压得胶皮轱辘陷进松软的麦地里面，两条辙迹清晰地印在锋利的麦茬上面。"戴上这个。"爹好像早就知道这是怎么回事，从背后拿出来一个铁笼头，用八号钢筋做成的，像个口罩一样的铁笼头。我接过来给马戴上，马好像不认识这个跟它息息相关的东西，躲闪着不让我给它戴上去。"给我！"爹接过铁笼头同时接过去鞭子，用鞭杆的粗头往马嘴唇上，一下二下三下……用劲儿地砸下去。"咴咴咴——"砸得马惊叫着跳起来，抽动着黑色的嘴唇儿，露出来老大的黄板牙，牙床缝里渗出来血，血把黄板牙染红，铁笼头这才罩到嘴唇上。"叫你再吃！"爹对它说着，把笼头用皮绳在马的头顶上牢牢地缠好几道，两个绳头在耳朵后面系成一个死疙瘩。"咣咣咣——"它并没有屈服，低下头往马蹄上磕着嘴上的东西。"还老是晃摇屁股！"这让我想起来它撞得马车摇摇晃晃的情景。"叫你再晃摇屁股！"爹狠狠地踹了一脚它的屁股，马四肢跳了起来，车上的木榫咯吱直响。"呜呜呜……"地里还在"呜呜呜"地叫唤。"咴咴咴……"马还在咴咴咴地叫唤。

"拉呀！"妈妈看见马车驶过粮囤后面的石头桥，苫布还遮盖着大半个晒场。"我拉不动!"姐姐松开手,脑门上急得渗出来细密的汗珠。"真够呛!"妈妈从苦布上跑过去,跑到苦布的另一头,开始往起卷苦布,卷了这边,跑过苦布,再卷另一边。苦布很大,卷起来的地方露出来湿漉漉的水泥地面。"你也不过来,"妈妈抬头说一声,姐姐这才跑过来,和妈妈一起卷苦布。她们还没有卷完,马车已经走过两座粮囤,经过一段土场院,土场上长出来一层绿色的麦苗,踩上去又柔软又舒坦。马低下头,又想吃麦苗儿,笼头罩住嘴巴,没有办法吃到,它还是不愿意往前走,还是拼命要吃到,我牵住笼头,不让它低下头,它非要低下头。她们在水泥场院上,弯着腰,推着越来越大的一卷苦布。马车在水泥晒场周围的石牙上跳动一下,上到晒场上面。苦布卷到苦百棚里面,像一棵巨大的木头那么粗。"吁!"我大声地喊住了马。想让她们听见我的声音。"这么湿也没有办法晒麦子!"我看到卷起苦布的晒场上,顺着潮湿的印迹冒着蒸发出来的热气。她们直起腰看见我。"噢——你来了就想等现成的!"妈妈隔着水泥晒场擦着脸上的汗水。"就是,来了就想现成的!"姐姐也擦着汗水。"不是我想现成的,"我走过湿漉漉的晒场,"是那个"哗啦哗啦"响的庞然大物,"我想起来它不断地开进麦地里的速度,不断流出来的麦粒儿,不断地吐出来蘑菇一样的麦秸垛,不断地"呜呜呜"叫唤的庞大家伙,已经听不见它发出来"呜呜"叫唤的声音。"是根本就不会拉车的马!"我说出来依然拽着的枣红马。它又在"吭吭"地磕着笼头。"要不要工具?"姐姐已经不理我,已经站在苦百棚下面,仰着脸朝二棚上面看,二棚上面搭着几块板子,板子上挂满了木锨扫帚推麦子的推板。"要不要啊?"姐姐喊起来。"你帮她拿下来。"妈妈说。我松开马,来到她跟前,里面的风从四面吹进来,围着我们的衣服四处转悠,衣服一会儿跑到前面一会儿又跑到后面。姐姐往上面跳着,跳上去落下来，却怎么也够不着那些工具，露出来了半截肚子。"讨厌！"姐姐拽下来衣服，脸红了一下。"妈！他光看着也不帮我拿，"姐姐转过身告诉妈妈她对我的埋怨。"你比她高。"妈妈说到我。我比她高，可我伸手也没有够着。"跳呀！你不跳能够着吗？"姐姐继续埋怨着我。我跳了起来，拽住了一把木锹把儿把它拽下来。"哗啦啦——"木锹带下来一堆东西：扫帚、撮子、麻袋……它们"哗啦啦"落了一地。

我们坐在卷起来的苫布上面，等着水泥场院上面的潮气蒸发干净。谁也不说话，都各自看着各自的方向：妈妈脸朝着北面，看见烘炉山上面储存油料的储油罐，储油罐发出来耀眼的亮光，亮光也没有叫她眯上眼睛，眼睛里布满了若有所失的神情，不是看到东西叫她若有所失，是看不到的那些东西，那是一些在她心里存在的东西，只有她自己能够看得到，我们谁也看不到。姐姐背对着妈妈，目光穿过身后的苫百棚，看见遥远的完达山脉，散发着蓝色光芒的崇山峻岭，它们唤起来她无穷无尽的想象力，她的脸上布满了向往又困惑的神采，奕奕的神采叫她笑眯眯地富有幻想。我没有像她笑眯眯地富有幻想，我看见我能够看见的东西都在眼前：粮囤、瓦房、农具场停放播种机的围墙。这些东西上面写着白灰字迹：保持共产党员的先进性。加快建设社会主义新农村步伐。坚决拥护三农政策。一头猪进场院罚款五十块钱。一头牛进场院罚一百块钱。等等等等。白灰字迹有的看不清楚，灰灰突突，有的是刚刚刷上去的，白得刺眼，但都能够顺着念下来。还有那一匹马，它已经安静下来，嘴伸到水泥晒场上，想去吃到落到地上的麦子，这些越来越少的大牲口，它的周围还有鸡还有鸭，成群结队飞起来落下去，还有风驰电掣的摩托车、色彩斑斓的港田出租车，这些越来越多的交通工具，"突突突"地跑来跑去的油耗子，把一个人放下来，又风驰电掣地跑回去了，还有高高卷起来的席筒，还有那个黎明时分轰轰隆隆赶来的庞然大物，在我还没有想到它的时候，它又一次"呜呜呜"地叫唤起来，穿过麦地穿过房子穿过树林穿过整个村子，好像出现在我的眼前一样，是麦粒儿装满白色拖斗的信号儿！那匹马还是没有吃到麦子，还是要用力往水泥场院上磕着嘴上的铁笼头，还是磕出来"咣咣咣"的响声，还是想把它磕掉，还是想吃到地里的麦子，还是想过它自由自在种马场的日子。"呜呜呜""咣咣咣""呜呜呜""咣咣咣"。

爹在"呜呜呜、咣咣咣"的声音里突然出现，他终于行动起来了，终于开动起来他那辆想省下来百十块钱油钱的四轮拖拉机，从一排玉米楼旁边的杨树林里蹿了出来，"突突突"地冒着浓烟进入我们的视线：一只手握着方向盘，一只手高高举起来，朝我们指点着，头发吹得光光秃秃，好像没有头发一样，衣服吹得向后面鼓起来一个大包，不是坐在车座上而是站在脚踏板上。"妈！"我指着爹。我站起来，她们也跟着我站起来。

爹跳下车跑进场院瞪着我们。满车厢冒了尖的麦子，顺着铁皮车厢缝隙沥沥拉拉流了一道儿。

"你用不着瞪我们。"妈妈说。

"多长时间啦！"爹说。他像对我说话时一样，又把表壳儿敲得当当响，让妈妈看他手腕上的时间。

"哪能怨我们！"妈妈说，"这么大的苫布，"妈妈指着卷起来成卷的粗大苫布，"还有这地方这么潮湿！"她又指着潮湿的场院。

"我们拽也拽不动。"姐姐说。

"是！"我说，"我看见她们拽也拽不动。"

"卸车!"爹说,"卸你的车去!"他打开一侧车厢板的插销。

"地还没有干。"我说。

"卸!"爹说,又打开另一侧车厢板的插销。麦子流到场院里。

"我们干什么?"妈妈说。

"干什么都不知道!"爹说。

"等着你说呀!"妈妈说。

"爹!"姐姐说。

我已经离开他们,来到马车跟前,把席子一圈一圈地打开。金黄色的麦子随着打开的席子,顺着车帮自动流到晒场上。

他们还在那里说话。

"爹!"姐姐光是叫着爹,也说不出叫爹要干什么。

"这么点儿活儿,"爹说,"啊——你们都干不完!啊!"爹一口一个"啊"字。

"谁闲着啦?"妈妈说。

"爹!爹!"姐姐还是叫唤爹。

"行啦!"爹说。

"不行怎么啦!"妈妈说。

"爹!爹!爹!"姐姐叫唤个没完。

"你说不行怎么啦!"妈妈说。

我卸完车,回头看见妈妈还站在空荡荡的场院上,浑身上下还在哆哆嗦嗦着,要说又说不出来话的样子。爹不再理她们。"走!"他挥动着手臂,坐到车座上面。"妈!"我说着,频频回头看着她们看看爹。"你别看她们!"爹不让我看她们。我牵着马走起来。"还不快走。"爹侧过脸冲着我睁大眼睛。"听见没有?"爹手指着"呜呜呜"的声音,指着发出来声音的麦地的方向，"突突突"地启动了马达。"驾！"我赶着马，看见姐姐离开妈妈，朝我们走过来。场院上只剩下妈妈和两堆刚刚卸下来的黄澄澄的麦子，妈妈站在麦堆前面，好像还在要跟谁说话又说不出来的样子。"不用回头看她们！"爹严厉起来，不让我回头看。我这才回过头不看她们。"她们就像马一样，"爹把她们比作马，"你越搭理它它越跟你炝蹶子。"爹看着我。"我妈不一样，"我说。"嘿嘿嘿……"爹冷笑着，脸上的褶子挤在一起，就好像他什么都明白，只是不愿意告诉我一样。我们回到麦地，马竟然没有落后，竟然撞动着车辕，停在手扶拖拉机后面。"干吗叫我来呀？"姐姐紧跟着追上来，她一直跟在我们后面，一路小跑跟上来。"干吗不叫我妈来？"她大口喘着气看看我，又看看爹，眼睛里闪动着不解而且愤懑的神色。"干吗叫她来？"我看着爹，替她问道。"嗯！"爹嗯了一声，"你看看。"爹让我看着麦地，却没有说干吗叫她来。麦地里出现一垛接着一垛的麦秸垛，矗立在崭新的麦茬地里，像一大片打过雷诞生出来的大片白色的蘑菇。"呜呜呜……"汽笛又在没完没了地拉响。"他又没完没了！"我想起那个满脸粉刺疙瘩的家伙。"他妈的。"爹突然跳下车座，奔到马车跟前，用劲拍打着马嘴上的铁笼头，好像是在拍打着呜呜作响的庞然大物，好像在拍打那个满脸粉刺疙瘩的家伙。"赶快走！"把我拽下来坐到车辕上，对着我大喊大叫着。我坐到拖拉机上。马车晃晃悠悠走进麦地。我驾驶着拖拉机超了过去。"快快快……"爹在后面继续大喊大叫着，朝着姐姐挥一挥手，让姐姐跟上去坐到他的马车上面。"你干你的事去。"又不让我回头看他们。我看见马大踏步晃动着宽大的屁股，撞得车嘎嘎吱吱直响，看见爹坐在嘎吱乱响的车辕上面上下颠动得不知所措的样子，看见草席摇摇晃晃着像一棵摇晃的树，看见姐姐不知道自己该干什么去只能大张着嘴，被颠得说不出整句的话，只是发出来"爹爹爹"的疑问声，疑问声被颠得断断续续……

"你别下来啦！"爹让姐姐上去又不叫姐姐下来。"等我下去呀！"姐姐站在高高的操作台上面，"我要下去呀！"她一直这么说着，"爹！爹！爹！"她伸长脖子朝下面喊。"驾！"爹没有理会她的呼喊声，赶着马车离开庞然大物，顺着麦茬地向后面退去，退得离他们越来越远，听不着她焦急的呼喊声。"干吗不让她下来？"我拉着一车麦子减小了油门，等着爹也拉着一车麦子赶着车跟上来。"走你的去！"爹不让我询问他留下来姐姐的目的，我就再也没有看到后来发生的事情，加大油门超了过去。"干吗把我扔下来，"姐姐直到看不见我们也就不再呼喊，开始跺起脚来，跺得空荡荡的操作台"咣咣"地响，"干吗把我扔下来！"她瞪着爹和我离开的方向，愤懑地想爹为什么要把她扔下来的道理，攥着两只拳头，紧绷着身体。"嘿嘿嘿……"驾驶员却笑了起来，好像他知道爹把她扔下来的道理，他依然坐在驾驶室里，悠闲地看着姐姐茫然四顾地发出来疑问的背影，听着她"咣咣咣"跺脚的声音。"进不进来啊？"他终于把着玻璃门的把手打开门慢悠悠地问道，表明爹把她扔下来的道理就是叫她进不进去的问题。"讨厌！"姐姐回头踢一脚玻璃门，门"咣当"一声被她踢上，他的一只瘦胳膊被撞了回去。发动机跟着转动起来，庞然大物上面所有的零件都转动起来，带动着整个的机体颤动不止。姐姐感到身体跟随着颤动的机体，颤得她有些站不住脚，比她坐在还不会驾辕的种马拉的马车上还要难受。"哎哟！"姐姐看着脚下往上跳动的操作台，操作台上的一颗脱扣的螺丝钉上下跳动，像活了一样跳动，跳动得她越加站不住，抬起头，视线里的麦地也变得摇摇晃晃，像一张巨大的起伏不定的黄色帆布，让她感到陌生感到晕头转向。"开开门！"姐姐主动敲开玻璃门坐进去。里面蓝色的座位有弹簧的作用，不再颤动不再晃荡。大片金黄色的麦子在她眼前恢复原状，在她目光俯视之下，恢复了涌动的金黄色的麦浪。姐姐看过熟悉的麦浪，看到麦地之外，看到麦地之外的山峦，永远散发着淡蓝色光泽的山峦，它们重新唤起她无穷无尽的想象力，重新布满了向往又困惑的神采，奕奕的神采叫她笑眯眯地富有幻想，她幻想的神态停在那里，同时又像在思索着难以名状的问题。问题叫她脸上的神采慢慢地凝聚成不散的阴云。"往里面坐一坐。"他看着姐姐富有的神采慢慢阴沉下来的侧脸，主动让一让位子，双手把着方向盘，黑色的方向盘比他的肩膀还要宽，肩膀转动中直蹭姐姐的脸上。"什么破玩意儿！"姐姐扭开脸陡然说道。"你有吗？"他愚蠢地顶姐姐一句，继续沿用他高高在上的语气。"有没有怎么地！"姐姐马上顶了一句，伸出手来对着方向盘下面键盘中间的一个红色按钮按下去。庞然大物停了下来。"哎哟！"他慌忙站起来，又是拉一个手柄，又是砸玻璃门，一副狼狈不堪的样子显现出来。"呵呵呵……"姐姐终于笑逐颜开起来，前仰后合晃着身子，身上所有能够晃荡起来的东西都颤动了起来，刚才凝聚在脸上的阴云立刻烟消云散，化作眼前欢快的笑声。"你还笑！"他继续慌忙地打开玻璃门跑出去，"你看看你看看，"他让姐姐出来，让她低下头去看高大的机器下面流了一地的麦粒。"谁让你不告诉我该按哪个不该按哪个来的。"姐姐轻松地说。她指的是她刚才按下去的红色按钮。"行啦行啦，"他妥协地摇着手，自己先走下铁梯子，走到庞大的机器后面。那个经过脱粒经过筛选的过程，在机器里完成之后，应该流进贮粮室的麦粒，现在全都流到麦茬地上。"这可不怨我，"他在下面摊开两只手，表示着他的无辜。"谁让你说'你有吗？'"姐姐也往下走着，也记起他说的那句显示自己高高在上的话。"行行行。"他点着头，瞅着割过的麦茬地和长着麦穗儿的麦地，机器还在身边咣叽咣叽空转着。麦地里的蝈蝈一声长一声短，隐蔽在麦秆之间，颤动着带花纹的肚子。肚子鼓鼓囊囊，已经吃饱。它们的任务就剩下尖叫，一直尖叫到麦子收获之后，钻进大地变成蛹为止。

"反正不怨我！"他接着又说着推脱责任的意思，顺着那个窄窄的梯子重新爬上去。"你不管哈？"姐姐指着他的后背，"咣咣咣"开始踢机器草绿色的外壳儿，铁皮的颤动声越来越响。"你干吗？"他在上面转过脸，窄长的脸上布满惊恐地望着下面。"滚吧，滚你妈的蛋吧！"姐姐真的气愤起来，她的脚也气愤起来。"你干吗踢我的车？"他惊叫着，把几条麻袋往下扔。麻袋在空中散开，像一只只大鸟儿的翅膀，兜住风，落到站立的麦秆上，麦秆儿撑住了麻袋。

姐姐继续踢着他的车。他跑下梯子。"疼死我了！"姐姐感到脚踢疼了才不踢车。

"你看看你给我踢的。"他指着姐姐踢过的部位，手在上面抚摸着。那块铁皮有些凹进去，表面出现不平展的痕迹。"我的脚能踢坏铁皮吗？"姐姐欠着脚尖儿，"我的脚尖儿踢疼了怨谁？"姐姐活动着脚尖儿，嘴角跟着脚尖儿的疼痛一颤一颤。"我也没有惹你。"他看一看姐姐，语气低下来，表示出来一种委屈的腔调。"还有我的脚脖子，"姐姐转动着脚脖子，"你赔我的脚脖子，"姐姐把脚伸给他。"那我的车谁赔？"他看着姐姐。"我的脚能踢坏你的车！"姐姐喊道，"再说谁让你上去的！"姐姐转过身，一瘸一拐地走到生长的麦子里面，把麻袋捡起来，举到头顶上，又一瘸一拐地走出来。

"我上去拿麻袋。"他说。

"你说你拿麻袋了吗？"姐姐说。

"那还用说吗。"他说。

"你说了吗？"姐姐说。

"我干吗要说。"他说。

"不说等于没有一样！"姐姐说。

"敢情不是你们家的车。"他说。

"什么这破玩意儿。"姐姐说。

"你说的？"他说。

"对，就是我说的。"姐姐说。

"你们家见过吗？"他说。

"我们家见过的东西你都没见过。"姐姐说。

"没见过你们家的马。"他又好像什么都明白一样笑起来。

"我们家的马怎么啦？"姐姐说。

"我到过好多地方——河南、山东、甘肃。"他看着姐姐，"像你们家不舍得几公斤柴油，还用马拉车往场院运麦子，"他开始诚恳地说话，"拖拉机也赶不上！"他说出来实情。"给我麻袋。"跟着要过来姐姐手里的麻袋，跟着又递过来，让姐姐撑着麻袋口。"这还差不多。"姐姐看到他诚恳的样子，也就主动撑开麻袋口。"往下一点儿。"他首先蹲下去，捧起一捧麦子，麦粒儿顺着他的手指缝里往下漏，"这什么时候能装完？"他又放下手，要过去麻袋，竟然用牙咬住上面，用膝盖压住底下，用两只手往麻袋口里拨拉地上的麦子。"嗯——这还差不多！"姐姐瞅着他，赞叹起来他勤劳的行为。他的腰和他的脸一样窄，像一条板条宽窄的腰，随着双手的动作，一种东西在腰上活动着，这东西叫姐姐的脸红了一下，好像触动了她心里的某种东西。"你怎么这么瘦！"姐姐马上又感到不快，但还是跟着他蹲下来，和他面对面，往麻袋里拨拉麦子。"要那么胖干吗？我又不用马收割我又不用种麦子！"他抬起头说了一句。"你脸上怎么这么多疙瘩。"姐姐看着他的脸皱一下眉头，心里的东西又触动了一下。"青春美丽疙瘩痘。"他不再说马不再说麦子，彻底低下去头。"喊——"姐姐喊了一声，没有听见他再吭声反抗，心里舒服多了。然后他们的头几乎撞在一起，两只手几乎是做着同一个动作，"嘻嘻嘻……"姐姐不再做同一个动作，不再往麻袋里拨拉麦子，往他脸上拨拉麦子，心里头也就明亮起来，也就没有了凝聚的阴云，也就打开了长久紧闭的一扇门窗，"嘻嘻嘻……"拨拉完后朝着一垛麦秸跑过去，他也朝着那垛麦秸跑过去……

不到一天的时间里，他们肆无忌惮的笑声便从屋子里频频传出来，他们把在阳光明媚的天底下，在金黄柔软的麦秸垛里的内容带回到屋子里面。我望着叫他们折腾过的麦秸垛，听着她"叽叽嘎嘎"的笑声从屋里传出来。那些叫他们折腾矮了的麦秸垛，那些折腾过的情景在光天化日之下，在面对着麦地以外的沟趟子，面对着远处的南山，再远处连绵起伏的完达山脉……然后夕阳西下又回到屋子里，回到有遮掩的屋子里，继续散发出来"叽叽嘎嘎"的声音。

"妈！"我要告诉妈妈。我们从场院收工回来，我停下车先听见他们在屋子里"叽叽嘎嘎"声，我还没有进屋。妈妈比我晚回来一步。场院的麦子还没有晒干，还没有装进麻袋，还没有堆在苫百棚下面，还没有往密山粮库里运。妈妈依然一声不吭走着，走过风化石大道，走到房后菜地的小道上，走到马棚前面那排榆树下，走进房山的阴影里。"妈！"我要告诉妈妈，我看见她走出阴影，走到阳光里，挂着汗渍的面目还是阴沉沉的，还是没有说一句话。"妈！"我呼喊着她，等着她放下扫帚，弯下腰，解下头巾，把身上的尘土掸干净，又把衣服上的四个兜翻过来，抖擞掉兜里带回来的麦粒，鸡自动跑过来吃地上的麦粒。我知道妈妈已经听到屋子里不断传出来"叽叽嘎嘎"的声音。"妈！"我还是继续呼喊她。"什么？"她终于抬起头，终于说了一句话，却并不感到意外，好像她没有听见他们在一起"叽叽嘎嘎"的声音。"他们！"我指一指屋里，我又说不出来里面的内容。"你管人家哪。"妈妈说。语气低沉，眼光尖锐，好像我做错了一件事，好像还是站在空荡荡的场院上，对着爹浑身哆哆嗦嗦、要说又没说出来的话对我说出来。妈妈脸扭过去不再看我。"我管人家！"这话听起来让我感到害臊，感到是我犯下的错误，而不是他们干着见不得人的勾当，"叽叽嘎嘎"的勾当。"那你怎么管人家！"我受不了这样说我，我一下子想起来。"什么？"妈妈转过脸，脸上红通通的，眼睛亮闪闪地盯住我。我朝着房后挥一下手臂，那里斧头正在"咣咣咣"地忙活着，锯正在"嚓嚓嚓"地忙活着。三杨他们家三个人在房顶上，一个人在房下面，又是板子又是瓦，又是杨香又是杨菊又是国顺。"我管谁？"妈妈瞪着我，脸一下子不红了，眼睛暗淡下来。国顺先和杨香又和杨菊，我没有说出来他跟她们姐妹俩睡觉的事情。"我管他们什么？"妈妈神色严肃起来。"你不是说过他们伤风败俗！"我把说过的话说出来。"我说他们伤风败俗？"妈妈瞪大眼睛，"我说了吗？"她像在问我，又像在问另外一个人，"我没有说！"好像在跟另一个人争论。口气硬邦邦的。

妈妈进屋也没有去打扰他们"叽叽嘎嘎"的笑声，抱着一个掉瓷的大茶缸子很快又出来坐到树桩上，看也不看我一眼，跟我不存在一样，咕咚一声喝下去一大口茶水，端着大茶缸子底儿，盯着刚才走过来的房山的阴影。我不看她，我还在听着那不时传出来"叽叽嘎嘎"的声音。爹牵着马也走了回来，他已经把车还了回去，走到妈妈一直盯着的那片阴影里。妈妈才咕咚一声喝下去第二口茶水。爹没有扛扫帚没有扛木锨，手里拿着一把一头尖一头平的锤子。那匹马好像已经驯服下来，紧跟在他身后，不住地咬他的衣服角儿，不住地安抚着他。爹没有理会，没有看妈妈一眼，没有听她接二连三咕咚咕咚地发出来的喝水声，直接没有走过来，在房山下停了一下，对面不到十米远，隔着一段空地，紧挨路边的一排杨树下面，并排停放着漆皮斑驳的拖拉机，停放着崭新的草绿色的庞然大物。它们两个，一个陈旧，一个新鲜。一个落后，一个先进。一个丑陋难看，一个高大雄伟。那匹马松开爹的衣服，走到它们中间停下来，爹停顿一下走过去，走过东方红拖拉机，走过那匹马，没有理会它伸过头打出来的响鼻儿，走到康拜因跟前，用锤子的平头敲打着庞然大物草绿色的外壳儿。"咣咣"的铁锤声清脆响亮。妈妈不再喝水，不再发出来咕咚咕咚喝水声，嗯——妈妈用劲儿地"嗯"了一声，好像嗓子被捏住发出来的声音，也没有引起爹的注意，呸——又用劲儿吐出来一大口茶水，好像打了一个喷嚏喷出来的水，马也打出来更响的响鼻声儿。他们这些作用都没有效果。我也不想这么站着，看着他们想尽办法想引起爹的注意，我朝着爹走过去。他们"叽叽嘎嘎"的声音一直传到路边，在路边继续"叽叽嘎嘎"，爹也像妈妈一样显得无动于衷，我提醒爹听一听夹杂在铁锤声里的"叽叽嘎嘎"声。"嘘——"爹"嘘"了一声，不叫我出声，敲打着庞然大物草绿色的外壳儿，把脸慢慢贴上去，聆听着里面的声音，不是聆听着他们"叽叽嘎嘎"的声音。我停在树下面。高大的机器一小半在树的阴影里，一大半在房脊上斜射下来的阳光里，分成明亮与阴暗的两部分。爹一直沿着绿色的外壳儿，聆听到两个紧挨在一起的胶皮轮子上面，他的样子是想从两个并排的胶皮轮子中间的缝隙里伸进头，前去探个究竟。胶皮轮子高到他的胸部，轮子上面的花纹像树干那样粗，俩俩一组，搭成"人"字形，一直消失在钢圈的部位。这么高的轮子不怕下雨天，不会陷进泥地里出不来。不至于地里没有干透，等着太阳把水分晒干，太阳把麦子底下的水分晒干得等好几天。好几天再下地耽误了收割期，麦子自己会倒伏下去，麦粒会纷纷脱落，会长出新芽来，再也收拾不起来。这有什么了不起的，我把想到说了出来。"嘘——"爹抬起头，满脸狐疑地不让我说话，"不是不是。"他摇着头。"我也能开。"我说。"嘘——"爹继续嘘着不让我说话，摸着高大的车轮，摸着车轮旁边的皮带，摸着带动皮带转动的皮带轮，一个接一个地摸，一直摸到通向上面的梯子旁边的铁把手，摸着光滑锃亮的铁把手爬到上面。上面的玻璃门没有关，爹坐进去，冲我招手让我上去。我上去看见爹摸着方向盘下面红黑相间的操作盘，把上面的按钮摸了一遍又一遍。把那个钥匙拧一下它就能走，我告诉他我知道的原理。我指的是操作盘中间插着的黄铜钥匙。"别动别动……"爹捂住钥匙，不让我动它。"我不动。"我说。爹看看我，确信我不会动，才挪开手，又去摸驾驶室里的玻璃，摸连接玻璃的不锈钢角铁，摸带弹性的天蓝色座椅。这些东西从他粗糙的手指间轻轻地滑过去，像鱼一样滑过去，像金子一样珍贵。"看见了吗？"爹这才松口气，问我看见了没有。"这有什么哪？"我不理解爹干吗要松口气，为这么一件东西，好像一天不曾松过气一样，现在终于松上一口气。"这可不是没有什么！"爹认真地摇着头，站起来，看着我先出去，他才

小心翼翼地转过身，怕碰坏什么东西似的，侧着身出了驾驶室。我们走下梯子。冲我招手让我上去让我看见让我听见他摸来摸去他才满意，才觉得那一口气憋了一天这才刚刚撒出来，根本不理会他们的"叽叽嘎嘎"声，根本不理会妈妈"咕咚咕咚"的喝水声。他们已经"叽叽嘎嘎"跑出来，又跑到麦秸垛里"叽叽嘎嘎"。妈妈已经喝光了满满一茶缸子水，咯咯地打着嗝儿，像那匹马一样打出来的鼻息声儿……

山　冈

　　我驾驶着拖拉机，妈妈和姐姐她们俩站在牵引架后面挂着的播种机上面，用棍子搅拌着播种箱里的种子，麦种通过一排胶皮管流进垄沟里面。麦地经过平整镇压，在我们眼前有条不紊地铺展开来。我们能够看见爹，他和我们相隔着一个拱起来的山冈。爹在山冈后面用三匹马耕地，马的脑袋和爹的脑袋时隐时现。机车掉过头，妈妈跳下播种机，跑到机车前面挥动着两只手。"怎么回事？"我停下来没有熄灭油门。"还能怎么回事。"姐姐也正在从脚踏板上往下跳。她们脸上满脸灰土，只剩下两只眼睛在闪动。"呸呸呸——"妈妈吐着嘴里的灰土。"呸呸呸——"姐姐也跟着妈妈学着吐。我看见爹出现在山冈上面。"就怨你！"姐姐开始埋怨我，"你跑得那么快肯定有漏播的地方。"妈妈迎上去。"你们就说不怨我。"我们跟在后面，脚不时陷进松软的土里。"我不管！"姐姐说。"管不管！"我抓住她的胳膊。"撒开！"她喊道，往两边扭动着身体。我撒开手。爹来到我们身边，并没有理我们，脸上也没有愠怒的表情。他凑近妈妈耳边低声说着什么，两只手向身体外侧摊开来，半天没有收回来。妈妈听完，跟着爹往山冈上走去。"我们不播种啦？"姐姐问。爹没有听见。"我去把火熄灭。"我说。"你去吧我等着你。"姐姐蹲下来，把露在外面的麦粒用土埋好。等我关掉机车油门，返回来发现姐姐已经不在。我顺着他们留在地里的三行脚印跑过去。

他们停在一片洼地里，洼地刚刚翻过，像我们播种之前的耕地一样：大块的土翻过来，露着树根和草皮。马站在上面，没有任何动作，低着头跟在爹身后。"你看。"姐姐抓住我的手，让我看见一匹马躺在地里。正是三匹马中的辕马。辕马躺得很安静，好像它是在休息。"怎么啦？"我不明白他们为什么不吭声。爹蹲下去，回头看看我，他的眼睛里有一种令人不安的东西。"它累了，"我也蹲下去，手伸到马的身体下面，手上沾上一层汗，"起来——"我拍它一下让它站起来。"别动！"妈妈说。"不是不是……"爹摇着头，也没有说出不是的内容。我挪到马头的位置上，两匹外套也跟过来，伸过来脑袋，嘴贴到辕马的脸上，往它的鼻子眼睛耳朵里面"呼哧呼哧"地喷气，辕马也没有睁开眼睛。"从倒下去就没有睁开眼睛。"爹抚摸着马的腹部，抬头看看我，又看看他们。"那不是在动！"妈妈说。她发现辕马身上一层茸毛正在微微地颤动，就像风掠过草地。"不——"爹摇着头，目光转向遥远的山脉那边，山离我们仍然那么远，仍然是淡蓝色的。"我去叫兽医！"姐姐说。她看看爹又看看我。"我去叫！"眼睛盯住妈妈。"让她去吧！"妈妈看着爹。爹没有说话，还在看着蓝色的山脉。"去吧！"妈妈说。姐姐撒开腿，往我们家的方向奔去。"慢点儿！"妈妈说。她的脚从翻起来的土块上滑下去，再提上来，再绊到树根上，膝盖跪下去，再直起来，踉跄的身影消失在灌木丛后面。我们脑子里一片空白，好像木偶一样，呆呆地杵在各自的位置上。"你们瞅着我干吗？"爹突然紧张起来。其实我们谁也没有瞅他，他自己感觉谁都在瞅他。我离开他们，把另外两匹马从马套里解下来，牵到烧过荒又滋生出来的再生草跟前。青草又绿又嫩，它们却不吃，又跟在我身后，回到辕马身边。爹又把它们牵回去，拴在两根很粗的树干上。它们过不来，但它们扬着头往这边张望着，咴咴地叫唤，拽得树叶哗哗作响。

兽医来到我们面前仿佛从天而降。他们肩膀上背着画上红十字的药箱，胳膊上套着套袖，脖子上挎着听诊器。姐姐已经气喘吁吁，她不时停下来等着兽医跟上来，来到我们跟前，又在翻过来的土块上绊一跤。"慢点儿。"妈妈说。"我来晚了没有！"姐姐急切地喊道。

我们站起来，兽医蹲下去。他们是三个人，分别蹲在辕马的脑袋、肚子和屁股的位置上。一个兽医把马尾巴掀起来，把带刻度的玻璃棒杵进去。一个兽医用听诊器听着马的腹部，听一下移动一下位置。另一位捏着镊子，撑开马的眼皮。我们看见马的眼睛里蒙上一层血丝，还有一层白色的黏膜蒙在血丝上面。

"别让它们叫！"拿玻璃棒的兽医指着另外两匹马。它们在用蹄子刨着地叫唤。我和爹跑过去，拽住它们脸上的笼头。"吁吁吁——"爹冲着马的耳朵说。"你们别叫唤。"我用手去捂它们的嘴，把它们的脑袋抱在怀里。它们仍然挣扎，仍然叫唤，把我和爹甩来甩去，就好像甩嘴边上的草一样。"不行不行。"爹脱下衣服，扎起两只袖子，蒙到马脸上。我照着爹那样蒙住另一匹马。两匹马蒙在衣服里，发出来"呜呜"的闷声。衣服一会儿粘到马脸上，一会儿鼓起个大包。"我们没有别的办法!"爹冲着兽医摊开双手。兽医没有理会,他们叫爹离开我们到没有耕过的灌木丛后面。他们在灌木丛后面,脑袋挨着脑袋。光能看见三个兽医在说话,爹盯着地上的草一言不发。一个兽医先站起来,走到辕马跟前打开红十字药箱,拿出来粗大的针管,吸上满管暗红色的药水,长长的针头扎进马腿部的肌肉里,辕马开始哆嗦。"一会儿就会站起来。"兽医说。这是他们第一次对我们说话,严肃的脸上第一次露出笑容。我们长吁口气,这才感到四周的空气在阳光下流动,才感到空中乌鸦在聒噪。"一会儿就会站起来!"姐姐不顾脚下凹凹不平的土地,又拍手又跳跃。我们注视着辕马,它的身子一半躺在耕地上,一半躺在翻起的树根上。"眼睛睁开啦!"妈妈首先说。我们看见辕马果然睁开眼睛。它先是朝着另外两匹马嘶鸣的方向望过去。"快把它们脸上的衣服解下来!"妈妈说。我解下它们头上蒙着的衣服。它们朝着辕马的方向伸长脖颈,长嘶不已。辕马翻过身,卧在地上,先是两只后腿站起来,跟着前腿站起来,四条腿再把整个身体撑起来,颤颤巍巍地向着那边的两匹马走过去。三匹马的脸凑在一起,相互磨蹭着,发出来轻微的咳咳声。

我们经过一场虚惊重新翻过山冈去播种麦子。"干吗让他们牵走?"姐姐跟在后面问道。她的话起初没有引起我们注意。我和妈妈走在前面。我们已经走过刚刚翻过的荒地,来到正在播种麦子的松土里。"干吗叫他们牵走?"姐姐又问道。她追上来询问我们。我们回过头才发现兽医牵着辕马走到在耕地外面,消失在我们家旁边的风化石路上。"干吗让他们牵走?"我们返回来问爹。爹依然蹲在灌木丛后面。"你说——"妈妈推着他。他低着头不瞅我们。"你说呀——"我和姐姐也去推他。我们把爹团团围住。"我说什么?"爹仰起脸,脸上布满阴云，仿佛就要化作雨水流下来，流到草丛里。"你们让我说什么——"爹冲着我们喊道。

我们奔跑在牧场的两排畜栏中间。"我跑不动啦！"姐姐两只手扒住畜栏的横栏，才不至于坐到地上。"我们非要把它牵回来！"她喘息半天，终于扶着横栏站起来，脸色已经煞白，腿还在打哆嗦。兽医所的铁皮屋顶在前面出现。"我抄近道过去。"我说。"我还得站一会儿。"姐姐说。我没有再绕道，朝着畜栏外面一座积肥堆径直地跑去。积肥堆上长满蒿草，踩上去"咕噜咕噜"地冒出来发黄的水泡。"你别陷进去！"姐姐在后面注视着我，"你把蒿草压倒踩脚底下。"她叮嘱着我。兽医所的后窗户对着积肥堆，窗户上钉着白色的纱帘，看不见里面的情况。我沿着后墙绕到房子前面，房前种着一排细瘦的杨树。杨树和杨树之间用半截砖头围成花圃，种着一簇一簇的扫帚梅。花朵要在九月里开放，现在像一丛丛树丛的形状。房前房后的窗户敞开着。前窗没有钉纱帘。房子里面打着水泥地，给牲口看病的架子直接筑在水泥地里，地上扔满蘸着紫药水、红药水的药棉花，药味儿扑鼻，直浸进肺里。还有两扇门，门上的玻璃有一块是透明的。我趴在透明的玻璃上往里看，里面没有人，有一排分成许多木格的架子，木格里摆满装药的广口瓶。另一扇门上的毛玻璃隔得很严，看不见里面的情况。两扇门都敲不开。"怎么回事？"姐姐从前面敞开的窗口往里探进头来。"不知道，"我说。我出来。我们站在房前，注视着兽医所前面的景象：一片十亩地面积的水面，水面前面一大片玉米地，玉米地里矗立着一座废窑，一条土路穿过玉米地穿过废窑，通向更远的地方。"我们上哪儿去？"姐姐问。"上哪儿去？"我看着更远的方向想，"马在哪儿我们上哪儿！"我想起来。

"马在哪儿呀！"姐姐说。她的脸色依然苍白。"看我有什么用！"她推我一下，"我们去找！"她说。我们离开兽医所，离开来时的路线，沿着墙根下延伸出去的小路，朝着一片漫坡上走去。"他们真该死！"姐姐说。"真该死！"我也说。路上的砖头瓦块绊她一下。"看着点儿！"我说。"你听——"她停住脚，苍白的脸色十分警觉。有马嘶叫的声音。"是它！"姐姐说。"跑啊！"我说。我们跑到漫坡顶上，看见经过球场通向礼堂的道路上走动着许多人。我们来的时候没有通过那条风化石大道，我们沿着场院后面的机耕道直奔牧场，以为那样可以抄近道，所以犯下不可饶恕的错误！"等等我！"姐姐发出来"呼嗒呼嗒"的喘息声，"等等我！"她一个劲地喊。"你慢慢跑！"我没有放慢脚步。"马不叫啦！"姐姐站住。马已经不再叫。

球场上发生的事情被一幢刷上白灰的房子挡住。我们在房子后面奔跑。刷上白灰的墙壁上写着红色的大字：农业的根本在于机械化。每个字都有半个人那么大，硕大的红字在我们眼睛里跳动。"呜呜呜——"姐姐张大嘴，嘴里发出来风一样的声音。"你别叫。"我说。"我不叫。"姐姐咬住嘴唇。我们已经知道发生的事情。我们慢下来。我们来到房子前面。前面的球场上聚积着许多人，仿佛是所有的人，手里都拿着盆。看见我们，他们背过身去把盆扣在脸上，就好像不认识我们。我们推开人群往里挤。"别叫他们过来！"屠夫说。他从人群中伸长脖子。他叫王启路，又打铁又杀牛。是铁匠又是屠夫，脸上长满肉瘤，长满倒立的胡须。"你们脸上都是汗！"他们突然说，像是关心我们。"别让他们过来！"屠夫用沾满血的手指指着我们。人们挡住我们，往路基上推我们。"放开我！"姐姐说。她被推到另一边，靠在球架的铁管子上面。"这是怎么回事？"她问道。"不是你们家的马。"他们说。他们相互看一眼，相互间心照不宣。"用不着骗我。"姐姐说。我靠在这一边的球架上，我听见姐姐的说话声，看见好多人挡着我，也不让我过去，不让我看到悲惨的场面。"过来吧！"屠夫停了一会儿才说。他已经干完活，已经无所谓，脸上挂着轻松的笑容。人们这才闪开一条道，道路通向前面，好像无限地远！迎面撞上屠夫，屠夫拖着马的尾巴，马变成一张毛朝下的马皮，在他身后铺展开来，在球场的碎石上发出来唰啦唰啦的响声。"是你们家的马吗？"屠夫问我们，好像他不知道谁家的马，围裙上沾着鲜红的血迹，让我们辨认着朝上一面鲜红的东西。"这是怎么回事？"姐姐已经认不出马。"我操你妈——"我骂屠夫，低头冲着他撞过去。他闪开身"嘿嘿嘿"地笑起来。我跟跟跄跄，"马——"我在想。脑袋里嗡嗡作响，像个柳观斗子那么大！

闪开的道路上有一条马皮拖过的血迹。我不愿意看到它躺在那里我不能看到它躺在那里。它已经不是那匹马！这是怎么回事？我也和姐姐一样。"呜呜呜——"我们一样。"但我不能！"我把快要涌上来的东西重新吸进身体里，不让它们留在脸上。

"分肉啦分肉啦。"屠夫说。他哈哈大笑起来。人们都跟着哈哈大笑起来。没有人理我们。我们的脸在哆嗦。我和姐姐。"没有办法！"兽医说。他一直站在人群里面，双手插在白色大褂的立兜里。"那你还打一针干吗？"姐姐问他。"打一针为了让它自己站起来。"兽医说。"站起来怎么还不行？"姐姐继续问他。"站起来也不行，你们不懂！"兽医不想再说。他离开我们。

我们没有再走近那匹马，那堆支离破碎的东西。它们要装进那些盆里。那么些端在手里的盆啊！我走到马的另一边，它被分成了两边，走到它被扔在另一边的马皮跟前，早晨它还不是这样，它还能动，还能够散发出来激动人心的热气。现在里面空空荡荡，里面从前装的东西在哪儿，不是那些装进盆里的东西，它是一些激动人心的东西！那些变幻的四肢，那些喷出来的气息，从我的手上转移到爹的手上，回过头看我的眼神，转过来又转过去，一直到看不见我，一直走到山冈的后面为止。现在血淋淋地铺在地上。"我不想看到它！"姐姐说。她的脸色更加苍白，表情却无动于衷起来。"走！"我说。"行！"她变得听起我的话来。"你别怕。"我说。"我一点儿劲都没有！"她说。我拽着它往家里走去。"我以前一点儿都闻不了它的气味。"她说。"我也不愿意闻。"我说。我们走在风化石路上，我把它顶在头顶上，走在路中间。血腥的气味儿压下来，黑烟一样压下来。压得我胸闷，气喘吁吁。我张大嘴发出"呜呜"的声音。"我们用不着忍着。"姐姐说。我看见她的腿，看见她的脚，听见摩擦路面的声音，我都听得清清楚楚。

我一直顶着它，它流着血的那面冲着天。我们一直走到松软的麦地深处。"咱爹！"姐姐首先发现爹。我看不见他，我在它里面听见爹的喊叫声。喊叫声混杂着地里的尘土迎面扑来。"谁让你们把它弄回来——"爹喊叫道。他在刚刚翻过的地里弯着腰，身子往前伸着，从一块草皮土跳到另一块草皮土上，两只手臂在身体两侧张开着，像两张弯曲的弓。他来到离我们不远的地段，又像一只受到攻击的猫，蹿到电线杆顶端的瓷瓶上，趴在上面，头朝下耸立起来全身的短毛。

我停下来，把它放到地上，又细又密的垄沟和垄台凸凹不平。姐姐拽着一边，我拽着另一边，把它拽平坦，放下去，又跟垄沟垄台一样凸凹不平，怎么也弄不平展。我和姐姐看着它，铺展在地上，血红的那面，像一面叫风吹皱的旗子，散发着血腥气味儿。

麦地辽阔平坦井然有序，红漆剥落的拖拉机停在麦地另一端，地里向上蒸发着淡紫色的气息，麦子在土里面发芽。爹依然奔跑在松软的土地上，越跑越近，一只脚陷进土里，另一只脚拔出来，步伐生硬有力，带起来的尘土，在身后飞扬。他就像一匹马，一匹死去变成马皮的那匹辕马。姐姐眼睛里饱含的东西流出来，晶莹的东西无声无息流过发白的脸庞，流到蓝布衣襟上面，浸进布纹里面。"我不会的！"我在对自己说。我要像在球场上对待那些人一样面对爹。我认为爹和他们一样，是他们的帮凶。

"谁让你们把它弄回来的——"爹吼叫着，他的面孔越来越清晰，越来越让我们看到全部的表情，愤懑又紧张。"我们没有错！"姐姐没有这么说，我能感到她在对自己这么说，她的脸上表现出来这句话的内容，带着发自心底的力量，带着沸腾的血液在她皮肤下奔跑的情景。爹没有停下来，不是指他的脚步，不是指他做出来的动作，是指他望着我们的神态：专注蛮横又紧张。我们望着他，没有丝毫地退缩。我们知道我们和爹之间正在较量着某种东西，像箭镞或像刀刃。姐姐和我一样明白这个道理，她一动不动，攥着拳头，扬着下颏儿。我们渐渐看见爹垮下来，他先是低垂下目光，跟着是脸上专注蛮横的表情，随着松弛的肌肉变得木然。"谁让你们把它弄回来的！"爹低下头，自言自语地从我们眼前走过去，蹲下去，对着那张生动的马皮，"我也没有办法，"他说，"我一点儿办法也没有。"他总是说这么一句话，手像从前那样抚摸着马，他的那匹辕马，现在是他想象中的马匹，咴咴嘶鸣着，挂着细密的汗珠儿，四肢变幻着，走过他身边，低下头，冲着他打一串儿饱满的响鼻儿。他把它卷起来，抱在怀里。他的手已经染红。爹抱着它往家里走去，背影渐渐远去，不再像朝着我们奔来时那样有力那样矫健，显得衰

老，显得疲惫不堪。爹一直走出麦地，走到我们家简易房后面，返回屋里拿出来一把锹，在两棵榆树之间，挖了一个坑儿，把它埋进去，让它拱起一个土包，变成一座坟墓。我们看到它变成坟墓才转过头。

"妈——"妈妈已经站在我们身后，低着头冲着地垄沟死死地盯着，那是它最后铺展过的地方，现在什么也没有，却又像有一样庞大，一样栩栩如生地站起来，先是后腿再是前腿……

"妈——"我们想把她叫回来，她好像钻进了地里面，听不见我们叫她。

送　葬

"你想尿尿我下地。"

"我不尿尿。"

"你想喝水我下地。"

"我不喝水。"

"你想要珍珠我下海。"

"我不要珍珠。"

"你想要云彩我上天。"

"我不要云彩我要你记住我说的话。"

"你说的什么话我忘了。"

"你想一想。"

"我记不起来。"

"你能记住什么。"

"噢——你说过大道劝人三件事：戒酒除花莫赌钱。"

"不是我说的。"

"那是《女儿经》上说的。"

"是《明贤集》上说的。"

"我的脑袋总记不住。"

"你就是不用脑袋说话。"

"脑袋能说什么话。"

"用脑袋想一想再说话你会明白其实事情是一回事儿。"

"什么事是一回事。"

"天下的事。"

"那不等于什么事没有发生。"

"对，就是什么事没有发生你用脑袋想一想。"

"狗屁脑袋吧。"

"你不用踢狗。"

"它在屋里撒尿。"

"狗是天下跟佛最亲的东西。"

"狗有脑袋吗？"

"狗有脑袋。"

"狗不会说话。"

"狗会说话你听不见，它跟佛最亲，你给我一炷香。"

"一点儿用也没有。"

"给我。"

"你还没跟我说话哪。"

"我说完了，我一辈子的话都说完了。"

"妈你怎么啦！妈！妈！妈！"

"妈——"三杨一直在喊。我们都听到他"妈妈妈"的喊叫声。从深夜一直喊到天亮，好像孕育了一千年的喊声，又沉又闷。我们知道那个人死了，那个行将就木的人，那个三杨因为她总跟我们要这要那的人，现在终于死了。

他妈的手里拿着一炷香，向着坐在墙里的黄铜佛像，脸上挂着笑容咽下最后一口气。

"呜呜呜——"天亮以后，三杨开始哭起来。仿佛孕育一千年的哭声像闷雷一样，在屋子里转悠一圈，飞出窗户。"汪汪汪——"他们家的狗一直竖着耳朵，一直等到"呜呜呜"的声音响起来，才蹿出玉米楼下的稻草窝，跑过长长的院子，跑到门跟前，用嘴打开门，跑进里屋，蹲下两条腿，跳到炕上。"呜呜呜——"三杨趴在被子上。"呜呜呜——"狗也趴在被子上。杨香躺在玉米楼里，一直竖着耳朵听，听到"呜呜呜"的声音响起来。"完了！"她才感到灾难临头，才迈下玉米楼的木梯，浑身打着哆嗦，看见跑过院子的狗瘦长的身影，手里的衣服掉到地上。"国顺，"她拽住国顺，"奶奶！"她冲着国顺说。国顺在给牛刷身子："唰啦唰啦——"刷子在牛背上刷来刷去。"走啊！"她把国顺推到前面。国顺攥着沾满牛毛的刷子，听她小声喊着奶奶、奶奶，看见她边喊边流下来眼泪，他什么感觉也没有。

他们进屋闻到满屋的香气。被子太小了，盖不住仰面躺着的死人，杨香趴下去挤到爹。"你跪下！"爹回头说。"我跪下了。"杨香跪在炕沿上。"呜呜呜——"她和爹还有他们家的狗，一起"呜呜"起来。三种"呜呜呜"的声音：狗、三杨、杨香。三种声音转悠一圈，飞出窗户。

死人皮包着骨头的脸仰倒炕沿上，头发又干又涩，垂落下来。旁边是伸向黄铜佛像的手，手里拿着香，还那么坚定地伸出去。"这么黄！"国顺说道。他看到枯黄的脸，枯黄的胳膊。"我可见到奶奶啦！"杨香哭着说，他们住进玉米楼再没有进过屋。"你们也是一对没有脑袋的东西！你们什么也不懂，我不想见到你们！"是她奶奶不想见到他们，不是他们不想见到她。杨香向那张蜡黄的脸伸出手，那上面失去活力，依然挂着笑容，像剥去皮的黄波椤树干，树干上刻上去的表情：生硬难看的表情。国顺站在潮湿的屋地上，望着这副永远不再改变的笑脸，并不感到难受。他总能感到手里的刷子的存在，"唰啦唰啦——"刷在牛背上的声音的存在。而这张面带生硬难看笑容的笑脸，让他觉得像树上的叶子，树上咧开笑脸的枯枝败叶。还有满屋香烟缭绕的情景：插在瓶子里的香，已经变成灰白色的香灰，弯曲下来，没有掉下去。

"妈！你再看我一眼！妈！"三杨说。

"奶！你跟我说一句话！奶！"杨香说。

"妈！"三杨说。

"奶！"杨香说。

"哭有什么用，再说那不是笑着吗！"国顺抱开狗。"呜——"狗在他怀里，伸长脖子，向炕上望去。

"你把它放下！"三杨扬起脸。

"放下！"杨香瞪着他。

"我放下！"国顺放下狗，狗重新回到炕上。"呜呜呜——"伸出舌头舔那张蜡黄的脸："吧唧吧唧——"像泥里发出来的声音。"别舔！"国顺说。"舔吧舔吧！"三杨打掉国顺伸出去的手，"它知道怎么办，"三杨说，"就它知道妈！"三杨对着那张蜡黄的脸，"对吧？"他徐徐地问道，狗没有回答他的问题。

"你站着干吗？"杨香说。

"我这不是看着呢。"国顺说。

"看着有什么用！"杨香说，"奶！"她满含眼泪的眼睛望着三杨和狗。他们挡住她的视线，她看不见那张脸。他们对着那张蜡黄的脸叽叽咕咕说着什么话，是狗和三杨说的话。"让我也说说话！"杨香推开他们，从他们缝隙之间钻进去，"你们说什么话呢？"她问着他们，泪眼巴巴地看看爹看看狗。"压住胳膊啦！"国顺发现他们压在那条胳膊上，谁都没有听见他的话，咔吧一声，伸向黄铜佛像的胳膊压在炕沿上折断：带手的部分垂到下面，那支还握在手里的香也跟着垂下来。"你们看你们压的！"国顺举起断成两节的胳膊，骨头断了，还连着皮，就像树断了，还连着皮一样。"你们看看！"国顺说。他们都没有看，都在哭——"呜呜呜。"又皱又结实的薄皮套在外面。"里面还有什么东西？"里面又脆又软，国顺晃荡着冰凉的胳膊，带手的部分晃荡得更加厉害。真是奇迹！那炷香没有掉下来。

"你别动它！"三杨说，"你把它放下来！"

"我放下、我放下！"国顺把它放到被子上。

"我去干点正经事去。"国顺走出屋子。他的眼泪一滴也流不出来。

我们应该下地去给麦子追肥，但是我们没有去，一直等到牛车拉着棺材，从木工房的方向走过来。崭新的牛车发出来新鲜的木头色儿，胶皮轱辘还是旧的，辐条上刷上黑漆，跟新的一模一样。翟木匠背着装满钉子的木箱，跟在崭新的牛车后面，钉子在他的腰下面亮亮晶晶的。棺材长方形，上宽下窄，坐在新车上，敦敦实实，棺材板上刷着暗红色的油漆。我们听不见他们的吆喝声，牛顺着风化石路独自走来，连路边的草也不吃。好像它也知道一个人死了。高大的棺材时而遮住他们的脸，时而又露出他们的脸。他们是国顺和翟木匠，开始抽着烟，有说有笑，越走近越严肃，扔掉烟卷，不说一句话。翟木匠戴着一顶单帽，帽檐转到脑后，冲着来时的方向。

我们看见牛自动停在他们家正对着的道口上。国顺走到前面，牵着缰绳，牛转过头，棺材也转过头，暗红色的棺材整个朝着我们。

他们把棺材挪到车帮上。

"他们搬不下来。"妈妈说。

"你们别动。"爹说。

"我害怕死人。"姐姐躲到妈妈身后。

"咱们去。"爹让我跟他去。

"我们什么时候去？"妈妈问。

"等着我叫你们。"爹说。

"妈妈。"姐姐说。

"我们来啦——"爹隔着风化石大道朝他们喊。

"用不用绳子？"我们走进他们家院子，国顺问爹。"得用绳子。"爹绕着棺材走一圈，敲一敲棺材板，"柞木的？"爹瞅着翟木匠。"榆木的。"翟木匠说。"好木头！"爹说。"不好哪能行。"国顺撇一撇嘴。"嚯！"爹又看见牛车，又敲一敲崭新的车厢板。"榆木的！"爹说。"柞木的。"翟木匠说。"跟新的一样。"爹掐住两根刷上油漆的辐条，用劲儿捏一捏。除了轱辘都是新的，翟木匠戴正了单帽。"行啊行啊！"爹不住地赞叹道，"你们家行啊！"爹对国顺说。"都是他花钱做的。"翟木匠说的是国顺。"这他还怨我！"国顺是指着三杨说的。他说完到仓房里拿出来一卷棕绳，跳到车上，绕着棺材缠四道，把一头递给我，我递给爹，爹盯着崭新的牛车还在若有所思。"给你。"我捅捅他。"噢！"爹这才接过去，和我拽住前面两道，他们拽住后面两道。"我们听你的。"国顺看着爹。"噢！"爹又噢一声，晃一晃脑袋，好像要甩掉里面多余的东西。"一、二、三，"他振作起来，喊着口令。我们听着爹的口令，前后一起使劲儿。棺材离开车板，离开车帮，缓缓落地。

"入土的时候还要用。"爹晃动着手里的棕绳说。

"爹！"国顺朝屋门口走两步，"棺材运来了。"他告诉三杨。我们都不吭声，等着屋子里的回音，屋子里半天没有回音。我看看国顺，国顺看看爹。"他们在干吗？"爹扔下棕绳。"你跟我去看看。"国顺让我跟他进屋。"屋子里有死人。"我说。"我去吧！"爹挥一挥手，跟着国顺走进屋门。

我和翟木匠等着他们出来。谁也不说话。我回头看一看，看见妈妈举起手，冲我挥一挥。我也举起手，冲她们挥一挥。

"要不是你爹他还不出来。"国顺先出来，悄悄对我说。后面出来的是爹。爹后面跟着三杨。三杨后面跟着杨香。杨香拽着她爹的后背。三杨怀抱着他妈，那个已经死去的人。我们好多年没有看见那个人，那个人却活在他们的中间，他们总奶奶奶总妈妈妈，我们总听他们说，总看见三杨到我们家，为他妈要这要哪，一次不给都不高兴，好像应该应分的，好像是我们的奶奶我们的妈妈。她也就这样活在了我们中间，我们却没有见过她，却又跟看见过一样。直到现在才真正看见她，她的那条胳膊垂下来，分成两截，下面一截晃荡得厉害，像垂挂在那里的另一件东西，并不属于她的东西。还有躺在三杨怀里的那张脸，好像睡着了，随时可以坐起来，脸上看不到恐惧，看不到痛苦，挂着幸福的笑容。他们却都泪迹未干的样子。"这不挺好的，"爹对他们说，"还笑着哪，"爹指指他妈的笑脸。"我妈！"三杨看着爹。"说的是你妈！"爹安慰他。"我妈！"三杨又看着我们，好像我们不知道那是他妈，好像他妈要去干一件大事。三杨嘴唇哆哆嗦嗦，自己管不住自己的嘴唇，眼泪涌出来。"够瘦的，"爹拿起那条晃荡的断胳膊，"唷！还拿着这个！"爹看见手里的香。"呜呜呜——"三杨哭起来，嘴咧得老大。"点着吧。"爹指的是那炷香。"呜呜呜——"三杨点着头。爹点着香，香冒起烟来。"呜呜呜——"三杨哭着把他妈放到棺材里。香火在棺材里冒着香烟，丝丝缕缕。"妈！"三杨抓住棺材板，"奶！"杨香抓住棺材板。他们的眼睛在崭新的棺材板里面上下左右转悠，在香烟缭绕中，好像在辨认着什么，好像会从里面坐起来，还不是一个人，是两个人。一个是妈，一个是奶奶，这个奇迹没有发生。我们闻到香火味儿，三杨离开我们，回到屋里，从屋里抱出来一摞子碗，递给杨香一只，递给国顺一只。他们家的人跪下来，跪在棺材周围。棺材里面香火不断。"摔吧。"爹说。"哐当——"三杨摔下去一摞子碗，国顺摔一只碗，杨香摔一只碗。碗都变成碎片儿。"钉吧。"爹示意我们。国顺站起来，和我把棺材板搬下车。"汪汪汪——"狗在屋子里叫起来，"汪汪汪——"狗趴在窗户上，头往玻璃上撞，撞得窗户框直响。"你去打开窗户。"爹说。我打开窗户，狗跳出来，跳进我怀里，从我怀里掉到地上。我们把棺材板合上，板逢里冒出来香烟。狗趴上去，绕着冒烟的板逢转着圈闻，发出来嘶嘶嘶的细声，好像它闻到的东西才是真正的东西，翟木匠看着它做出来的举动不知道往什么地方下手。他一手握着钉子，一手举着锤子，眼睛望着我们，不知道砸还是不砸。"钉呀。"爹说。"喊呀。"爹又说。"汪汪汪——"狗先叫起来。"妈你躲钉！"三杨喊起来。"奶你躲钉！"杨香喊起来。他们在呼喊着两个人：妈和奶奶！还有狗心目中真正的主人，三个不同地活在他们心目中的人，她们三个人会躲开钉子的。"乒乓乒乓——"翟木匠的锤子不间断地落到钉帽上。钉子缓慢地吃进坚硬的榆木板里。"汪汪汪——"狗冲着每一颗钉子龇出来尖锐的牙齿，它要把钉子咬住，不让钉进去。

"汪汪汪——"

"妈你躲钉。"

"奶你躲钉。"

"乒乓乒乓——"

庄永霞是半途中加入我们队伍中来的。她背着箱子从玉米地出来，离我们很远，站在路边上，等着我们走近。她把箱子放到车板上，又站到路边上，等着我们走过去。她跟在我们一家人后面。我们一家人跟在三杨一家人后面。他们一家人跟在牛车后面，头上扎着白色的麻布，腰上缠着这种麻布。几把铁锹放在车板上。棺材板缝里冒着香烟，钉子也没有钉住香火。狗趴在香烟缭绕的棺材板上面。刚上路的时候，我们把它抱下来，走出院子，它又跳上车，又趴到棺材板上，吐出来舌头，头趴到前爪上，微微闭上眼睛，我们再不管它。牛车沿着通向边境的国防公路，缓缓地往南山的方向驶去。这段路花了两个钟头。一路上，车轴吱吱嘎嘎的声音陪伴着送葬的队伍。还有比牛车还要慢的云团，在我们头上陪伴着送葬的队伍。还有公路两边的树，还有树落到地上的影子，以及树上的鸟儿。它们一路上从一棵树上飞到另一棵树上，正是我们要去的那个方向。牛车停在南山下面，鸟儿先一步往山腰上飞去。为我们引导着我们该去的方向。

"下来。"爹想把狗抱下来。狗一路上没有叫一声。

"呜——"它向爹龇起牙来。

"别动它。"妈妈说。

爹不再动它，把杠子递给我。"我来。"庄永霞接过去。我们几乎把她忘了，这个壮实又年轻的寡妇，出现在杠子跟前，我们这才想到她已经守寡十年。她和国顺抬一根杠子，我和爹抬另一根。我们同时用劲儿，棺材离开地面。狗还趴在上面。香火还缭绕着。我们向着山腰上进军。棺材撞到树丛上，撞到树墩上，来回来去摇晃。它并不沉，就像没有装什么东西一样。三杨跑到前面，在树荫下钻来钻去。腰间的白麻布被树枝扯起来，四处飘着。"这边这边……"三杨招呼着我们。"别弄歪啦！"杨香扶住棺材，提醒道。妈妈和姐姐像她那样，两只手放在棺材板上，扶着棺材。树荫下面的嫩草踩上去又湿又滑，脚顺着山坡往下滑，棺材随之倾斜下去。"哎呀！"杨香抱住棺材，好像她能抱住一样，"你们干吗呀！"她埋怨我们，就像是我们故意的一样，我们不做争辩，用力用脚跐住，尽量不往下滑，这样坚持着走过大片浓郁的树荫，到达山顶，才看见亮。亮处已是南山向阳的一面。这一面高树不多，几乎都是矮树丛。一座又一座坟埋在树丛里，露出坟头上摆放的供品。"就在这儿！"三杨选好一个地方，在两棵柞树之间，"这么大！"他用锹比着棺材画出来一个长方形，比棺材大出一倍的形状。我们气喘吁吁，但是还是没有让三杨动手，也没有让国顺动手。我和爹背对着背，守着长方形的两个短边，用劲儿踩下去锹背。土不好挖，锹刃经常碰到石粒，锹被硌住，换一个地方重新挖。爹却不用换地方，他能直接踩下去，把石粒踩碎。我没他那么大劲儿，加上累得直喘，我踩不碎石粒。"我能踩碎。"庄永霞又像接过杠子那样，接过我的锹，能直接踩下去，能踩碎石粒儿，跟爹一样有劲儿，也不喘。他们你一锹我一锹，庄永霞一点儿也不落后，一点儿也不比爹干得慢。"妈！"三杨跪在新土跟前。"奶奶！"杨香也跪下来。他们什么也不干，光是不停地唠叨着那个死去的人，又像唠叨着两个人，又像她们能够听到。"汪汪汪——"狗马上加入他们的呼唤中去，又像呼唤另一个人。"人死如灯灭。"我又一次听到这样的话。这回是庄永霞说的。她边干活边说。"灯灭了油就干了。"她又说道。"剩下灯碗儿有什么用。"妈妈接过话来。"行啦！"爹说。他既像制止她们说话，又像说坟坑挖到他们胸口的深度行啦。"再挖两锹。"三杨站起来看一看。"挖！"爹没有反驳。"挖！"庄永霞也没有反驳。"土堆得高一些就行。"倒是妈妈说出来我们共同的想法。"不行！"三杨哭丧着脸，一副不情愿的表情。"挖！"爹爽快答应着。他们又挖下去两锹，坟坑和他们一边高。"行啦！"庄永霞没有征得三杨的同意，直接伸出手，让他拽她上去。"行吗？"爹站在下面还在等着三杨说话。"这还不行？"庄永霞喊道。"行吧！"三杨回答得很勉强。"拽我上去！"庄永霞又喊道，三杨才拽她上来。爹自己跳上来。棺材下到一人深的坑底，狗还趴在上面，趴在香火缭绕的棺材板上，闭上眼睛，一动不动。它要去陪葬！这情景让人惊讶又让人激动。"埋吧！"三杨哽咽着，"是我妈把它捡回来是我妈把它养大，"三杨把第一锹土扔到它的身上，"让它和我妈一起去吧！"他说。我们把土纷纷扔到狗身上，很快埋住它的四肢，埋住暗红色的棺材板，埋住绕着棺材板缝钻出米的香烟。汪汪汪，狗突然站起来，抖擞着身上的土。它又改变了主意，又不想那么干了，睁着眼睛龇着牙齿狂吠不止，这虎头蛇尾的一幕叫我们都想笑，但都没有笑。"把它抱上来！"庄永霞停一会儿说。"我抱！"杨香跳下去，要把狗抱上来。"咬着你！"妈妈没有拽住她。"呜——"狗真的

咬她一口。咬到手背上，流出来血。我和国顺伸进去铁锹，顶住狗的两肋，把它举起来，扔到矮树丛里。"妈！"三杨最后喊道。"奶！"杨香捂住手背跟着喊。他们毫无办法眼瞅着土埋得越来越高。他们看不见他的妈妈她的奶奶——一个又干又瘦的人，在他们心目中合二为一地埋进土里也就变成土。

"你们回去吧。"牛车停在饲料间后面，庄永霞该下车了。"我帮她把箱子背回去，"三杨看看我们，"她先帮我的。"好像要让我们知道他是在一报还一报，从而征得我们同意，他才能帮她把箱子背回去。我们都没有吭声，国顺和杨香也没有吭声。我们等着他把箱子背到背上，牛车继续朝着水房后面走去。国顺也跳下车。"你也去呀！"杨香带着哭腔说。"我去找翟木匠结一下账。"国顺头也没有回一下地走了。木工房就在水房后面，我们坐在车上听见电锯开动起来的嗡嗡声。路上有一条胶皮管子通向水房的方向。我们以为它没有用，以为里面没有水。车轮压到上面，一股水从压破口处喷出来老高的水柱，喷我们满身满脸的水。我们经水一喷，都长长地松一口气，好像卸下心头的某种负担，完成了一项大家共同的任务：一个人死啦！我们把她送走了。牛车拐过水房石头砌着的墙角，就看不见他们三个人，听不见走在前面的两个人的说话声，壮实又年轻的寡妇和刚刚死去妈的鳏夫。他们能说什么谁也不关心，就是住一起也没有什么大不了的。

回到家里，爹没有跟任何人说话，他已经变换成另一个人，不再是那个送葬的人，不再是那个忙前忙后宽宏大量的人。他匆忙又紧张地牵上两匹马，重新走进三杨家的院子，停在他们家崭新的牛车跟前。头上腰上扎着白麻布的三杨比他还快地回来，国顺却没有这么快地回来，这

95

叫爹没有想到，他更希望他们一个都不回来，就是回来也应该调一个过儿，换成国顺，不是三杨。"我把箱子放到她家房后就回来了。"三杨忙着向爹坦白道。"跟她多待一会儿没准她让你上炕。"爹换上一副笑脸说。"我哪有那心情！"三杨摇着头，头上的白布一会儿把脸遮住一会儿把脸露出来，眼里又要流下来眼泪。"你现在去还能行！"爹鼓励着他离开。"你别逗我啦！"三杨摇着头，摇着头上的白布条。"那样就会叫你心情一下子好起来。"爹继续鼓励他。"呵呵呵——"三杨苦笑着，"我妈！"他叫一声他妈马上流出来眼泪。"行行行，"爹不再鼓励他，"我只用用你的车，"如实告诉他要用一用牛车不用牛的打算。"这可是新车！"三杨止住了悲伤，眼泪还挂在变色的脸上，把一条白布沾住。"又不用你们家的牛光用你们家的车。"爹又说一遍，把马往车辕里面拉，噎噎噎地拍着马背让它往后面倒。"我还没有用过你不能用。"三杨堵在车辕里面，推着马的屁股，不让马进去。"躲开！"爹伸手往外拽着三杨，"躲开！"就像不是他们家的车是我们家的车一样理直气壮。"我干吗要躲开！"三杨后背卡在车板上，身子向车辕上仰过去。"爹！"我随后跑过大道，跑进他家的院子，我知道爹匆匆忙忙返回来的目地，想趁着他们家没有人套上崭新的车，他从一开始就琢磨着这辆新车，就绕着它走来走去，就行啊行啊地夸赞过它，却没有想到三杨这么快地回来。"我用完了再让你用。"三杨拉紧车辕上的手闸，闸皮在车下面吱吱呀呀地紧绷着，裹住车轴。"你不是用完了吗！"爹一只手按住三杨，一只手把绳子扣到两匹马背上，又把肚带系在它们的肚子上。"我还得用我用旧了你再用！"三杨说着他的打算，抱住手闸，整个身子都摽在手闸上。"驾——"爹索性喊一声。"咔咔咔——"车闸在下面起作用。"爹！"我指着车底下，让他引起注意。"干吗干吗？"杨香也跑出来，头上腰上扎着白麻布四处乱飞，"我奶奶刚死就欺负我爹！"她手里攥着黄澄澄的亮东西，鞋也没有穿好，踩着鞋帮截住爹。"没有你的事儿！"爹大声地告诉她。他的手也伸到手闸上面，和三杨的手都握在一起，爹想松开闸，三杨不让他松开。"驾驾驾——"爹睁圆了眼睛喊着马，两匹马伸直脖子，腿跟着弯起来，拖动了不转悠的车轱辘。"你们别想走！"杨香跳了一下，那个亮东西跟着往上一闪，两只手抓住两匹马的笼头，用劲儿往怀里拉。"拽开她！"爹瞪着我冲我喊道，脸上暴怒的表情我从未见过。还有卡在车板上的三杨顽固到底的脸，我也没有见过，他们俩都像变换了一个人。杨香没有他们那样鲜明的表情，她背朝着我，站在两匹马中间，两条短粗的胳膊连在马笼头上面的皮绳上，脚后跟离开地。"把她拽开！"爹还在喊。"敢！"杨香也喊，"你敢！"她从矮墩墩的后背转过脸来，脸上咬牙切齿，黑眼睛怒视着我，她也不一样了！"你敢！"她继续冲着我喊，"我们家的车！"她说。"就是！"三杨接过她的话。"我跟你们拼了！"杨香又喊道，"奶！奶奶！"她猛然喊了两声，腾出来的手朝着我们杵过来那个又黄又亮的东西。这个杵过来东西连同她喊出来的奶奶吓了我一大跳，我们看到了黄铜佛像，直杵杵地快杵到我们脸上的黄东西，就像看到她奶奶蜡黄的脸。"好好好……"爹好像也害怕了，马上松开手。三杨没有松手，继续握着手闸，身体往后一蹾坐到车板上，脚蹬在车轮上。"行行行……"爹开始用温和的语气说话，脸上出现温和的笑容，两只手在胸前一下一下往下推着，走到两匹马旁边，要解开马背上的绳子，"你不离开我怎么卸马？"爹对杨香和气地说。杨香还举着那个黄东西，还在回头看看三杨。三杨跳下车板，捡起地上的鞭子。"给我。"我伸过去手，等着爹解开马背上的扣子，解开肚子底下的肚带，马就会自动走出来，我好接住。"我们家的车!"杨香还在两匹马中间。"你不起来我没有办法卸车。"爹对她更加和气。杨香松开手,还站在两匹马中间。"撞着你。"我说。马往我手跟前蠕动一下,肚带没有解开,它又被拽回去,咴咴地叫唤。三杨抢起来鞭子,身上头上的白布和鞭梢儿一起扬起来。"啪啪啪——"鞭梢儿发出来清脆的响声。"真响!"爹回头称赞着他,像没有那么回事儿,像在跟他开了一个玩笑。"我不是不借你,"三杨瞅瞅爹,"我管你们家要东西你都不给,"他走到山墙下,"你要给我我能不借你。"他把鞭子挂到墙上的钉子上,山墙的影子打到仓房的房顶上,房顶的影子落到地上,遮住亮晶晶的稻草棍。"这都是互相的,"三杨站在阴影里,手在爹和他之间指来指去,"是不是?"他指住爹,伸长脖子问爹,眼睛紧眨着。我听着他问爹,看着他紧眨的眼睛,他从没有问过爹,并让爹回答他的问题。"再说都是我妈要的东西。"他说到他妈又要哭出来,又说起那个已经死去的人,说起为她要这要那的事情,一次不给都不高兴。"就是我奶奶要的呀!"杨香也跟进来,用手抚摸着那个黄东西,好像在抚摸着她的奶奶。他们还觉得为死去之前那个行将就木的人要什么都该给什么,直到她已经没有了变成土他们还这样认为。

"驾!"爹没有回答他们的问题,没有理会他们认为的理由,他猛然地喊道。我没有提防,杨香也没有提防,两匹马从我们俩眼前蹿过去,带着崭新的马车,像一阵风卷起巨大的崭新的东西掠过去,好像一下子复活的巨大的东西一样。杨香惊叫一声,那个黄东西掉到地上。我没有惊叫,站在原地没有动弹,怔怔地看着爹跳上巨大的东西上,两只手不断地拍打着两匹马的屁股。"驾驾驾——"嘴里不停地喊。恢复原状的崭新的马车拐个弯儿,上了大道。"轮不着你们教育我!"爹回过头气汹汹地说一句,又回过头去,根本没有理会他们说的话。他和马车,套上马就叫马车，套上牛就叫牛车一样。他们一起消失在房后的大道上。"抓住他！"三杨从墙影里奔过来，抓住我背后，杨香在我跟前，一伸手抓住我的前胸。那个黄东西已经躺在地上的尘土里，是一副慈祥的面孔躺在那里，躺在亮晶晶的稻草棍中间，散发着慈祥的笑容。"走！"他们一前一后，押着我上了大道，马车拐进礼堂前面一大片常青松后面，叮叮当当的铃铛声隐约可闻。"走！"他们又推我一下，让我往我们家方向走，刚走一半，妈妈从房后的垄台上走过来，她笑吟吟地说他们真是小心眼儿。"什么？"三杨松开我，奔着妈妈跑过去，隔着一排杨树和一条排水沟，妈妈停在垄沟里，三杨停在路基上。"有这样的事吗？我妈刚刚死！我刚刚修好的车。"三杨指着马车消失的方向。"我看见了。"妈妈说。"你看把我撞的！"三杨瞪着眼睛，好像惊魂未定，撩起衣服，让妈妈看车板猛然跑起来，擦过他的肋条骨，上面的皮又青又紫。"就是，我奶奶刚刚死，瞧把我爹给撞的！"杨香又喊起来。"对不起。"妈妈给他们道声歉，"他去拉点儿化肥一会儿就回来。"跟着说明用车的理由。"新车我都没有用过。"三杨提醒妈妈。"化肥上我们家的麦子，"妈妈没有跟他说新车不新车，"再说我们家为你们家送葬耽误了一上午时间，还不顶用你们家的车钱！你们算一算一上午得干多少活？给麦子追多大一片肥？"她平静地问道。"噢！"三杨和杨香被妈妈问住，又好像望见了一望无际的麦子，仿佛被摇荡的绿色吓住，不再吭声，不再提新车不新车，也不再提他们的奶奶他们的妈妈。

图　　景

"我再也不去啦！"姐姐说。

苫百棚四面吹进来凉爽的风。水泥场院上除了那台锈迹斑斑的扬场机，已经没有了摊晒的粮食，麦子全部装进麻袋里，成垛的麻袋堆在苫百棚下面。妈妈用一根树棍蘸着红色油漆往麻袋上写着"种子"两个字。"这些种子明年够不够用？"爹看着妈妈写字。"明年。"妈妈停下来，想一下明年要用种子的数量。"写吧。"爹没有让妈妈说下去。妈妈又写起来。爹一直等着妈妈写完最后一个字。他拎着盛满油漆的小桶，妈妈拎着滴答着油漆的树棍，他们并排走出苫百棚。装上车的粮食停在场院外面道路上。马军坐在麻袋上面，冲着这边招着手。"哎哎哎——"他边招手边站起来，胳膊在头顶上挥舞着。

"我再也不去啦！"姐姐说。

姐姐站在一片阴暗的影子里面。初升的太阳把苫百棚的影子打到场院晒场上。姐姐的脸紧绷绷地，背朝着准备启程的拖拉机。"妈！"姐姐叫住从身边走过的妈妈。"你怎么还不过去？"妈妈停下来。爹没有停下来。"妈，我们不去了。"姐姐说。"不去哪儿？"妈妈看着她。"不和他们一起去了。"姐姐指着场院外面的拖拉机，她都懒得说出拖拉机要去的地方。"这不行吧！"妈妈显得踌躇不前，两只手来回搓着手指头上沾上的红色油漆。搓完油漆又挠头发，好像头发里也沾上了油漆。"我也不愿意去。"妈妈说。她的脸上跟着阴沉下来。"你去看看，"爹已经走过来，他把油漆桶放到链轨板上，"她们到底想不想去！"爹让我去探个究竟。我扣上挡泥板，正准备往油箱里加满柴油。"你放下，我加油。"爹又在催我。我放下柴油桶，用抹布擦着手上的柴油，迈过场院外面的一条排水沟，朝她们站立的阴影里走过去。"快过来，"马军又坐回到麻袋上面，"快过来呀！"他不停地喊着姐姐。我走了一半，还没有接近她们站立的阴影，妈妈迎面走来。她的脚步显得沉重，显得不愿意往前走，在水泥晒场上踢踏踢踏拖着地。"不去就不去！"妈妈从我身边走过，扭过来脸对我说。她说的"不去就不去"指的是姐姐，她的脸上挂着犹豫不决的表情，说明她也不想去，但她是妈妈不是姐姐，她就不能像姐姐想不去就不去。我知道但我没有问。我跟在妈妈后面回到拖拉机跟前。"不去就不去！"她对爹也这么说道。爹也没有问，他和我一样明白是怎么回事。

"让她一个人待在家里？"马军说。

"是她自己不愿意去。"我说。

"不能叫她一个人待在家里。"马军说。

"你想陪着她？"我说。

"是吗？"妈妈抬头望着坐在高高的麻袋上的马军。

"上车吧！"爹说，他已经坐到车里。

妈妈手把着车厢板，脚蹬到拖车的胶皮轱辘上面，往上一用劲儿，身子贴到车厢板上，一只手把着一只手伸上去，等着车上的马军拽她。马军没有看见妈妈伸上来的手。"马军！"我喊他一声。我跨上去一步，推住妈妈的后背。马军这才抓住妈妈的手，用力拉上去，妈妈踩住麻袋，一层一层地踩上去，和马军一起坐在摞起来的麻袋上面。

"我也下去！"马军站起来。

"你不能下来。"爹一直伸着头朝后面看着。

"那也不能叫她一个人待在家里。"马军看着爹。

"妈，你往里面坐一坐。"我说。妈妈没有听到我说的话。她背朝我坐到后面的麻袋上。

"你不去可不行，"妈妈扭过头说，"我们谁也不认识粮库里的人。"

"那也不能叫她一个人待在家里！"马军挺直身子，往前面伸着头，仿佛要从上面飞下来。"那也不能叫她一个人待在家里！"他非说是有人叫她待在家里。不说是她自己愿意待在家里。

"她又不是两岁小孩！"我说。"我开车？"我又问爹。"你别上来了。"爹说。他坐在驾驶室里面目视前方，把油门加大，机头往前蹿一下。爹弯下腰，把操纵杆压下去，机车原地掉过头，链轨板"哗啦啦"地响起来。

"等我上车！"我拍着从我眼前驶过的机车门。

爹探出头冲我喊着什么话。我只能看见他的嘴在动还有脸上的表情也在动，却听不见他说什么话。因为水箱上面的烟囱正"突突突"地喷着黑色的油烟，加上发动机也在"突突突"地响着，这些声音压过所有的声音，我们好像置身于沸腾的开水之中。

"你留下来！"爹把油门减小，我才听见他对我说的话。再说也不用去这么多人，我马上就想到。爹又加大油门，拖车也从我眼前驶过去。妈妈和马军脸朝后坐在上面。马军指指自己指指我又指指场院的方向，两只手来回地在我们之间比画：把我比作他，把他又比作我。意思是让我们俩调换一个位置，这样他好留下来，这样我好替他去粮库。我没有办法，只好看着他满脸焦急地比比画画着，拐到苫百棚后面，消失在一片玉米地中间道路上。拖拉机的声音还能听见，是链轨"哗啦哗啦"滚动发出的响声。地上留下一片鲜红的东西，又稠又黏，这是油漆，刚才爹把它放在链轨上，履带转动起来，一桶油漆全部扣在地上。

　　现在我们没有什么事情可干啦。我和姐姐回到家里，坐在房子前面的树墩上面，脸朝后看见他们家开始往墙上抹泥。姐姐脸上的愁云消失殆尽。她在场院等车和那种"哗啦哗啦"的履带声消失以后，才从麻袋后面走出来。她就好像从深渊里解脱出来，咕咕咕地笑着大声对我说："我讨厌粮库！""马军是粮库人。"我接她的话茬说。"讨厌！"姐姐还是说她讨厌。"他可一步不愿意离开你。"我想对她说一说坐在车上焦急不堪的马军。"喊——"姐姐喊一声，表示她并不把他当回事。那你还和他"叽叽嘎嘎"，我想起他们趴在一起"叽叽嘎嘎"的情景。"讨厌！"姐姐又喊一声，脸红了一下。还有那两条鱼。两条金光闪闪的鱼晃荡来晃荡去。"讨厌！"姐姐把它们摘了下来，在手里掂来掂去，好像它们已经死去。

　　"他们家的房子要比我们家的房子好！"姐姐不再惦记跳动的鱼。她站起来离开树墩。他们家的房子四面搭上一圈架子，架子上面铺上木板。国顺站在木板上，一只手里拿着木制的托泥板，另一只手里拿着抹泥的抹子，抹子把托泥板上的泥铲起来，往铲掉墙皮的墙上抹开来。一堆土已经变成和好的泥，堆在薅掉荒草的院子里。庄永霞穿着三杨的背心儿，用锹把泥端起来，端到搭好的木架子下面，举起来扣到托泥板上。托泥板抖了一下，泥从上面掉下来，掉到地上。"你的手腕用点儿劲儿！"庄永霞把掉到地上的泥撮起来，又扣到托泥板上。这回国顺用双手托着才托住。"快一点抹！"杨香在催他们快一点儿干。她自己干不了什么活！她好像连坐下来都费劲儿，腰往后面挺着，挺成一个月牙形，前面的大肚子把她压过来，要压得她躺到地上。"你坐着还不闲着！"国顺说。"我看你不用劲儿。"杨香说。"你就别催了！"国顺把泥慢慢抹开。"平不平？"他问杨香。"你还不让我说。"杨香说，"平了。"她看一看又说。国顺面前那面墙抹出来大部分泥，新鲜又湿润，泥里面混进去防止龟裂的麦糠和铡短的稻草，横一道竖一道沾在墙上。后山墙抹上的泥要比房前抹上去的湿一些，因为房后照不到阳光的关系，阳光总是先照到房前，然后再照到房后，已经没有什么威力。我跟着姐姐走过马棚走过菜地，看见房前抹上去的泥里的水分蒸发得差不多了，泥的颜色不那么湿，有些变白，有些让我觉得不再是我们家的东西，因为看不到任何我们熟悉的迹象，那些迹象已经苫在房顶的苫草下面，已经抹在新鲜的泥下面。要是不苫房顶不抹墙泥，光是光秃秃的房架子光是残垣断壁，我会觉得它是我们家的东西。苫上房顶抹上墙泥就不再是我们家的东西。这种感觉真奇怪！姐姐不再说房子，不再像我们第一次和他们说到房子时那么理直气壮，不再称它是我们家的房子。她在和杨香说话，在问杨香的肚子，说她的肚子就像我们刚才经过马棚里的那匹马。杨香也没有反对，那匹马一副无精打采的样子。她的样子也是一副无精打采的样子。"你一点也不疼？"姐姐问她也像问那匹马。

"有时候里面总动弹。"杨香说。杨香明显不同的是她的眼睛：我们看不见她的眼睛里面闪烁着的光亮，它们是那么驯服，就像是那匹马的驯服，见到我们显得陌生显得茫然，显得不是原来的马，不是原来的杨香。她真像那匹马！一匹那么驯服的母马！母马也像她，她也像母马。姐姐怎么说她也不起作用，也不能叫她不驯服起来，那匹马怎么也不能叫它不驯服起来，她们有些东西一模一样。庄永霞站在那堆泥跟前。国顺站在搭起来的架子上。他们好像没有看见我们过来，没有来到他们身后，没有看见他们抹上去泥的山墙。他们连看我们一眼也不看，也认为这幢房子跟我们一点关系也没有。我们可以觉得跟我们一点关系也没有，他们不能觉得没有关系！"喂——"我说，"你们家就剩下窗户框没有上。"我指着空空的窗户，想看看他们怎么说。"多啦，"国顺抹上去一抹子泥，"还有二棚没有挂。"他把泥抹了又抹，恐怕抹不平。"行啦！"姐姐又说起他，她又看不惯他抹了又抹。"不行！"杨香说。她的口气因为说到这个问题又和我们过不去，又不驯服了。"又不是摊烙饼。"姐姐说。"怎么的！"杨香说。"有什么了不起！"姐姐说。"比你们家的好！"杨香美滋滋地摇着头，看着前面我们家住的简易房。"还是我们家的房子哪！"姐姐终于斜着眼看着她低声说道。"哪是你们家的？"杨香摸着自己的大肚子，用劲儿吸着气。"别装糊涂！"我说。"谁装糊涂！"杨香喊道，"妈！"她喊起妈来，好像她真有个妈。"哪是你们家的？"庄永霞接起她的话茬儿，好像她真有一个亲姑娘，和她亲姑娘一样问我们。"怎么的？"我说。"哪是你们家的？你说？"杨香指着崭新的房子让我们说。"不是你们家的房子！"庄永霞端着一锹泥停在院子里强调道。"你们俩说清楚！"杨香非让我们说。我们说不清楚。"行啦！"庄永霞冲着我们笑一笑，又冲着杨香笑一笑，好像在劝解我们，同时也像在宽容我们，我们真的没有话可以说。"别说话！"国顺突然也不让我们说话，他也停下来，不但停下来，而且悄悄地蹲下身，从搭着跳板的架子上跳下去，落到一摊泥上，也没有理会。眼睛始终往风化石大道上看着，没有顾得上弄掉坐了一屁股的泥，顺着架子底下湿漉漉的墙根猫着腰跑到我们面前，撒腿往前面的菜地里跑去。

我们听见那匹马咴咴的长嘶声，不是菜地前面马圈里的那两匹马，不是我们家的两匹母马。它们不会咴咴地长嘶，它们叫起来又短又急促，完全是母马的叫声。长嘶是公马的事情，是公马兴奋或者急躁不安的表露。那匹站在路边的公马随着嘶鸣声跑到路上，顺着风化石大道朝房后跑去。我们朝着公马奔跑的方向看过去，看见三个人迎着它跑过来。三个人围住公马，一个人抱住马的脖子，一个人抚摸马的背部，剩下一个人用脸蹭着马长长的白鼻梁，好像他们和公马之间经过了生离死别，经过了长途跋涉，现在终于久别重逢。公马不再长嘶，低着头和三个人亲昵地拥在一起。足足拥抱了有三分钟，他们才分开来。两个人凑到抚摸马背的那个人跟前，三个人看结了一层硬血痂的马背，敲出来"铿铿"的铠甲声。他们没有再说话，朝着路两边看一眼。一个人牵着马，两个人跟在马后面，往前走过来。没有到这边来，拐到房山对着房山的另一侧的院子里，问裂开好多缝子的房子里有没有人。"有有有。"三杨从他们家破房子里出来（那才是他们家的房子）。他正在里面收拾准备搬家的东西，正抱着一尊佛龛放到窗台上，让里面的佛晒一晒太阳。晒在太阳底下的还有好多的破破烂烂，都潮乎乎的，长了一层又一层绿毛。"国顺国顺——"三杨没有等他们三个人说话，他就知道怎么回事，急忙朝着对面房子喊国顺。边喊边穿过大道往对面走来。三个人牵着马跟在他身后，阴沉着脸一言不发。"国顺哪？"三杨走下路基，停在和好的泥旁边问她们。庄永霞朝前面的菜地望一眼，杨香也往菜地里望去。菜地里一个人影也见不到。"刚才还在这儿！"三杨看看庄永霞，看看杨香，看看我和姐姐。"看我们干吗？"姐姐说。"你们和我们有什么关系？"我说。"刚才还在这哪！"三杨转身看着他们三个人，"我也不知道怎么回事。"他急忙把自己抖擞干净。"找着他！"他们三个人中的一人说。"我找我找！"三杨点着头，绕着一堆泥转了好几圈，好像国顺在泥里面藏着，然后又原路返回去，一个人跟着他返回去。三杨进屋，那个人也跟进屋。他们马上又出来，又爬到对面玉米楼上转一圈，两个人一同下来。那个人用力推了三杨一把，三杨差点儿摔倒，紧跑几步，才又跑回来，又在新房子里转悠一圈，毫无所获地停在泥跟前。"嘻嘻嘻——"姐姐笑起来，边笑边左一下右一下地摇晃着脑袋。"用不着你臭美！"杨香说道。"就臭美就臭美。"姐姐更快地摇晃着脑袋。"你去那边找一找。"庄永霞指一指菜地的方向。"对。"三杨拍一下脑袋，好像想起来什么，好像他知道国顺藏在那里面。"走走走。"他招呼他们往菜地里去找国顺。"那边是我们家！"我说。"从这开始就是我们家！"姐姐站到菜地边上比画一下手，冲着菜地最后一条垄沟画一下，不许到我们家去，不许三杨跨过那条垄。"他就是从菜地里跑过去的。"庄永霞指着菜地说。"他是你们家的人又不是我们家的人！"姐姐说。"我们得把人找到！"两个人绕过姐姐朝菜地走去。"你得带我们去！"他们站在菜地里回过头指着三杨，"找不到我们就饶不了你。"他们狠狠地瞪着他。"我去找我去找——"三杨推开姐姐，跟上他们。"我不许你们翻我们家的东西！"姐姐跟在他们后面，一步也不离开。"你见过他吗？"剩下的一个人问我。"是和他们一家的。"我看着庄永霞和杨香。"找到他饶不了他！"那个人说的是国顺。"找不到他饶不了你们俩！"他冲着她们说。"你们怎么知道就是他？"庄永霞说。"那是你！"那个人吼道。"好啊，那你饶不了我啊！"庄永霞轻松地说着，撮起一锹泥，端着泥到搭在墙四周的木架子底下，把泥放到托泥板上，一个人爬上去，用抹子抹起墙来。

他们没有找到国顺，他们三个人走回来，三杨走在两个人前面，两个人轮流推着他，把他推得一会儿撞到树干上，树哗哗直响，一会儿撞到马棚上，马棚摇摇晃晃。"我们饶不了你！"他们一边推一边告诉三杨。"饶不了你！"姐姐跟上来，笑嘻嘻地学着他们的话说。"你还说我！"三杨东倒西歪地冲姐姐苦笑道。"跟我有什么关系，你去跟人家说。"姐姐朝他们挤着眼。他们走过马棚，走到运动场跟前停下来，俯下身趴到栏杆上，看着躺在褥草上的大肚子母马。母马气喘吁吁，大肚子又大了几分。"这是我们家的马！"姐姐翻过栏杆，用身子挡住他们的视线。他们没有理会姐姐，相互望一眼，笑一笑，一同翻过栏杆，牵住怀上崽的那一匹母马，却怎么拽也拽不起来，母马怎么也不离开自己揎好的草窝。姐姐对着这突如其来的变化没有丝毫准备，她一边阻止他们拽母马，一边爹呀妈呀地叫喊起来。三杨也害怕了，他也翻到运动场里，冲着他们又作揖又哈腰，快给他们跪下来，求他们不要牵走，不是他们家的马。我也跑过去，和姐姐、三杨三个人夺下来缰绳，不让他们靠近母马一步。"我爹回来啦——"姐姐喊一声。我一下子抱住他们不让他们走，他们往外挣脱开，转身打开运动场的栏杆。另一匹马，另一匹爹不让跟公马交配的母马，另一匹急得嗷嗷叫的母马。我们真怨不得他们，它要是跟怀上崽的那一匹一样，誓死不起来，卧在圈里等着我们和他们进行一番较量，它肯定不会被他们理会。他们要带走的是两匹马，一匹母马和它肚子里的另一匹小马。刚刚打开一道栏杆，另一匹自动跳过一道栏杆，跑过那片菜地，跑到那匹爹不让跟它交配的公马跟前，低下头，伸长脖子，去闻公马两条后腿中间当啷老长的黑家伙，边闻边往公马跟前蹭歪，边蹭歪边撞公马的屁股。"爹哪！"我没有看见爹。"嘿嘿嘿——"他们回到它们跟前，看着它的样子笑起来，指着母马说他们不用费劲儿它自己送上门来了。"你们看——"他们回头让我们看母马主动勾引公马的情景。"讨厌！"姐姐不敢看，用双手捂住脸。"嘿嘿嘿——"三杨他们家也跟着他们笑起来，好像他们家的事情没有了，反倒成了我们家的事情，成为我们家另一匹母马惹的事情，和国顺偷来的公马没有关系。他们不再理会找到找不到国顺，不再理会饶得了谁饶不了谁。"你还不把它牵回去！"姐姐从手指缝里看着我。我上前去牵马。它不理我，它在往公马身上凑过去。公马没有想跟它交配的意思，它拼命要让人家趴到身上来，人家不理它，它反而往人家身上趴。"下来！"我抓住它的尾巴往下拖它，它像焊在上面不下来。"帮我一下。"我冲着三杨说。他也跟着他们笑，没有要帮我的意思。"你等着！"我狠狠地说他一句。三杨这才上来帮我往下拽它。"你不用管！"庄永霞不让他帮我。"你们家惹的事！"姐姐不再捂住脸，她冲着庄永霞说。"哈哈哈——"三个人看我拽不下来，又笑起来。一个大笑的人离开他们，穿过风化石路，来到对面院子里转了一圈，抱起放在窗台上晒着的佛龛，带头跑到路上，往房后走去。"驾——"这边两个人赶起公马，也上到路上。他们不用管母马，它就紧跟在公马后面，不住地蹭着公马的屁股，不住地闻公马当啷老长的黑家伙，不住地往公马的身上趴。公马不理它，不停下来，继续往前走。它摔下来，还不罢休，紧跑几步，又往公马身上趴，又摔下来。"你把它拽住！"姐姐不停地说。我也不停地拽它。可它真是不知道羞耻，真是不知道丢脸。我都跟着它丢脸！我拽住它。它还在用劲地往外挣脱着，四蹄用力刨着风化石路，刨得石子弹起来，打到我的腿上，我的腿像被带牙的东西咬了一口，我一弯腰，手里的缰绳被拽出去。"拽住它呀！"姐姐喊道。我已经拽不住它，它拼命地朝前跑去，跑过了篮球场，跑到礼堂前面，在一片万年青松柏的遮掩下，拐向了通向场院的土道上。"快去追——"姐姐迈过排水沟，迈到路基上来。"你们用不着笑！"她回头冲着他们家的人喊道。"嘻嘻嘻，"数杨香笑的声最大，她捂着大肚子笑得脸色发红，两只脚来回跺着地。"快去快去——"庄永霞停住笑声，她感到问题的严重，紧跟着跑过来，三杨跟在她后面。他们过了一会儿跑到我们的前面，我们追到场院，没有看见两匹马，问打玉米地赶着奶牛出来的放牧员，他们说看见两匹马从场院后面的土道上跑过去，说是两个人骑在前面一匹公马上，剩下一个人骑在后面的母马上，怀里抱着一个东西，闪闪发光。"追呀！"姐姐跑过土道，跑到玉米地里。"什么闪闪发光的东西？"三杨马上问。放牧员说不上来。"是不是……"三杨眨动着眼睛，"不行。"他没有说出来他想到的是什么东西，扭头往家跑去。"还不快跟你姐姐去追！"庄永霞提醒我，我才发现姐姐不在身边，我跑到玉米地里喊着姐姐。"我在里面。"她的回声很远，但很清楚。玉米地里密不透风，遮天蔽日。我等着庄永霞跟上来，她没有跟上来，我喊她两声，她也没有答应。我知道她把我支到玉米地里她就回家去了。我在有些发黄的玉米地里喊着姐姐，姐姐在前面答应着，我冲着那个方向跑去。宽大的玉米叶子拉着脸，粗大的带着长须子的玉米棒子挡在胸口上，跑不起来，追不上姐姐。姐姐在离我不远的前方，在玉米地里奔跑。我一声声喊着她，她一声声回答着我。我们的距离一会儿近，一会儿远。直到听不见姐姐的回答，眼前霍然亮起来一大片天空，我才看见姐姐，她站在玉米地的另一头。这一头正好挨着与土道连接的公路，这是他们的必经之路。我和姐姐抄近路，穿过玉米地，守在路边。她的脸上一道一道发红的肿印子，是玉米叶子拉的。我脸上也火辣辣地疼。"你的脸上火辣辣地疼吗？"我问姐姐。"不疼！"姐姐盯着公路，她一点儿也感觉不到疼痛。"你不是说爹回来了？"我又想起来。"我骗他们。"姐姐说。"骗他们也没用。"我说。"是没用啊！"姐姐说。公路上跑过去好多车，汽车四轮车马车，都是往返于场院和粮库之间送粮的车辆，就是不见两匹马和三个人。我们焦急地等待着。身后的玉米地里一片沙沙的响动，响动过后，跑出来满脸汗水的三杨，跟着跑出来上气不接下气的庄永霞。他们俩的到来真让我们感动。他们看上去比我们还着急。"你们不用着急，着急也没有用。"我安慰着他们。"不是啊不是——"三杨拍着大腿叫道。"不是什么？"姐姐觉得不对劲儿。"我的命根子！"三杨甩着脑袋。"瞧你这没出息的样子！"庄永霞指着他的脸骂道。"你才没出息！"三杨瞪着眼睛，伸着脖子，冲着她的脸回敬道。"嚯——"庄永霞往后退一步。"嚯什么嚯！"三杨继续冲着她喊。"好像丢了魂儿一样。"庄永霞说。"可不是丢了魂儿！"三杨快要哭了，"可不是丢了魂儿啊！"他带着哭腔喊道。

　　我们家的一匹马，还有他们家晒在窗台上的佛龛，一匹马和一尊没有晒热乎的佛龛不翼而飞。三杨比我们还要着急。在他看来佛龛里面的东西比一匹马重要。他要把这股火撒出来，这股无明火叫他絮絮叨叨，叫他骂骂咧咧了一道，见到路上石头踢石头，见到路边的奶牛轰跑奶牛，见到没招没惹他的人也瞪眼睛，好像他变得谁也不怕谁都敢惹，不再是窝窝囊囊的他，完全变换了一个人，一个天不怕地不怕的人。直到回到他们家正抹了一半的房子前面，他更是为所欲为：不让庄永霞铲泥，不让她抹墙，不让杨香坐在土堆上，看着她站起来，左右摇晃。不让姐姐和我瞅他，不让我们迈进他们家横七竖八的院落。他看见没有人吭声，自己走到那排搭在墙四周的木架子下面，把放在木板上面的托泥板扔到地上，把亮晶晶的泥抹子朝墙上扔去。墙上的泥没有干，泥抹子打到墙上，剜下来一大块湿泥，露出来里面黑乎乎的旧墙皮。我们家的旧墙皮！"看什么看！"他一回头，看见庄永霞瞪着他。"你还没折腾够！"庄永霞愤愤地说。"没有！"三杨举起靠在木架子上的铁锹，又向着墙上砍去。"爹——"杨香喊道。"我让你们抹！"他用锹把墙上的泥砍出来一道子又一道子，露出来一道子又一道子我们家的旧墙皮。直砍得他气喘吁吁，没有力气，才放下手，倚在木架子上，挂着锹把喘粗气。"你们还不回你们家去！"他挂在锹把上，抬起头又冲着我们喊。"我们家的马怎么办？"姐姐不像庄永霞和杨香任他发火，她还在惦记着那匹母马。"那不怨我们！"庄永霞马上说，"你们俩看见了，"她看看我，"是它自己跟他们跑的！"她把目光落到姐姐身上。她正扶着杨香靠在扬起车辕的车帮上。那辆拉完土又拉木板的马车停在房前的土堆前面，土堆已经变成了泥，马已经无影无踪。"没有你们家惹的事，它怎么能跟他们跑！"姐姐往她们跟前走几步，走到仰起来的车辕下面，车辕上当啷下来的马鞍肚带嚼子，高悬在姐姐头顶上。"没有我们家它也会跟别的家公马跑。"庄永霞离开车帮，向前走一步，和姐姐离得很近，中间隔着扬起来的车辙。"它早晚都得跑！"杨香靠到车帮上，肚子高高挺出来。"不是这匹公马也会是别的公马！"庄永霞好像想起来母马勾引公马的情景，"早跑晚跑一个样。"她嘿嘿笑着说。"瞎说！"姐姐也想到那一幕，她的脸一红，抬起手够到车辙上的东西往下一拽。"哗啦啦——"拽下来一大堆东西，差点儿落到庄永霞头上。"哎哟——"杨香惊叫一声。"你把她吓着！"庄永霞退回去，扶住她。"三杨！"我指着他。"我比你们还心疼！"他摸着自己的胸口，像摸到疼痛的心。"你那是什么破玩意儿！"姐姐说。"你敢说它破玩意儿？"杨香喊着问道，"它回头找你们家去。"她吓唬姐姐，"它是我奶奶的魂儿！"她瞪大眼睛，脸上的蝴蝶斑又大又明显。"什么？"姐姐皱起眉头。"我奶奶的魂儿托到它上面，嗷嗷叫的魂儿晚上找你们算账！"杨香张开两只手，在她难看的脸前挠动着，难看的脸上浮现出的神情叫我们真有些相信她早已死去奶奶还有个魂儿，托在那个东西上面。"我奶奶魂儿来找过我，就在她死了的晚上，我听见玉米楼上啪嗒响一下。"杨香指着她住的玉米楼。我们都往玉米楼的方向看，庄永霞和三杨也往那个方向看，也和我们一样被她的话吓唬住。"又上到房顶的烟囱上，"她又指着对面破房子的房顶，房顶上用砖头摞成的烟囱上缠着好几圈铁丝，铁丝上挂着亮晶晶的油烟，"又上到房后的树上，挂到树上一张又大又圆的脸。"冲着我摆手叫我别追了追不上她，杨香说得不像是假的，像是真的，像是很久死去的老太太复活过来的脸。我和姐姐看着她，庄永霞和三杨看着她。她的脸上笼罩着神秘的神情，语气也不像平时的语气。"不信你们问国顺，她也不喜欢国顺，"她提起来国顺，"也不喜欢我。"提起来她自己。我们这才想到国顺：他惹起的祸，惹了祸一跑了之，跑到菜地里不见人影。"你们把他找来呀！"杨香的语气又像平时一样叽叽喳喳，脸上又恢复了焦急的神色。我们这才想到他是整起事件的祸根，三杨也是这么想的，他听到"国顺"的名字，一下子来了精神，提上锹往房后走去。我们往前面走去，边走边喊他，一直喊到前面的麦地里。

国顺从麦秸垛里钻出来，身上沾着闪着亮光的新鲜麦秸。他走在同样闪着亮光的麦茬地里，边走边伸展着胳膊，打着长长的哈欠。脸上还挂着睡意，还有沾着的泥点，手上也有沾的泥点，泥点儿已经干在上面。他笑嘻嘻地朝着我们走过来，为他侥幸地逃脱，为他美美地睡上一觉。他不知道我们所遭受的损失。跟着我们走过马棚，走到运动场跟前，看到只剩下一匹马，一匹大肚子母马，他才相信另一匹母马没有了。"没有事，它会回来的。"国顺立刻说。"怎么会回来？"我问他。"它就是憋了太长时间。"国顺看看姐姐，姐姐把脸扭到一边。"那是你说的。"姐姐冲着一边说。"它完了事就会往家跑。"国顺显得很自信。"什么时候完事？"我问。"没准一会儿没准晚上没准明天。"国顺离开马圈，往后面走去。"没准明年没准后年没准永远回不来。"我说。"不可能！"国顺头也没有回说道。"你上哪儿去了！"杨香老远就喊。"我睡了一觉。"国顺又笑嘻嘻起来。"你还笑！"庄永霞扶着杨香，扶她坐到倾斜下来的车厢板边上，"你看看你看看——"庄永霞挥着胳膊指着身后抹了一半的山墙。国顺看到七零八落的墙皮，没有说话，捡起托泥板捡起抹子，爬上架子，用抹子把没有干的泥抹开，遮住墙上横七竖八的道道。盖住了我们家的东西。"国顺！"杨香还没有来得及说更多的话，看见三杨从房后回来。"你快上房去！"庄永霞紧跟着让他上到房顶上。国顺侧下头看见三杨。三杨没有理他，举起手里的铁锹朝着他砍过去。国顺因为有了准备，扔下托泥板扔下抹子，双手撑着房檐，用劲儿一撑，身子跟着翻上去，手脚并用，几下爬到房脊上，坐到上面。

我们整个下午都待在空荡荡的屋子里，站在后窗户下面，隔着马棚隔着菜地，看着国顺坐在房顶上，三杨拄着锹站在房下面。"你相不相信有那么回事？"姐姐问我。"哪回事？"我看着她。"就是杨香说她奶奶魂儿的事。"姐姐说。她不看我，脸上笼罩上一层愁容。我也不知道有没有那么回事，也不知道应该说什么，那个早已变成土的老太太。我们又去看房后头。国顺坐在房顶上也不吭声，三杨一个人在骂他。骂声传过来，他不是骂他偷了一匹马，不是骂他偷的马还把我们家的马给拐跑了一匹，骂他偷的时候不长眼睛不看清楚了会不会有人找上门来，找上门来你跑得没影了，让我给你擦屁股，屁股没擦干净倒搭上一尊佛。那东西可以跟着杨香的奶奶一起走，可以哪儿来的送回哪儿去。千万不能弄丢了，被人偷走了，就像被偷走了魂儿，魂儿被偷走了，这日子没有底了，没有底的日子天天得提心吊胆。"这有什么提心吊胆的？"庄永霞问了一句，"新房子要住上了。"她自己又说道，又脱了鞋，走到泥里，在泡好的泥里踩起来。"胡说八道！"三杨喊了一声，"那是以前的日子。"他冲着庄永霞说。"以前的穷日子。"庄永霞踩出来泥声，泥发出来咕叽咕叽的声音，"穷日子叫人给抱走了。"她咕叽咕叽地笑出声。国顺也笑一笑，没有笑出声。"不是妈不是。"杨香又改变了语气，又喊起不是她的妈来。"不是！"三杨接着又喊了一声，"以前的穷日子从今天起也没有了，不知道还会出现什么事情，非得出大事情！"三杨用劲踩下去锹背，锹刃插进地里，锹站在那里。"别吓唬我们。"庄永霞抬头看一看房顶上。国顺冲她点点头。"不是吓唬你们，妈！"杨香看看房上，又看看房下。"讨厌讨厌——"姐姐捂住耳朵，离开窗口，在里屋地上走来走去。她说着讨厌，但又被讨厌的东西纠缠着，我也和她一样被那个讨厌的东西纠缠着。它就在房后头，在他们说话的语气里，在咕叽咕叽的泥声里，在那边的犄角旮旯里。一直纠缠到外面的光线暗淡下去，他们家新苫的房顶上不再有反射出来的阳光，不再有坐在上面的人影儿，不再有咕叽咕叽的泥声，不再有他们的说话声。从前面麦地里滋生出来露水清新的气息。蝈蝈在暗淡下来的麦地里不再叫唤，从外面墙根下和屋里锅台缝里传出来蛐蛐儿的叫声。"别让蚊子进来。"姐姐爬上炕，关上窗户，坐在窗台上，望着外面的天空。天空中剩下一抹红霞，镶嵌在天和地接壤的边际上。"你说说，"她用两只手撑着窗台，把脸贴到玻璃上，"有时候什么事情都弄不清楚。"姐姐说。她一直坐到外面黑得看不清楚院子里的树桩，看不见风化石路边的树。"你还不下来做饭？"我这才说话，才想到爹他们正行驶在盘山道上。"我也不知道怎么回事，"姐姐没有下来，她回过头，黑黢黢看不清她的脸，"我也不知道怎么啦就是不想去。"她的脸色和窗外是一种颜色，屋子里没有开灯，四壁模模糊糊，还可以感到东西南北的墙壁。"你说你再也不去了！"我坐到后窗户下搭起来的板床上，马军睡的床板上，想起她发出来的誓言。"咕咕咕——"姐姐咕咕地笑起来，像母鸡领着小鸡咕咕咕地叫。"再也不去粮库再不去他们家。"我说出来。"我没有说。"姐姐说。"快做饭吧！"我说。"没有说再也不去他们家。"姐姐又说，"唉——"又叹着气从炕里挪下来，"真没有意思！"她晃荡着腿说，"你有意思吗？"她问我。显然看不见她的眼睛，但分明能感觉得到，就像两个又尖又亮的图钉钉在我的身上。"你还没有意思？"我说。我想到她和马军，他们肆无忌惮的笑声又让我想起来，让我浑身感到不舒服。"早晚还得过去。"她知道我说的再也不去他们家指的是什么，她站到屋地上，和我面对面，摇晃着头，我看不见她摇头，她耳朵上响起叮当叮当的鱼的声音，她又把它们挂上去。"早晚我得离开！"她说着走到外屋去，"走啊走啊走啊走，走到一个好婆家……"她唱起歌来，外屋窗台上的灯亮了，通过中间墙上的窗口，灯光照进里屋，在里屋墙上闪烁。"你去抱柴火呀——"她敲一下玻璃，"快去呀！"她又敲一下玻璃。"……好婆家啊好婆家……"她又唱起来，一直唱着这一句。

外面的夜空上还没有满月，星星挺多挺亮，形成一个拱形，像巨大的拱形屋顶，在这个屋顶下面，一排榆树高大葱郁，还有前后的房屋，都敦敦实实。那排榆树下的柴火都已经干透了，它们是春天麦地边上的埽条和椴树枝。抱起来树枝咔吧咔吧折断的声音又脆又响。"咻咻咻——"我放下柴火，往前走过去，马在疲惫不堪地叫唤。"没有事它会回来的。"国顺说。他说它憋的时间太长了，它完了事就会往家跑。我说什么时候完事。他说没准一会儿没准晚上没准明天。一匹马就在附近，马的眼睛里散发着幽蓝的亮光，把栏杆弄得"吭吭"响，把脖子伸向栏杆外面，好像能够伸得无比地长。我从栏杆底下钻进去，蹲在马跟前，摸索到它高高隆起的肚子，肚皮下面微微往起颤动，是里面的活动散发出来的颤动。它在嚼着栏杆外面的草，嚼出来咔吧咔吧的声音。看来它要下崽了！没有另一匹马，如果有它应该在我头上，喷着热气。"去——"我正好能够推开它，正好能够推到它黏糊糊的嘴上。

"马快要下崽了，"我回到屋里，"那匹马还没有回来。"我说。我一下说出来两匹马的情况。

"……好婆家好婆家……"姐姐又回到屋里，回到炕上，在炕上又唱又跳，甩动着红红的披肩、红红的帽子，红皮靴子跳得炕面咚咚响，这些是国顺他们家带给她的东西，她又换上它们，又摘掉耳朵上的两条鱼，"……好婆家好婆家……"她唱着唱着跳下来，跳到外

117

屋，抱起来一抱麦秸，点着了火，火光亮一下，"……好婆家……"
她唱着把埽条和椴树枝撅断，添进炉灶里，架到跳动的火苗上，噼啪
作响的树枝溅出来火星，溅到她的手背上。"哎哟——"她惊叫一声站
起来，火光大起来。"……好什么好……"她捂着手背在火光里不再跳
动，锅里的水"哗啦哗啦"地响起来。"你折腾吧！"我离开她，躺到屋
里的炕上，顶棚上有一块四四方方的亮光，正是墙中间窗户的形状。

"我也不知道！"她捂着手背站在火光里，站在窗户形状里：通红
的披肩通红的靴子又红又亮的帽子。

我的手背上黏糊糊的，它们是马嘴上的黏液。那匹马快生了，杨香
快生了。

"你说哪？"姐姐又不唱了，站在火光里，披着那些东西，"你说
哪？"她看着火苗，一脸出神的表情。

"什么？"我说。

"是不是？"她问我。

"什么是不是？"我又问她。

"你一点也不知道。"她说。

"我知道什么？"我说。

"什么破地方！"她说，"什么破马什么破房子！"姐姐把外屋地的
柴火弄得咔吧咔吧响，"我不喜欢这些破东西！"她说。

那匹马明天也不会回来。我看不见墙上和棚顶上的那片光影。那匹
马快生了。杨香快生了。

"我什么都不知道！"姐姐说，"谁知道怎么样！"她又胡思乱想着，
"谁知道好不好啊！"又把那些东西摘下来。

他们站在我的眼前，我正在做梦，正梦见姐姐马军两个人摸来摸去，是马军摸来摸去，不是姐姐摸来摸去。"谁知道好不好啊！"姐姐正在说。他们降落在我的睡梦里，仿佛从天而降：爹、妈、马军。爹胳膊上缠着的纱布格外醒目。纱布又把胳膊吊在脖子上。"这是谁！"我还以为在梦里，摇一摇脑袋，听见他们的说话声，听见姐姐嘤嘤的哭声。

"我说再也不去你们非得去。"姐姐哭着说。

"麻袋掉下来谁也没办法。"马军说。

"就不应该接，"妈妈说，"疼不疼？"她问爹，"那么沉的麻袋！"她接着说。

"唉！"爹叹口气。

"你干吗不接！"姐姐停止哭泣。

"我没有看见，"马军说，我正跟老板他们说话的工夫麻袋掉下来的。

"谁接也不行！"妈妈说。

"掉地上就掉地上！"姐姐说。

"掉地上我怕麻袋摔破了。"爹说。

"摔破了就摔破了，"姐姐说，"就怨你！"她又说马军。

"断了吗？"我说，窗外已经有微紫的光亮。

"断了！"爹说

"接上了。"妈妈说。

"你干吗不接哪！"姐姐喊道。

"我没跟你说吗？我不在跟前！"马军说。

"你嚷什么！"姐姐说。

"你才嚷哪！"马军说。

"我嚷不许你嚷！"姐姐喊道。

"我看见它掉下来也不会接的，"马军说，"那么大一麻袋麦子，叫我接！二百多斤的麻袋，从那么老高掉下来——我才不接！"马军也喊道。

"别嚷嚷！"爹说，"睡觉吧。"他有气无力地坐到炕沿上，纱布在胸前分外醒目。

我又和他们躺下来，脸朝着窗户，窗外出现一丝曙光。爹隔着妈妈姐姐，紧挨着墙壁。马军在对面板铺上。他一边抠着后窗台上的土一边说："我们去了医院，叫半天才把值班医生叫醒。""胳膊都变了形。"妈妈也说话了。"要不然得第二天才能接上。"马军说。"爹——"姐姐咬着被子，"爹——"她又哭起来，白纱布十分显眼，嘤嘤的哭声在屋子里像一只蜜蜂。"我去了也不去他们家。"她说。"行啦。"爹说。他面朝墙，胳膊放在被子上。"马上就打上石膏。"马军说。"伤筋动骨一百天。"妈妈喘息声平缓起来。爹没有打呼噜。"我把照片取出来了，"马军说，没有人理他，"我困了。"他跟着打起呼噜。"你是不是疼？"妈妈伸手摸一摸爹的胳膊，"你要是疼就吭声。"妈妈不让爹忍着。"爹——"姐姐坐起来，"爹——"她喊着爹，"你也不说！"她推着我。我不知道她要说什么。"咱们家的马叫人家牵走了！"姐姐说。"什么？"妈妈坐起来。"就怨他们家！"姐姐指着房后头，"他们家偷了人家的马人家找上门来牵走了我们家的马！"姐姐一口气说了好长的一句话，恐怕他们没有听清楚。"怎么办？"妈妈说。"是怀崽的那匹马？"爹说。"不是。"我说。爹没有说话，他很快打起来呼噜，和马军的呼噜并驾齐驱。

他们还在睡觉，我早早起来，走到麦地边上，弯着腰收拾着大犁，先把犁片上的土抠掉，再把防止犁片松动的螺丝挨个拧紧。犁片已经锈迹斑斑，我得找一块砂纸去，我往屋里走去，迎面碰上姐姐跑出屋，头发乱蓬蓬，脸乌突突。"爹哪？"她停下四处张望。"都睡觉哪。"我说。"没有。"姐姐说，"爹——"她跑过去，朝着麦地里跑。

我回头看见爹挎着胳膊，在麦地里走来走去。我不知道爹什么时候去的，什么时候从我身边走过去的。空荡荡的地里又长出一层麦苗，是那些遗落到地里的麦穗儿，经过一场秋雨之后，长出来的新苗儿。越往远处它们显得越发地绿，毛茸茸的一片，像重新播种了一茬麦子，正在茁壮成长。我到屋里翻腾抽屉，抽屉里都是爹的东西，都是零七八碎的破铜烂铁。"嗯——"妈妈嗯了一声。我停下来，回头看见她睁开眼睛，盯着顶棚眨着眼皮。我又翻腾起来，翻到又粗又硬的砂纸。"啊——"马军啊了一声，他翻过身，脸朝着墙咔吧咔吧磕着牙，露着半截后背。

妈妈一直盯着顶棚，我那么翻腾也没有惊动她，好像顶棚上有她需要考虑重要的东西，打扰也打扰不了。我出来走回到大犁跟前，用砂纸擦生锈的犁片。"咔嚓咔嚓——"砂纸发出来锉一样的声音。"真烦人！"姐姐听到砂纸声，她的耳朵就是这么尖，隔着那么远还能听得到砂纸声。她还在低着头，一步一步走着，脚落下得很慢，躲着扎脚的麦茬儿。地里面吹过来的风，吹得她的衣服在背后鼓起一个大包。"你别弄了。"妈妈出了屋，她不让我擦犁片。"真扎人！"姐姐回一下头。"快去。"妈妈看见麦地里走着的爹。"爹——"姐姐跑起来，不顾扎脚的麦茬儿，身体来回来去摆动着，嘴里喊着爹，手在头顶上摇晃着。爹听到叫他，一只手扶着打上石膏的胳膊，迎着姐姐走过来。"是不是疼？"姐姐不住地问道。她以为这样就会减轻爹的疼痛。爹没有说疼还是不疼，跟着她走回来。爹走得小心谨慎，一步是一步，不让断胳膊挨到身上，身上的颤动会碰到胳膊。我坐到大犁的转盘座上继续擦着砂纸，看着他们走过来，看见大群的乌鸦从远处的群山飞过来，它们的影子落到麦地上，随着它们在移动。它们很快跟上他们，在他们头顶上，仅隔几米的距离，巨大的影子落到他们头上脸上。还有它们油亮的翅膀，油亮的爪子，一对又一对又小又亮的眼睛，像抹上了一层油一样亮。"滚开！"姐姐不住地往头顶上挥动着手，想把它们轰走，它们不理她。"你轰不走。"我说她。"你不用擦，"爹走到我面前，上了石膏的胳膊又粗又亮，"还得翻地。"他回头看一看。"不是春天翻地吗？"我不擦了。"秋翻地比春翻地好，"爹走过去，"秋翻地经过一个冬天，能够有时间把翻过去的麦茬沤烂。"爹告诉我。"你才轰不走哪！"姐姐停下来，抬脚踢到犁片上，踢疼了她的脚，她不愿意让我看出来，扭头走起来，一走一踮脚。"看什么看！"她不回头就知道我看着她。爹向前弯着腰，是一个心事重重的背影，好像那里包含着难以表达的痛苦。"把犁放低，"爹也知道我看他，"翻得深一些，"他没回头说。"听见了没有？"姐姐停一下问我。"走一走好一点吗？"妈妈等着爹到门口。"你让她安静一会儿比什么都好。"爹直接走过去，走到房山的阴影里。"妈——"姐姐停在妈妈眼前。"我没有叫你去吵吵。"妈妈说她。"噢——"姐姐激动得说不出话，"噢——"她又噢一声，"怨我，怨我把爹胳膊弄断的。"她叫道。"不是怨你，"妈妈看着爹，"是不让你吵吵嚷嚷。"爹走到房后，走向马圈。"好心当个驴肝肺！"姐姐说。"你别吵吵！"妈妈说。"什么都怨我！"姐姐抓住妈妈的胳膊，用力地摇晃。"撒开！"妈妈说，她用劲抽出胳膊，走回屋去。"马军！"姐姐也跟进去。

"马军！"姐姐马上又出来，看着房顶看着麦地，四处乱瞅着。"他还睡觉哪。"我说。"谁睡觉了？"马军说。他在高高的康拜因上面，在道路旁边高高的树冠下面，手里拿着一杆硬铅做的黄油枪，把枪把压得咣叽咣叽响，黄油顺着弯曲的细管子压出来，压到机器上大大小小的孔洞里。姐姐跑过去，没有停，直接跑上铁梯，"你弄这个破玩意儿干什么？"她伸长脖子。"加油啊。"马军放下油枪。"干什么？"他看见姐姐又烦又恼的脸。"你说干什么——"姐姐冲着他嚷道。"我我……"马军向我这边看着。他的脸在树叶里面，头顶上垂下来杨树叶子，杨树比康拜因高出来树冠的部分。"敢情你好了！"姐姐往前冲两步，马军退两步。"敢情你好了！"姐姐还往前冲，他还往后退。"我求求你，我给你看照片，"马军不能往后退，再退就掉进脱粒用的拖斗里面，"我给你看。"他拿出取出来的照片递给姐姐。"我穿新衣服照得一点也不好看！"姐姐看着照片低下声音。"好看好看——"马军凑过去脑袋，和姐姐头挨着头看起来。

他们惊愕地看着爹，好像一夜间不认识他一样。他们三个人都站成一排，杨香还挺着大肚子，庄永霞也不例外，也站在那里。他们身后的房子还是原来的样子，没有动一锹泥。国顺也没有把跟我们说的话跟爹再说一遍。倒是杨香先张开嘴，她说起那匹马，说它怎么跟着公马跑的，说它憋不住直往公马身上趴，说只要是公的它都会跟着跑掉，说不是这一回也得是下一回。"是不是，妈？"她说完了问庄永霞。管她叫着妈。"不怨我们。"庄永霞说。"不怨国顺。"杨香说。"真的！"国顺说的真的不知道是指什么是真的，是指她们说的话，还是指她们说的事，他的话软绵绵地，没有一点儿底气，眼睛不敢看着爹。"那是不是你偷的马？"爹停一会儿问国顺。"是我牵回家来的。"国顺说。"那是不是你牵回来的马把它勾走的？"爹又问。"是它自己往人家身上趴。"杨香说。"要是他不偷人家的马哪？"爹看着杨香，"这么说吧，要是没有他偷的公马，"爹显得十分有耐心，"它再想往身上趴能趴上去吗？问你——"爹指着庄永霞，看着杨香，等着她的称呼。"我妈！"杨香干脆地回答。"噢——你妈！呵呵——"爹干笑了两下，带着嘲笑的语气，"明白了吧？"他用那种语气问着他们三个人。他们说不上来，被爹绕来绕去的话弄糊涂，眨着眼睛互相看着，也没有看明白。爹没有理他们，朝后退几步，退到墙周围围成一圈的木架子跟前，转身低一下头钻过去，脸快挨到墙上，抬起一只好手，用手指头往没有干的墙上捅进去，捅到指肚那么深，捅不进去。"捅我们家的墙干吗？"杨香说。爹换一个地方，又捅进去，还是那么深，又捅不进去。"看见了没有，"爹低一下头，绕过一道横杆，站在两道横杆中间，中间搭的木板挡在他的胸口上，他就露出来一个头，还有举在头旁边的手指头，"就这么深，"一个手指掐着沾着泥的手指肚，"也就两厘米深，顶多两厘米。"爹看一看手指肚，向他们晃动着手指头，让他们看清楚上面的泥印儿。国顺看一眼身边的庄永霞。"用不着他管。"杨香小声说。她也看着庄永霞。"你说哪？"国顺问她。庄永霞往前走去，一直走到木架子跟前，国顺也跟着她过去。"有没有两厘米？"爹把手指头举到他们眼前。"嗯——有。"庄永霞点一点头。"你说哪？"爹问国顺。"有。"国顺说。"这样不行吗？"庄永霞看着爹。"你们看见谁家的大墙是抹两厘米厚的泥，这倒是快！"爹前后看一眼整面的墙壁，"用不了半个月全都得掉下来。"爹伸出手扣下来两厘米厚的泥，扣出来一小片，露出里面烧黑的墙壁。我们家的墙壁。"你把我们家的墙扣掉了。"杨香离得老远说。"你拿泥来。"爹没有理会她，对着庄永霞说。"你把抹子递给我。"爹又对着国顺说。他们俩停了一会儿。"用得着吗？"庄永霞有些犹豫。"我也不知道。"国顺也没有底。"非得等墙皮掉下来就知道了。"爹说。他们没有话说，停一会儿，两个人分头去干：国顺伸手把放在木板上的抹子拿起来，递给爹。"这是你干的活？"爹握着木把，让他看抹子上沾着的一层干泥，"记住用完了往沙子上蹭两下，"爹说着往木板上敲着抹子，震下来干在上面的泥，"放这儿放这儿。"敲着木板让庄永霞把端过来满满一锹泥放到上面。庄永霞把泥放上去。爹用一只手把泥抠到抹子上，抹到那块露出来的墙壁上，一共抹了三抹子，把一锹泥都抹到一个地方，抹成厚厚的一层，比原来抹上去的泥厚了两倍还多，高高地突出来。爹把抹子放到木板上，用刚才插过泥的手指插进新抹上去的厚厚的泥里，整个手指都陷进去。"这么厚才行！"爹拔出手指，整个手指都湿了，还带着泥。"那还得抹上去两层。"国顺说。"不能直接往上抹，"爹指着抹上一层泥的墙，"等于贴两张皮，过不了冬天全都得冻掉！"爹说。"那可麻烦了，"国顺看着庄永霞，"还得拉土，"他说。"土不用拉，把这层泥铲下来重新泡上水。"爹说。"用吗？"国顺说。"不用！"庄永霞说。"我看也不用。"国顺说。他们转身离开。"要是冻掉了怎么办？"杨香一直在听着爹说话。"冻掉了开春再重新抹！"庄永霞说。

"三杨哪？"爹转动着脑袋，四下里找三杨。没有人理他。"三杨——"爹低下头，从架子底下往外钻，"哎哟——"爹叫了一声，架子下面钉着的横木碰到打着石膏的胳膊上，爹蹲在下面，脸色蜡黄，流下来豆大的汗珠。"三杨——"爹喘一口气，钻出来，闭着眼睛，"三杨在哪里？"爹大声地问他们。"爹——"杨香喊起三杨。庄永霞和国顺没有回头看一眼。

他妈看见他从山下走上来，看见他手里拿着一把香，看见一把香点着，香火一路上袅袅娜娜，熏得三杨眼睛里直流眼泪。"你该流点眼泪了。"他妈坐起身，下到山下来接他，看见他望一眼山上灌木丛生的树林，又回头望一眼来时的道路。路上静悄悄，没有一个人影儿，连一只鸟儿也看不见。山上倒是不断传过来鸟语花香，"上去呀！"他妈知道他有点害怕，轻轻地推他一下。"哎哟——"三杨往前跨一步，不由得回一下头，什么也没有看见。"嘻嘻嘻——"他妈笑了，知道他有事要跟她说。"快点走呀！"他妈又推他，三杨听到周围的树叶沙沙作响，抬脚把绊脚的石头踢走。"你怎么踢我？"他妈愣了一下，看见他比以前胖了，比以前穿得利索了，脸上有了血色，可是看不清楚五官，好像上面隔着一层雾。"嗯——"他妈点一点头，明白他这是有了女人，不是像她活着时候跟他说话的女人，是跟他睡觉的女人。"好啊——"他妈有些生气，"好啊——你跟国顺一样不争气！一样不是正经的东西！一个还不够现在又加上一个，又加上两个，那个不正经的女人！正经的女人怎么不跟你来看我？你说——"带着怨气伸手拽住三杨的后衣襟，把他挂到树杈上。"哎——"三杨走不动，"别拽我，"他惊慌地叫道，回头看见挂到树杈上的衣襟。他妈用劲缠两道。怎么拽不下来，三杨往前拽也没有拽下来，伸手去往下解，发现缠上好几道。"怎么会缠上好几道？"三杨有些纳闷，有些害怕，用力一拽，衣襟上拽出一道口子。"嘻嘻嘻"他妈拍着手笑了。三杨脚底下扑棱棱飞起来一只鸟儿。"吓我一大跳！"三杨打了一冷战，周围飞起一群鸟儿，"噢——"三杨长长吐出一口气。他加快步伐，但也跑不过他妈，她妈一会儿撩一下他的头发，三杨就感到眼前的树枝弹回来，弹到头顶上，弹起来头发，一会儿又绊一下他的腿，三杨顺着山上的草皮滑一个跟头。三杨爬起来，索性不管不顾，撒腿往上跑，摔倒了也不怕，树枝碰到脸也不理会。"慢点儿。"他妈心疼起他，一路上给他开道，把要碰到的树枝撩开，把要绊倒他的石头搬开，按住一条想咬他的蛇，告诉躲在树枝上的松鼠别下来吓唬人，还有一匹准备咬他的狼，听到她的话，放走了到嘴的食物。三杨没有遇到刚才的麻烦，反而越跑胆子越大，一口气跑到山顶，站到山顶上，看看身后跑上来的山坡，看到甩到身后密密实实的灌木丛，有一种兴奋一种轻松，不禁笑起来，笑着一口气跑下另一侧的山坡，跑到那座旧坟旁边。手里的香火一根也没有灭，一根也没有断。

"妈——"三杨把一把香火插到坟头上。

"说吧。"他妈端坐下来，看着气喘吁吁的三杨又生起气来。

"我这么长时间也没有来看你。"三杨说。

"你还记得来看我。"他妈说。

"我心里老是发慌。"三杨说。

"你还发慌我看不出来你发慌。"他妈说。

"真的，妈！"三杨说。

"我看你高兴着哪。"他妈说。

"我一点儿也不高兴。"三杨说。

"嘻嘻，你骗不了我。"他妈说。

"我不骗你。"三杨说。

"把你的高兴事告诉我吧。"他妈说。

"我不知道怎么说。"三杨说。

"怎么高兴你就怎么说。"他妈说。

"你可别生气。"三杨说。

"你的高兴事我怎么生气。"他妈说。

"不是高兴事儿。"三杨说。

"你还骗我。"他妈说。

"我不知道该怎么说。"三杨说。

"说呀！"他妈说。

"我把你留给我的东西弄丢了。"三杨说。

"我给你留下什么东西？"他妈说。

"就是那尊佛呀！"三杨说。

"我给你留下佛了吗？"他妈想不起来。

"是叫人给抱走的。"三杨说。

"那你不看好了。"他妈说。

"我想把它晒一晒太阳结果叫人抱跑了。"三杨说。

"我说我这地方怎么空得慌。"他妈说。

"你别吓唬我。"三杨说。

"我身边空出来一小块地方，前几天才空出来的。"他妈拍一拍身边空出来的地方，窄窄的一长条，"正好没有人陪我。"

"我可不陪你。"三杨说。

"我不用你陪我。"他妈说。

"那你让谁陪你。"三杨说。

"我还不知道。"他妈看一看四周，四周的人都有人陪着，三五成群的，向她招着手，让她出去玩去，"我该玩去了，"他妈站起来，"我现在真轻松。"她身轻如燕地飞起来，一只油黑发亮的蝴蝶绕着三杨的头顶上绕来绕去。"我不管你的事，他们叫我玩去了。"他妈指着四周结伴而来的伙伴，"你不认识郑发吗？"他妈指着走到三杨跟前的煤黑子，他是被装满煤的巷道车压死的，车轱辘从胸前压过去，胸前还瘪着，他还推着铁板车。车上坐着一伙人，"叽叽嘎嘎"地笑着，冲着他招手：有得出血热死去的温万东，有去铁道南拉沙子跟火车撞在一起的瞎宋，有收完地喝酒喝死的张昌百，有叫老婆和相好的扔到井里的吴老棍，还有庄永霞的男人，谁也不知道他是怎么死的，都知道他到千里之外打工去了，现在却回来了。回来的还有王喜来，这个回老家的山东人，也回来了。他们吓了三杨一大跳，纷纷上来和他逗着玩，只有庄永霞的男人和王喜来还在一边愁眉苦脸。"哎哟——"三杨脸一下红了，迅速站起来。"你老婆跟我住在一起。"他说道。"噢——"庄永霞的男人不感到吃惊。"我不是想她。"庄永霞的男人说。"他想千里之外的小老婆！"车上的人喊道。"你们别瞎说！"庄永霞的男人说。"你在这想吧！"他们把他推下车。"还有你，想你山东的大老婆，和他在这儿想吧。"他们把王喜来也推下车。他们俩在车下嘤嘤地哭起来。哭着拽住三杨的裤腿，不让他走。"妈——"三杨害怕了。"你不用害怕，我送你下山。"他妈说。"我们送你，车上的人一起来送他。""我不用你们送！"三杨扭头往山上跑去，跑到山顶上，还听见"叽叽嘎嘎"的笑声，前后左右纷飞着一大群蝴蝶，蝴蝶在树丛间翻飞着，一直陪着他跑到山下。"你看谁来了！"他妈指一指通向山脚下的大路，路上跑过来他们家消失两天两夜的黑狗，狗跑到他身边，冲着山上叫一声。"你陪他回去，"他妈对它招招手，"它跟佛最亲，它是通向佛的东西，是通向我的东西。"他妈最后告诉他。"汪汪汪——"狗往山上跑几步，三杨看见它追着返回山上的蝴蝶，往上跳着，想要够着它们，蝴蝶一闪身隐没到树林里。

"我看到张昌百看到郑发看到温万东看到瞎宋看到吴老棍……"三杨连喊带叫，他喊的这些名字连我们家都听得清楚，他是故意让我们听清楚的。这些早已经死去的人吓了我们一大跳，他说他看见他们，说他去他妈坟上看见他们的，这更让我们害怕。他是对庄永霞、国顺和杨香，对他们家的人说的，故意让我们听到。我们都凑到妈妈身边，都凑到房后头，隔着不到二十米远的距离，竖直耳朵听着。他们家的人都停下手里的活听他讲，他扯着大嗓门，瞪着大眼睛，脸朝着我们家的方向。他们家那条狗坐在地上，歪着头看着他。他说他们坐在一辆铁板车上，是郑发推的巷道车，车停在他面前。车上的温万东不挑着水桶了，不见着谁都点头哈腰，他的腰板挺得最直。瞎宋眼睛不那么眯缝着，不那么觑着眼睛看他，她睁着一双大眼睛，又亮又漂亮的大眼睛。张昌百活着的时候多威风！说给你多少地就给你多少地，说谁家卖多少粮就得卖多少粮，拄着一条拐，阴沉着脸，现在拄着两条拐，见谁都笑眯眯的。还有吴老棍，被他老婆扔到井里，这咋跟一双漂亮大眼睛的瞎宋在一起。两个人那叫好！三杨说完，就往我们家走过来，他还带着满脸的得意满脸的不屑，是他现在比过去截然相反的不屑。身后跟着那条消失又出现的黑狗，狗仰着脖，看着三杨，跟他一样地不屑。我们等着他。看见他身上剐的都是口子，剐下来的布片郎当在衣服上。"看见没有？"他边走边把郎当的布片拿起来，让我们看，"可把我吓坏了。"他忽闪着两个大眼皮，"我刚往坟上一跪，他们就来了，你猜我还看见谁了？"他放低声调，回头看一眼，看他们家的人没注意他，他们家的人没有往这边看，他们凑在一起，叽叽咕咕地听着杨香在说话，杨香又说她奶奶，她奶奶灵魂出窍的遥远的晚上。"我还看见庄永霞她男的。"三杨悄悄说。"他不是早就打工走了？"妈妈皱起眉头，"走得无影无踪。""回来了。"三杨说。"别瞎说。"妈妈说。"脸上带白癜风吗？"姐姐相信了。"没有白癜风，光光溜溜的。"三杨摸一摸自己的脸，"还有王喜来。"他又说。"王喜来！"妈妈更是感到吃惊。"回来了。"三杨说。"他们走了还回来干吗？"妈妈问他。"能走得了吗？"三杨说。"怎么走不了？"妈妈说。她好像被他的话迷惑住。"王喜来回老家连一件东西都没带，说再也不回来了。"妈妈看着远处。她的神态让我们想起王喜来，我们还小的时候，这个扛麻袋能扛四百斤重、吃饭能吃十六个肉包子的老铁道兵，经常坐在场院的苫百棚下面，发誓说自己就是死了变成了魂儿，也要回到山东老家去，也要埋到他们家的祖坟上去。"是吗？"姐姐问。"听着。"马军不让她说话。"妈——"姐姐看着妈妈。"他还哭哭啼啼，"三杨说，"你说他能哭哭啼啼的！"三杨盯住妈妈，"他们一直把我送到山下，"三杨看看蹲下来的那条狗，"不信你问狗。"三杨指一指狗。"汪汪汪——"狗叫起来，好像它也看到了。"别看活着时候好，"三杨挨着排看看我们，"转世可就不一定好，还都叫你得了，咻——"三杨"咻"了一声，仰起脸，看着我们家前面空荡荡的麦地，看着我们家房山对面停放着的拖拉机和康拜因。"差不多！"马军点点头。"什么差不多？"姐姐推开他，"你是说我们家，"姐姐指出三杨说话的意思。"我妈身边还有个空儿，"三杨说，"不知道谁会去。"他又看我们。"你别吓唬人。"姐姐说。"我不吓唬人。"三杨赶忙摆摆手，边摆手边往回家退。"信不信由你！"他说。

　　"你说什么？"爹从马棚里走出来，我都听得清清楚楚，爹把他截在马圈跟前。"你胳膊断了！"他吃惊道。"死不了，"爹说，"死了也不会叫你看见。"爹打趣道。"我真看见他们！"三杨虎着脸，用劲地眨动着眼睛。"你去吓唬他们吧！"爹指着房后的他们家和房前的我们家。"我没有吓唬人。"三杨说。"你看见没有！"爹让他看圈里孤零零的一匹马。"我知道我知道……"三杨马上改变了腔调说他知道，不再是刚才描述看到死人时候的语气，那时候不屑、得意的语气，现在遇上了

131

爹，像遇上了阎王爷，腔调可怜又恭顺。"怨国顺。"他承认道。"光怨他就完了？"爹说。"那怎么办？"三杨梗起脖子。"你用不着梗脖子，"爹扶着马圈的栏杆，转身坐到上面，叼起一支烟，没有说怎么办。"还有，"爹看一看他们家方向，"看看你那墙抹的，"爹说起他对他们家墙的厚度的看法，问三杨你说话算不算数，三杨说他说话算数。"我看玄！"爹说。"我那可是好端端的地基。"爹提到关键问题。"对，是我们家的地基，"姐姐走过去，"还是我们家的房架子。"她说。"你别听她的，"爹说，"你别插嘴！"爹不让姐姐插嘴。"本来就是！"姐姐说。"好端端的地基就应该有好端端的房子。"爹从栏杆上下来，往家里走来。"还有我们家的马哪！"姐姐跟在爹身后。"就是，还拐走了我们家的一匹马！"爹赞同了姐姐这个说法。

　　三杨呆呆地站在马圈跟前，就像一个傻子，再也不像对我们说他见到死人时扬扬得意的样子，像被什么东西击中要害，他变成了一个死人。爹挎着胳膊迎着我们走过来，不让我们看他，让我们随着他到房前来，到我们看不见三杨站的地方。"他说得跟真的一样。"马军说。他还想着三杨刚才讲的，手里拿着一块沾满柴油的抹布，甩来甩去。"你甩我眼睛里东西了。"姐姐揉起眼睛。"我看看。"马军跑上去，把她的手拿开，看见她眯缝着的眼皮，上下颤动着，连眼睫毛都跟着颤动。"呛死我了！"姐姐闻到鼻子跟前浓烈的柴油味儿。"你把手里的布扔下！"妈妈说。"我忘了。"马军扔掉挨到姐姐鼻子跟前的抹布。"你没有忘什么！"姐姐举起拳头轻轻地打他，"我睁不开眼！"姐姐等着他给她弄眼睛。"你别拿手弄。"妈妈看见他要用两个脏手指头翻她的眼皮，"你拿我的衣角卷着弄，"妈妈把她又大又软的衣角卷起来递给马军。"还有一股肥皂味儿，"他吸动着鼻孔，闻着衣角上的气味儿。"快弄啊！"姐姐踮起脚。马军垫着衣角把姐姐的上眼皮翻过来，又白又红又湿润的上面，沾着个小黑点儿，"我弄不掉。"他看着妈妈，妈妈亲自用衣角往上轻轻一沾，把她翻上去的眼皮翻下来。"好了吗？"马军在旁边问道。"就怨你。"姐姐眨几下眼睛，又用拳头打他。"怨我怨我……"马军躲闪开，姐姐追上去。"别闹了。"妈妈说。"你们听。"我说。我听见房后面有咚咚声，像是在砸墙，还有庄永霞的叫嚷声。"看看去——"姐姐带头往房后跑去。"爹不让去。"我说。"爹不在。"姐姐说。我回头看看，没有看到爹。我跟着姐姐跑到房后，看见三杨用铁锹铲下来房前刚刚抹上去的泥。"你就听他说又不是他们家住！"庄永霞指着我们家方向喊。"也不是听他们家说的，我也觉得太薄了。"杨香说，"你们看什么看。"她扭头看见我和姐姐。"你们把刚抹上的泥刨下去干什么？"我吃惊地问道。"太薄了。"杨香并没有跟我们发火，她挺着大肚子"呼哧呼哧"喘粗气，粗气声清清楚楚地传过来，那匹马的喘息声传过来。

马军开着拖拉机，我坐在后面大犁的转盘座上，座位四周竖着四根木杆，木杆顶端撑起一个搭着草的棚子，太阳光晒在棚子上面，落下来一片阴凉，正好落到座位上，遮住晒人的阳光。座位下面是闪闪发光的犁片，一共四排，吃进土里五十厘米深。翻过来排列成四行大块的土块，像四排固定不动的波浪，把麦茬和麦茬间新生的麦苗压到下面。这些麦苗和麦茬在下面经过一个冬天，春天到来的时候，它们在下面腐烂成肥料，滋养新的种子生根发芽。拖拉机"哗哗啦啦"开过去，地里出现一长条翻过来的宽敞的新土，还有更多的麦茬和再生的麦苗等着翻过去，扣到地里面，腐烂成更多的肥料。"呜呜呜——"马军不时地拉响汽笛，每一回拉响汽笛，他的脸都从拖拉机后窗户上扭过来，好像在等待着什么。我顾不上看他的神态，我握着带油压的方向盘，调整着大犁防止漏翻的地方。要是爹的胳膊不坏，要是还有一匹能够动弹的马，要是那匹马没有叫国顺弄丢，他会赶着马，拉着单独的一片犁，在麦地的另一端干起来。我们没有注意天逐渐阴沉下来，好像有层雾在头顶上笼罩，这些雾又像茸茸的灰色草掉过头生长在天上。

"呜——"拖拉机又一次拉响汽笛。"呜——"马军又一次不松手，侧着身体伸到车门外面，脸也跟着伸到外面，脸上的神态变得焦急不安。"呜——"他松开操纵杆的手伸到车外面，在他的脸旁边招着手，另一只手还拉着汽笛。"偏啦！"我看到偏向一边的大犁，是拖拉机偏到了一边，带着大犁偏向一边。我把带油压的方向盘转到底，也没有纠正过来，地里出现没有翻到的长长一条。马军停下车，没有关油门。"憋得我够呛！"他站在链轨上，往地里撒着尿。"我一上车就想撒尿。"他打着激灵扭头看着我。"那你该马上停下来。"我指着漏翻的一长条麦地，一长条麦地夹在翻过来的麦地中间，还生长着一片金黄的麦茬和绿茵茵的麦苗，很是扎眼。"我差点儿尿车上。"马军跳下链轨，到后面的大犁跟前，把住撑着阴凉的木杆。"我把一会儿犁。"他蹬到硕大的犁片上，脸跟着蹿上来，挨到我的身上，瘦长的脸上抹了好几道柴油印子。"在车里嗡嗡直响，"他指一指自己的耳朵，"快把我的耳朵震聋了，"他把手指捅进耳朵眼里，"康拜因里没有声音，"他看着我，想起来康拜因封闭的驾驶楼。"康拜因不能翻地。"我说。"不能翻地怕什么。"马军放下手指，从口袋里掏出烟。"让我抽一口。"我摆着手跳下来，"你可得把好。"我看着他坐上去。地里吹过来一阵风，把他吐出来的烟吹回到他的脸上。"没事儿，"他一边揉着眼睛，一边把着方向盘。"这多亮堂！"他扭头看着四处的旷野，我说他就想把着这个，哪个轻松想干哪个！"对！"他点着头，毫不隐瞒地觉得他应该干这个轻松的活儿。

我掉过车头，把那块漏翻的地重新翻过来。有好多只鸡都在拖拉机的前方，站在新翻的土地上，它们中间还有鸭子和雪白的鹅。它们在捉着土里的虫子，捉着变成蛹的蝈蝈。为了一只虫子，两只鸡你争我夺，飞上飞下。鸭子和鹅不争夺，它们扁长的嘴伸到土里，像伸到水里，用劲儿地往下掏一阵，抬起嘴，沾着满嘴的土，吞下去带土的草根。拖拉机很快转过来，往前开去。前面没有家禽，有山雀和乌鸦，等着翻过来的土。这些乌鸦从哪一天来的，我们都不清楚。它们时而出现，时而消失。"呱呱叫着报丧的家伙！"爹形容它们。"不是报丧的东西！"姐姐说。它们这会儿跟着拖拉机，一直跟到灌木丛跟前，山雀从拖拉机后面飞向灌木丛，它们叼着虫子，送到挂在树杈的草窝里，把它们储藏到春天，等着新的小山雀出生，叫它们吃风干的虫子。

再往回开，再翻起来一排麦茬，翻出来大块的土，抬头正好看见我们家的房子，看见脱粒用的康拜因，看见房山正对的风化石道路，看见他们家重新开始抹墙，看见他们家一头大奶牛当啷着两排大奶头，看见我们家一头母马躺在马圈里……看着这些不同的东西，一直开到地头。"咣咣咣——"马军又敲响车门，他又有事情，他指一指家门口，指一指自己的嘴，让我等着他，他跳下转盘座，往家里跑去，再跑出来，嘴边上沾着水滴，手里还拎着一把军用水壶。我看要下雨，他边跑边大声喊道。他总是心不在焉，一会儿撒尿，一会儿喝水，一会儿又说要下雨。下雨就下雨，我不理他。"下雨就没法翻地。"他站在链轨下面递给我水壶。"下完雨就要下霜。"他不停地说着，总而言之，都是不希望干活的预言。"我不喝水。"我看见他边说着自己的希望，边一口接一口吐着带尘土的唾沫。"喝一口喝一口。"他吐完了又往我怀里推军用水壶，并且打开水壶盖。我推脱不掉，喝一口，竟然是甜的水。"嘿嘿嘿"他笑着拿过去，不让我喝了。"是你姐姐留给我的。"他又喝一口甜水，为的是让我知道水是甜的是姐姐给他预备的，他才离开车门，拎着水壶带子，把它挂在后面凉棚的横杆上。车又开起来，水壶在他脸前来回来去晃荡着，他不时地打开壶盖，不时往嘴里倒一口甜水。

雨果然很快下起来，雨点打得车棚砰砰直响，地里变得迷迷蒙蒙，和天空一种颜色。

"不能再干了！"马军用油压把大犁早早地提上来，离开麦地。"不能再干了！"他在雨里不停地喊。

拖拉机"哗啦啦"地开回来，我下车，看见他盘腿坐在转盘座上，身上没有淋着一滴雨，手里举着那张取出来的照片冲着我晃荡。"我们的结婚照！"他伸向雨里的胳膊马上又缩回去，往照片上沾一下嘴，又沾一下，眼睛也不睁开。

"可算翻完了！"马军跳下车。天晴后又下了一场霜。这回下的霜不像第一回那么容易融化，落到地上白花花一片。马军没有把机车的油门关上，他变得松松垮垮，一点儿也提不起精神，三步并做两步跑到树桩上坐下来，用劲儿地拍打着并没有沾上尘土的帽子，表示着他的厌烦。我把前面的机车和后面的大犁中间的插销拔掉，让它们分开，又开着空车从他跟前驶过去。他让我停下来，问我干吗去。"把车还回去。"爹替我回答道。爹从翻过的地里走出来，他一直跟在机车后面，和我们保持着几米远的距离，在翻过来的地里走来走去，看压没压住茬儿。如果有漏掉的地没有翻，会让我们重来一遍。看来没有漏掉的地方，看来不需要重翻。"快去吧！"爹从石膏打成的筒子里伸出手，朝前晃动着，示意我把车开出去。"干吗不停下来干吗还往前开？"马军说着又站起来。"地翻完了得把它还回去。"我又告诉他一遍。"我还以为是咱们家的车。"他用"咱们家"把自己说成是我们中间的一员。"你看看这里面总痒痒。"爹敲着石膏让马军看。马军没有看出爹石膏里的胳膊为什么痒痒。"我也去。"他从爹身边跑过来，重新上到车上来。机车朝着风化石大道开过去。"爹——"姐姐站在房前的玻璃窗外面喊着爹，妈妈站在窗户里面。里面窗台上放着一摞裁好的报纸条，妈妈往报纸条上刷着糨糊，刷好一条递给姐姐一条，姐姐把它粘到窗户缝上。"我妈叫你——"姐姐接过报纸条喊道。"叫我吗？"马军看看我。"我听不见她喊谁。"我没有肯定。他把油门关得只剩下空转的机器声。"有一件大事！"姐姐掩饰不住自己的激动，把报纸条粘到玻璃上，没有粘到窗户缝上，两只手拍着窗户框，眼睛没有朝我们瞅。"爹——"她又喊爹。我们听清楚她喊爹的声音。"走吧。"马军听到后低声说道。我加大油门。我们开着车上到大道上。"唉——"马军叹了一口气，"唉唉——"他一连又叹了两口气，屁股好像坐在钉子上，来回来去转动着身子。一会儿趴到车窗玻璃上一会儿又离开，把我的视线弄得乱七八糟。"你能不能不转悠！"我说他一句。"你净是事！"他停下来，转过头看着我，等着我继续说他，他还有好多话要说。"你可以不来。"我又说他一句。"你爹在跟前，要不是你爹在跟前我才不上来。"他坐正身子，把两脚搭到前面的玻璃窗上，又不把他当成我们中间的一员。我没有吭声。"嘻嘻嘻——"他笑起来，掏出烟卷开始抽烟，烟雾在驾驶楼里弥漫开来。"我连抽一口烟的工夫都没有。"他指的是在地里翻地的这些天没有抽一口烟。"看——"他让我看他噘起嘴，嘴里的烟圈喷到玻璃上，在玻璃上扩大。透过车窗的玻璃，我看见路边的树叶经过两场霜，有的变得发黄，有的变得发灰，都湿漉漉的，好像加重了几倍的重量，随时随地可能掉下来。树后面出现三杨家的新房子，他家的新房子再不是薄薄的一层泥，再不是我们家的房子。房顶上新苫上去的茅草，修葺得整整齐齐，墙上重新往上抹泥，国顺抹完一抹子泥敲一下托泥板，庄永霞听到托泥板声，跑过院子递过去满满一锹泥，满锹泥都抹到一个地方。对面的院子里挂满零七八碎的布片，这是给杨香准备的，她的孩子出生要用的尿布，崭新的房子崭新的尿布！"嘿——"马军朝着国顺喊一声，国顺没有理他。"还挺牛逼！"他伸手去拽操纵杆。"放开！"我不让他拽。他落下脚，裤腿叫座位里呲出来的钢丝挂起来，露出来半截瘦骨嶙峋的腿，腿又白又瘦。"你这么凶干什么？"我不让踩离合器他说我凶。"你马上是我小舅子，"他朝着国顺抹泥的方向吐一口烟，"你知道不知道？"他吐完烟仰着头，看着车棚上面，"小舅子听姐夫的话。"他慢悠悠地说着，把自己当成我的姐夫，当成我们家的一员。"你看看，"他又掏出来那张照片，那张在下雨天里他坐在转盘座上伸出来又缩回去的照片，在他嘴上沾来又沾去的照片。我又看到他和穿新衣服的姐姐挨在一起，脑袋都向中间偏着，脸上都挂着幸福的表情。真像是那么回事！"怎么样？"他看着我，把照片揣进兜里，没有往嘴上沾。我没有管他怎么看着我，他怎么看着我不重要。"……好婆家啊好婆家……谁知道好不好……"姐姐反复无常的脸，一会儿这样，一会儿又那样。

保养间里还是我春天来时候的样子，地上墙上沾得到处都是柴油，不同的是车库里面停放进去一排崭新的轮式拖拉机。

"都是喷上去的漆。"马军说。

"不是喷上去的漆,"保管员指着那些高大的轮子,"上面的花纹都是崭新的,不是新的不会有这些毛刺儿。"保管员揪下来轮子上的毛刺儿让我们看,我们看见像球皮钉一样的毛刺儿。"真是新的。"马军看过毛刺儿,冲我点着头。保管员又把带滑轮的车门往两边推开又拉上,两扇门沿着底下的铁槽"咕噜噜"地滑过来又滑过去。

"这回你们家又阔了。"我说道。

"都是你们自己家的!"马军惊讶得睁大眼睛。

"不只是这些,"我指着保养间后面山上的储油罐让他看,"那也是他们家的东西。"我告诉他说。

"嚯——"马军羡慕得半天没有合上眼睛,眼睛在保管员身上来回来去地转悠起来。

"你要检查检查。"我对保管员说。

他没有说要不要检查,但很快就坐到驾驶室里,把操纵杆离合器油门阀又拉又推了一遍,跳下来又到前面把护泥板打开,伸脑袋进去看水箱又看发动机。他把这些东西看得仔细又认真,一丁点儿也不落下。

"你们家这么阔还这么仔细!"马军叼上烟,嘴上变得油腔滑调起来。

"那也是钱。"保管员没有检查出什么毛病,"我再发动一下看看,"他把发动机关掉,用新的油绳缠住启动轮,用劲往怀里一拉,随着一阵"突突突"的轰鸣声,烟囱里冒出来黑烟。"没事儿。"他放心地让我把车开进车库里,他关上带滑轮的大铁门。

"等一等。"他没有让我们马上离开,伸手递过来一张折叠好的纸,说是我给他写的字据。我不记得给他写过什么样的字据。"你看看是不是

你写的字？"他抖开折叠好的纸，放到我的眼睛前面。我看见上面清清
楚楚地写着：租李学朴家东方红一百号。"是不是你写的？"他问我。
"是我写的。"我看着又大又粗的字迹感到十分陌生，我还是接了过来。
"撕了吧！"他盯着我手里的字据让我撕掉。"我看看，我看看——"马
军伸过来头，我没有让他看就撕成了碎片，扔到洒满柴油的地上。

这就是姐姐说的那件大事！

她把准备好的大包小包放到康拜因顶上，风风火火地往屋里跑去。
"我的头发好不好看？"她一边跑一边摇着脑袋。她的头发扎上拆开又
扎上又拆开，已经弄了不少于十遍。一头披散开的头发把她的脸遮住散
开散开遮住。她又跑进屋里，把挂在墙上的镜子摘下来，抱着镜子跑到
外面，把镜子放到外面的窗台上，镜子上的反光照到披散的头发上。
"你给我扎上。"她让马军再给她扎上。"怎么扎上？"马军拽直她的头
发。"往上扎！"姐姐两只手放到头发顶上往上伸展开。镜子里映出来用
红绸绳给姐姐扎头发的马军，马军不知道怎么扎上的表情。"妈，你看
行不行？"姐姐又不愿意让他扎，推开他的手直接喊妈妈，想让妈妈给
她扎。她们隔着一层糊上窗户缝的玻璃，妈妈在屋里没着没落地走来走
去，没有心思给姐姐扎头发。"行不行？"姐姐敲着玻璃。"什么？"妈
妈头也没有抬起来。她们之间说的话两个人谁也听不见，除非敲响玻
璃，才能听见玻璃声。所以妈妈在屋里问姐姐，姐姐也没有听见问她什
么。"爹——"姐姐又喊爹，她不知道喊谁好，想起谁都想喊谁帮她扎
头发。"行啦——"爹站在她的背后，说行啦是让她不要喊叫。"看看还
有什么东西需要带的。"爹对我说。他说的那些东西是我们家里准备好
的东西，那些东西都已经包到大包小包里面，已经搬到康拜因上面。有

绸缎做的四铺四盖，有新买的锅碗瓢盆，有擦得亮堂的缝纫机头，有自己家种的土特产品。"再给他们带点什么。"爹自言自语地转几圈，到屋里拿出来一把手锯，坐在院子的地面上，两只脚踩住我们平时坐着乘凉的榆木树桩，把锯齿对准树桩中间，来回用劲地拽开来。"咔嚓咔嚓，"锯齿很快吃进木头里面，细碎的锯末顺着锯口流出来。我知道爹用一只手拉着锯，我坐到他的对面，坐到地上，帮他拉锯，看着爹。爹也不看我，低垂的眼皮眨也不眨一下，身子也不动弹，仿佛不是在锯木头，仿佛在睡觉。睡梦中来回地拉动着胳膊，仿佛胳膊也不是他身体的一部分，是另外一种运动的东西。"妈——"我想看见妈妈是什么状态。"妈——"我想妈妈在干什么。妈妈在屋子里把箱子打开，拿出来那些东西：那身照相穿的崭新的红衣服，那顶红帽子那个红披肩还有那双红靴子。对着墙上比画着，原来墙上有镜子，现在没有，叫姐姐搬到外面的窗台上，没完没了地照啊照。妈妈还以为镜子挂在墙上，对着墙壁比画着那些东西。咔嚓咔嚓咔嚓。"她就要离开我了。"咔嚓咔嚓咔嚓。"养了二十年的姑娘就要离开我们俩了。"我没有进屋，我知道她在屋里干什么说什么……

"妈——"姐姐又在喊着妈妈。她那只干巴巴的辫子，一次梳得比一次高，已经像插在头顶上的一棵葱。"妈妈妈——"妈妈离开那面没有镜子的墙壁。"妈妈妈——"姐姐扭动着身子。"不用你。"她终于推开马军。"咔嚓咔嚓咔嚓——""连头都梳不好！"姐姐说。"怎么梳不好！"马军说。他们俩映在镜子里的脸显得异乎寻常地紧张，再不是他们"叽叽嘎嘎"的时候。

"愿意干不干。"姐姐说。

"你说的。"马军说。

"对，我说的。"姐姐说。

"你自己不会梳。"马军说。

"我不去了。"姐姐摇着头。

"你说什么？"马军说。

"我本来就不想去。"姐姐说。

"你再说一遍！"马军说。

"不想去！"姐姐说。

"我的耳环哪？"马军突然想起来。撩开姐姐的头发，耳朵上没有那两条鱼。"耳环哪？"他惊叫道，用力拽住姐姐的头发。

"撒开！"姐姐被拽疼了头发。"撒开呀！"她翘起嘴角挣脱开来。"给你。"从兜里掏出来已经死去的鱼，在手里掂上掂下，他也没有要。"妈妈——"姐姐收起来鱼，抱起来镜子，又跑回屋里去。

"二十年了。"妈妈说。

爹停下锯，他把树桩锯成三段。中间一段有十厘米厚，还带着树皮，但是上下两个截面上都是崭新的锯口。爹拿着它去屋里给姐姐看，告诉她用的时候用刨子刨一刨，刨出来新茬儿。"这样就成菜墩了。"爹吹掉上面的一层锯末。"行！"妈妈看也没有看替姐姐说行。"就可以在上面切菜了。"爹等着姐姐亲口答应。姐姐没有答应，她扎开胳膊等着妈妈往身上穿衣服。爹也没有再等她说话，拎着菜墩出来。"找个钉子。"爹对我说。我找到钉子按他说的把钉子从树皮上钉进去一半，再弯过来另一半，做成一个挂钩儿，爹找到一截麻绳，拴到挂钩上。"这就可以拎着走了。"爹拎着麻绳拎起菜墩，在手里掂了几掂，在对自己说着话。

姐姐穿上那身照相穿的红衣服，戴上那顶又红又亮的红帽子，穿上

142

那双又红又软的皮靴子，披上那块红通通的毛披肩。这些通红东西让我和爹感到那么耀眼那么陌生，离我和爹有十万八千里，就好像姐姐的脸离那顶红色的帽子有十万八千里，就好像姐姐本身离红色新衣服离红色的皮靴子离红色的毛披肩十万八千里。姐姐并不感到离我们离她自己身上东西那么远，她朝我们走过来。我躲开她。爹也往后退一步。我不知道该说什么话，看着妈妈来到爹跟前，看到他们俩并排站住，爹低下头，用一只好手扶住打上石膏的胳膊，手指头上还拎着那个菜墩，菜墩当啷在腿下面。

"爹——"姐姐喊道。"我把窗户糊好了。"她告诉爹。

"好好。"爹点着头，就像欠着姐姐什么东西。

"妈——"姐姐看着妈妈。"妈妈——"她不知道该告诉妈妈什么，"呜呜呜——"她冲着妈妈哭起来。

妈妈也抹起来眼泪。

"好了。"爹说。

"你得听话！"妈妈哭着说。

"嗯嗯。"姐姐答应着。

"你得早起床。"妈妈哭着说。

"嗯嗯。"姐姐答应着。

"你不能再闹腾。"妈妈哭着说。

"嗯嗯。"姐姐答应着。

"行了。"爹说。

"你不是小孩啦！"妈妈没有再说下去，姐姐扎进妈妈怀里，"呜呜"地大哭起来。

"行了。"爹喊道。

"爹——"姐姐抬起头，"爹——"她转身要投入爹的怀里，爹退一步，"爹——"她也往前迈一步。

"哭什么哭。"马军跑到爹前面，截住她。

"用不着你管！"姐姐说。

"不能这么说话。"妈妈说。

"妈——"姐姐又要投入妈妈怀里。"爹——你的胳膊还没好哪？"又要投回到爹的怀抱。"还弄丢了我们家一匹马哪！"又想起来丢一匹马的事情。

"上车！"爹去拽姐姐胳膊。

"别动！"马军截住爹的手。他的口气像跟我们家不认识一样蛮横起来，丝毫也不掩饰自己不满的情绪。

"你要干什么？"爹问他。

"给我！"马军拽过去姐姐。

"撒开！"我说。

"妈——"姐姐伸过去手，拽住妈妈。

"躲开！"爹用手里拎着的菜墩推开我。

我不再管他们。马军拽着姐姐，姐姐拽着妈妈，跟在爹身后来到康拜因下面。爹闪开身，让马军拽着她们俩顺着通向上面的铁梯子爬上去。她们俩好像没有了主见的机器，木然地蹬上第一个梯阶，在上面站住待了半天，才蹬第二个梯阶，又在第二个梯阶上站半天，才蹬第三个第四个第五个，才磴到上面，分别坐到上面的两个布包上，两双眼睛直愣愣看着对方，嘴唇抖擞半天，好像不会说话，然后慢慢地抬起头，嘴唇不再抖动，紧紧地抿起来，脸上的表情越来越冷静下来，越来越陌生下来，好像不是姐姐，好像不是妈妈，好像是另外两个人，不是妈妈的什么人，不是姐姐什么人，妈妈目光回到爹和我身上，姐姐没有回来，她看着远处的山脉，看着与我们三个人没有关系的地方，看着与马军和另外的一家人有关系的地方。

"你不用去了。"爹没有让我爬上去，他把我带到房后的畜栏跟前，指着那匹马说它离不开人，说它说不定什么时候就要下崽，它卧在稻草窝里，不停地喘气，好像它只剩下喘息的气力，连抬头的力气也没有。

我本来也不想去，我知道粮库那边的人正敲锣打鼓等着他们。

"我想问一句话。"我说。

"什么话。"爹说。

"她说她再也不去啦！"我说。

"她说了吗？"爹愣了一下。

"那她干吗还要去？"我说。

"我不知道。"爹什么都不知道。

"爹——"姐姐又下来，又站到了康拜因的梯子中间。她的头发还是没有梳好，还是那样散开着，遮住脸又离开脸。"爹——"姐姐由于冷静下来，呼喊声变得陌生。

"还不上车！"马军低头跑过来，他正好和往回走的爹撞一个满怀。"哎哟——"爹捂住胳膊弯下腰待了一会儿，才往那边走去，腰却没有直起来。

"你不会慢点儿。"姐姐看到了。

"你快开车吧。"妈妈站到上面的驾驶楼门口。

"戴上耳环。"马军跑上去，打开玻璃门，一脚门里一脚门外命令道。

"戴上。"妈妈说。姐姐张开手，妈妈拿出来手心里两条鱼。马军撩起来姐姐的头发，两只耳朵上面两个窟窿眼儿，挂上去两条金子做的鱼。鱼又晃荡起来。

"赶快上车！"马军看到两条鱼晃荡起来，命令爹赶快上去。爹朝路上挥着手。马军发动了发动机，机车声音大起来，大得只能看见妈妈姐姐让爹上去的手势，只能看见爹挎着胳膊，手里当啷着的菜墩不时打着两条腿，踉踉跄跄登上康拜因高高的梯子。

这是我看见他们家最快乐的情景：三杨和庄永霞肩挨着肩站在房后的院子里，院子里清除了杂草，铺上了风化石，风化的碎石又黄又新鲜。隔着那条大道，大肚子杨香躺在玉米楼上，她已经像那匹马一样，不能动弹。她不像那匹马没有一点儿力气。她兴奋地从门口伸出来脑袋，兴奋地向着这边张望。他们家三个人，三杨、庄永霞、杨香都在等着国顺刷完最后一刷子油漆，整栋房子就宣告完成：房顶上苫着淡黄色的茅草，墙上抹上去的泥也是淡黄色的，窗户框刷上去绿色的油漆，还有镶上去的崭新玻璃，亮晶晶的，跟空气没有一点隔阂，可以直接看见里面已经用白灰刷好的墙壁，雪白的墙壁反射出来雪白的亮光。

"还没有完！"杨香不断地说。

"就剩下一点儿。"庄永霞告诉她。

"快一点儿刷呀！"杨香说。

"快一点儿刷！"庄永霞说。

她们的话隔着大道相互传递着。

"快点儿刷吧！"三杨也说。

"快点儿刷净出檩子。"国顺说。他侧着身子站在长条板凳上，手举着刷子，刷子沿着墙壁和木头接触的地方，小心翼翼地移动着。刷子平行地提上去，他们家的房子就完全是崭新的了。他们都在等着最后这一刷子沿着窗户框慢慢地提上去。"还不刷完！"杨香再也等不下去，她用两只手撑住玉米楼的门槛。"我要下去，"扬起身子朝着这边喊叫着，"我要看新房子去，"她迫切地要求道。庄永霞听见她迫切的喊声，回过头看见她悬在玉米楼门槛上，像要摔下来的东西，又圆又大的大东西。"你别动！"她奔跑起来，跑过排水沟，跑过那条大道，宽大的身子像一只臃肿的大鹅，左摇右晃地跑过去，跑上玉米楼上，抱起来杨香，陪着她坐在门槛上。"我们在这儿看。"就像抱起自己的孩子，让她的头靠到自己的肩膀上，两张脸挨在一起，两张黢黑的面孔挨在一起。杨香的面孔上生着一层蝴蝶斑，庄永霞的面孔上完全是晒出来的那种黑颜色。

"还不把炮仗举起来！"庄永霞喊道。

"马上就举。"三杨绕过墙角，到木板堆里找半天，才把一根木杆举起来，木杆头缠上去红色的炮仗，长长的一串，一直耷拉到地上。"我看不见。"杨香挣扎着，抓住庄永霞的肩膀，转过头朝着正对玉米楼的方向用劲地张望，硕大的肚子又高又鼓，比她的身子还要高还要宽，顶在庄永霞的脸上。庄永霞托着她，托着那个巨大的东西，那个嗷嗷待哺的东西。她们三个人的重量压在玉米楼上，所有的木榫发出吱吱咔咔的松动声。"举高一点儿。"庄永霞说。"看见了吗？"她问杨香。"再高一点儿。"杨香说。"再高一点儿。"庄永霞说。她们的声音像从缸里发出来，又沉又闷，从他们家的另一边传过来，在菜地和新房子周围不间断地回响着。那匹马闭着眼睛，它连睁开眼睛的力气也没有，所有的力气都用在了喘息上，喘息声像康拜因的发动机，又沉又闷。又沉又闷的康拜因转过风化石道路前面的山岭。妈妈和姐姐，她们像我看见过的情景那样，看着不同的两个方向。"爹，"

姐姐喊道。"妈——爹在哪？"妈妈跟着她满车寻找起爹来。"呜——"
马军拉响汽笛，追赶着前面飞奔的车轮，"呜呜呜——"前面的汽笛响
起来。"噼噼啪啪——"炮仗响起来，红色炮纸飞扬起来，还有他们家
欢乐的笑声飞扬起来。

爹无声无息地回来，就像一只猫那样无声无息地回来。从上下两道
畜栏中间钻过来，来到我身边。我看着三杨他们家，他们家欢乐的声音
对爹一点儿影响也没有，也没有跟我说话，爹就蹲下身，把耷拉到地上
的马尾巴掀起来，那里面流出来生产前的白色黏液。我说就这一两天就
要生了，这也是爹送他们走时候说过的话。爹现在没有表态，他又站起
来，摸一摸马的肚子。她们一直坐在康拜因上面，爹没有坐上面，他站
在梯子上，半途中跳下来。马军没有停车让他上去，他把爹扔在半途
中，开大马力往粮库奔去。

"你妈送她过去。"爹说。

"你没有送她过去。"我想说但没有说。

"我得回来照顾马。"爹自己说出回来的原因。

我们离开马，离开马圈，回到屋子里。爹没有待住，挎着胳膊从屋里
走到屋外，又从屋外走到屋里，摘下挂在墙上的鞭子，抻一抻鞭梢儿，踮
一踮鞭杆儿，又把鞭子挂到墙上，又摘下挂在墙上的一件衣服。"提灯
哪？"爹放下衣服想起提灯。"提灯？"我没有想起提灯。"噢——"爹想
起来，他到外屋把提灯提到屋里，提灯好久没有用，灯罩上沾着厚厚的
尘土，还有油烟腻在上面。"你去找块布。"爹让我找布。我把一块湿布
递给他。"要干的。"爹坐到炕沿上。我又给他一块干布。爹倚在墙壁
上，墙壁中间的窗台上点亮了油灯，爹对着灯光准备用他那只好手擦灯

罩。"我来擦。"我看他一只手擦灯罩，打算接过来擦。"不用你。"他没有答应，自己把膝盖抬起来，顶住提灯的底部，把灯罩取下来，拿着灯罩举到眼前，往里面哈气，然后用两只膝盖夹住，手伸进去，用干布在里面擦来擦去，擦得干布上沾满油腻腻的污垢，又往外面哈气，再用干布擦外面，灯罩两面都擦干净，马上反射出来亮光。爹用一只手举起灯架，把提灯放到耳朵旁边摇晃几下，没有听到里面灯油发出来咣叽咣叽的晃荡声，说明油用光了。我把放在油灯旁边的煤油瓶顺手递给爹。"不用。"爹还是不用我帮忙，低下头自己用牙咬住塞在瓶口上的棉花塞儿，用劲儿往起一拔，瓶里的煤油溅出来，溅爹一嘴，爹用劲儿地吐两口，把瓶嘴对准提灯底座上打开的圆口，煤油咣叽咣叽地流进去，流满了才合上盖，才把灯捻儿拧大。我划着火柴去点灯，爹没有阻拦，他扣上擦亮的灯罩，灯光马上聚拢在一起，照得屋里亮堂堂的。"咱们走！"爹提着提灯往屋外走，我们被灯光映出来两个一高一矮、宽宽的身影，跟着我们从里屋移到外屋，又移到院子里，落进黑洞洞的夜幕里，再没有了踪迹。等我们走到房后头，消失的踪迹又出现在房山墙上，又转移到房后的榆树干上，从一棵树干转移到另一棵树干上，直到我们走到马厩跟前，我们的身影才固定下来。爹把提灯挂到顺着马厩房顶上延伸出来的椽木上，灯光打到墙上，折回来照亮山墙对面的草垛，那匹马卧在草垛后面喘息着，喘息声异常地清晰——"呼哧呼哧"，就像它的两个鼻孔不够用，还有更大的气息憋在身体里喘不出来。

我们转到草垛下面，从马厩椽木上射过来的灯光落到躺在稻草上的马身上。马的肚子像一堆土一样高，一样突出来。"你来摸摸。"爹让我和他一样把手放到马的肚子上。"是不是有东西在里面踢蹬？"爹问我。"我没感到有东西在里面踢蹬。"我说。"驾驾——"爹知道没用，还是拍拍它的肚子，还是想让它站起来，让它自己回到马厩里面。它纹丝不动，像是睡着了。"就在这里。"爹说。"就在这里下崽！"我说。"不下雨没有事。"爹仰头看一看夜空，我也跟着朝天上望去，夜空里布满星星，没有下雨的迹象。"我们不能离开了。"爹说着躺到旁边的草垛上，我也躺下去。我们听着马发出"呼哧呼哧"的喘息声，没有别的声音，只有这种声音，"咚咚咚——"喘息声中响起来一阵脚步声，从我们躺的草垛跟前跑过去，跑到房子前面停下来，传过来一阵敲门声，跟着又传过来进门声，又是出来的关门声，又是跑回来的脚步声，渐渐变得越来越大、越来越响，咚咚咚地停在我们躺着的地方，黑黪黪地变成一个麻袋，杵在那里，一动不动。我们看清楚是三杨，他背朝着光，看不见他的脸，他的影子落到我们头顶上。"有人吗？"三杨看不到我们，他朝着空荡荡的马圈里喊。"咳咳——"爹咳嗽了一声。"噢——"三杨吓了一跳，我没看见你们，他低下头才看见我们躺的地方。我们仰着脸看见他低着头，两只眼睛忽闪忽闪的，像两只马眼。"给我马用一用。"三杨急促地说。"杨香快生了得送医院去。"三杨急促地跺着脚，脚在我们头跟前跺着。"你看看能套吗？"爹坐起来，指一指身边的马。"它也快生了！"爹说。"那可不一样！"三杨说。"我没有说一样，我是说它不能用。"爹纠正道。"还有一匹马！"三杨说起另一匹马。"那一匹马在哪儿？"爹笑着问他。"噢——我都忘了。"三杨这才想起来那匹马叫他们给弄丢了，他转身往回跑去。"套你们家的奶牛去吧！"爹冲着他喊一声。"对！套我们家的奶牛去！"三杨答应着，跑得更快了。

"不碍事不碍事。"庄永霞把杨香四处乱抓的手拿下来，放到自己怀里。"疼！"杨香疼得浑身打着哆嗦，她出了满头汗，头发汗淋淋的。

"还要带什么？"国顺抱着两床被子停在梯子上，半截身子露在玉米楼敞开的两扇门上面。"还有……"杨香咬住嘴唇，从庄永霞怀里抽出手，伸到枕头下面。"我来拿。"庄永霞把她的头往旁边挪一挪，看到枕头下面压着一摞接生用的碎布，有旧汗衫有旧被里还有旧棉裤里子，都已经洗得干干净净，叠得整整齐齐。"疼！"杨香又疼起来，疼得她直翻动眼睛。"国顺——"她把手伸向门口，手指头来回地勾动着。"我在这儿。"国顺腾出来一只手去抓她伸过来的手指。"你们别拉手！"庄永霞抱起来她，"你们拉手我没法把她抱下去，"她回过头说。"我撒手了。"国顺收回手，退到梯子下面，退到黑洞洞的院子里。奶牛已经站在车辕中间，嘴里面还嚼着稻草，"咔嚓咔嚓——"发出来嚼草的声音。国顺冲着这个声音走过，把被子扔到黑黢黢的车板上，自己爬上去，把乱成一堆的被子铺平。"奶牛跑起来车会晃荡的，晃荡起来她会受不了！"国顺想着这个道理爬下来，把奶牛牵出车辕，牵到仓房下，只身进到仓房里找兜住它的肚带，里面黑咕隆咚，他凭着感觉，伸手朝着空荡荡的房梁上摸索，没有摸到肚带，头撞到耷拉下来的圆木上，撞得眼前直发亮，捂着头又摸索一阵，才摸到肚带，出来把牛牵回来，用肚带把它拴到两个车辕的皮扣里，听到咚咚的脚步声从身后跑过去，跑向玉米楼，木梯上响起脚步声。"爹爹爹——"杨香看见了门口出现的三杨。"噢噢噢——"三杨答应着，往里面伸进头。"帮我一把。"庄永霞让开身子。"噢噢噢——"三杨抱住两条腿。他们俩一起把杨香抱出来，梯子咔吱咔吱地响起来，好像要断了。"国顺你干吗哪？"庄永霞喊道。她在上一个梯蹬上，三杨在下一个梯蹬上，杨香横在两个人中间。"我来了。"国顺跑过去。狗跳下窗台，跟着他跑过去。"国顺呀！"杨香从梯子上伸下手去。"我在这儿。"国顺攥住她的手，随着她往下移动。"噢——"

杨香喘一口气，不再叫唤，"哼哼——"她开始哼哼。"呜呜——"狗在不住地"呜呜"，像是在替她哼哼，还有梯子吱吱咔咔替她哼哼。他们慢慢地移到梯子下面，变成了黑黢黢一片，黑暗中突出来两个人继续往前移动的头，还有两个人之间高高鼓起来的大肚子，两个人好像抬着装满粮食鼓鼓囊囊的麻袋。梯子不再吱吱咔咔，狗继续"呜呜"地跟着他们来到牛车跟前。"这么硌！"杨香躺到车板上。国顺跑回屋，给她加上一床被子。"哼哼——"杨香又哼哼起来。"驾——"三杨朝奶牛身上捣下去一拳。"杨香杨香——"国顺蹲在车上，冲着黑乎乎的一大堆喊道，除了喊她他不知道该干什么。"没有事没有事……"庄永霞没有喊她，给她擦着头上渗出来的汗。奶牛车晃晃荡荡地上到风化石道上，朝着黑暗中的旧礼堂方向走去，到礼堂院子前面黢黑的松树跟前，拐上一条大道，后面的狗跑上来，跑过奶牛车，停在牛前面，冲着它汪汪地叫唤，车停下来。"爹——"杨香又喊起来三杨。没有三杨的回答。"爹——"国顺帮着喊一声。"老三——"庄永霞也帮着喊一声，都没有得到回答。他们这才发现周围没有他们需要的那个人，原以为他在前面牵着奶牛，不知道一直是奶牛拉着他们走，并没有人牵引它，它自己顺着道往前走。"爹呀——"杨香不甘心起来，"汪汪汪——"狗一直在下面帮着叫唤，都没有效果。"你下去赶牛吧！"庄永霞不再等待。"别让它晃荡。"国顺跳下车。"走吧！"庄永霞说。"驾——"国顺赶起来车。"爹啊——"杨香仍旧不甘心。"汪汪——"狗跳上来。"爹啊——""汪汪——"两种不甘的声音间或替换着叫唤，没有什么差别，喊着同一个人。爹啊——汪！爹啊——汪！它们唤醒了沉睡的大地，黎明的曙光笼罩了崇山峻岭。奶牛车翻山越岭，黎明时分出现在粮库的大街上。街面上张贴着婚庆的囍字，沿街扛着桌椅板凳的人们，没有人看见一辆奶牛车晃晃荡荡地驶过来，上面落上一层露水，湿漉漉的，好像冒出来的汗。"我也会像杨香那样，妈——"姐姐看见怀孕的杨香。"我也会像那匹马那样，妈——"姐姐看到那匹怀孕的母马。妈妈往她头上扎满红色的绸花，没有回答她的问题。奶牛车驶向一排白色的平房，停在绿色的铁栅栏门前。门卫走出门房，看到孕妇湿漉漉的头，看到两个面目肮脏的人冲他张着嘴，他便为他们打开铁门，国顺在走廊的水泥地上铺上被子，他们把孕妇抬到寂静的走廊里。"我想喝水。"杨香躺下来瞅着门卫说。门卫给她拿来茶缸子和水壶。"咕咚咕咚——"杨香连续喝下去两缸子水，肚子又大了一些。"啊——"杨香睁大眼睛，张大嘴，眼神空洞又恐惧。"你们带钱来没有？"门卫指着孕妇问。"带了。"庄永霞从怀里掏出钱递给他。"不用给我给医生。"门卫推开钱告诉他们。"医生医生……"庄永霞连连地喊着医生，四下里张望。"在那儿在那儿……"门卫用手指向写着"妇产科"的木牌。庄永霞朝着木牌跑过去，守在妇产科门口。

走廊里陆陆续续来了许多人，一边走一边穿上白大褂。白大褂上散发着浓重的药水味儿。"给你钱！"庄永霞抓着一位女医生的胳膊，顺势把钱塞到女医生的立兜里。"干什么！"女医生的脸愤怒起来。"钱！"庄永霞趴她耳朵上说一声。"孕妇在哪里。"女医生摸摸兜里的钱，口气严肃起来。"在那儿在那儿……"庄永霞拉着她跑到杨香那里。他们三个人抬起她，抬进妇产科，放到门后一张皮革床垫上，床垫上沾着紫色的药水和血红的污迹。女医生撩开杨香扣不上扣子的衣服，把冰凉听诊器放到亮晶晶的肚皮上。"凉！"杨香立刻瞪大恐惧的眼睛。"你们出去。"女医生听完后让庄永霞和国顺出去。"什么时候生？"庄永霞问。"马上就生，出去！"女医生往外推他们。"别离开我——妈！"杨香朝着门口伸过来双手。"我们就在门外面。"庄永霞伸进来一下头。"砰——"门被关到脸上。"我有点儿害怕！"国顺盯着庄永霞撞疼的大脸庞，脸庞上流下来头发上融化开来的露水。"你快有儿子了。"庄永霞喜悦起来。"是吗？"国顺的眼睛在露水里面眨动。"多好！"庄永霞笑起来。"我不知道。"国顺说。"多好啊。"庄永霞摸一摸他的衣服。"一会儿你就看见了。"庄永霞攥住他的手。"一会儿……"国顺没有挣脱。"你该高兴！"庄永霞摇晃着他。"我也高兴！"她就像看到自己隔代孙子，"也是我的孙子，"她真的说出来，"是吧是吧……"并且蹦起来望着他。"我、我、我……"国顺哽咽地说这么一个字，像是问她，又像是强调与她没有关系。"是是是……"最后还是硬邦邦地承认道，没有她顺顺当当说出来一串话时酸疼又喜悦的表情。

　　妈，这是你留给我的东西叫我弄丢了。我现在用得上它的时候它没有了。墙上剩下空荡荡的一个洞。你让它保佑你去吧。你临死的时候一只胳膊还伸向它让它保佑我。它能够保佑我什么我不需要它保佑我。我要是跟你们一样也挺好的，我干吗还要保佑哪？你身边的地方给我留着吧，我愿意去到你身边，你们多好又玩又乐，满山遍野地跑来跑去。但是我现在还是祈祷它，虽然它丢了，但我还是想让它不管它在什么地方，想让它保佑那个尚未出世的孩子，保佑他一出生就住进新房子里。妈，你没有看到新房子，没有住进新房子。我知道你的地方比新房子还要好，那是早晚都得去的地方我不去想了。我还得想眼前的事情，眼前的新房子叫我高兴，眼前的杨香我不知道怎么说，我也没有跟你说，是我不知道该怎么说她。我没有跟她去，没有在奶牛车旁边陪着她，她需要我，我是她爹，是她肚子里那个孩子的姥爷。我看见那辆奶牛车穿过盘山公路。我看见奶牛车停在医院门口。我知道那条狗进不去，妈，你说过它是通向你的东西，是通向佛的东西，佛是什么东西，我不知道它是什么东西，我总觉得它什么也不是，就像一件东西一样，只不过谁也看不到的一件东西，所以就相信谁也看不见的东西。但我还是愿意听你的，我一直不相信但我听你的。它能够保佑她就不用我管了，就与我没有关系了。我现在愿意相信，相信它就与我没有关系了，是它的事情了，是它保佑的事情，与我没有关系。我还是不愿意听到那一声啼哭，那一声啼哭叫整整等待十个月的女人把所有的痛苦都忘掉，与我没有什么关系，会叫国顺这个我不喜欢的小子激动万分。还有庄永霞，这个女人是我更不知道该怎么说的女人，我不知道她怎么就到我身边来的。杨香是那样自然地喊她妈，我听比喊我爹还要乐意。什么爹呀妈呀！喊出来一听就知道真的假的。她会怎么样？她会把孩子抱起来，用她那张又大又厚的嘴唇亲他，把他抱在怀里当成自己的孙子。妈！我还是点上了香，我看见香火袅袅升起，一共三炷。两边的两炷长，中间的一炷短。它怎么也升不起来，这在香谱上怎么讲来着，我都忘了！我记得三炷香要是都升起来就会大吉大利，就会有吉光出现。现在不会有吉光出现，现在没有能够替我担心的东西了，只剩下空荡荡的一个洞！我还是当它在洞里，当它没有丢！要是没有它它也不会丢！妈，是你让有它的，它丢了你也不管也不给我出主意。干吗要有这玩意儿！它丢了又让我害怕让我提心吊胆！到底是有好还是没有好我也说不清楚！我就知道它能够替我担心，好坏是它的事情，这是我第一次感到它有用的时候，我就当它还在洞里头，还在闪闪发光！妈你还说你身边有一小块地方！吓唬我，我倒不怕，我是闹心！你整的这玩意儿还丢不得扔不得，让人偷走了怎么算！是不是偷走了我的运气？我刚有一点运气就偷走了那可不行！真让我闹心！我就当它在里头闪闪发光！你还说你身边有一块地方！更让我闹心！你干吗要给我这东西？妈！我就当它在里头闪闪发光！中间的那炷怎么也升不起来！它会保佑他们吗？我知道现在不准了。它在哪里我也不知道我也不管了，我就是感到要是没有东西替我担心，替我心安理得，我就不知道该怎么办。要不然无论发生什么事我都会心安理得，我都会有话说。会不会脐带缠在脖子上，憋住脸色不好看。可是小孩生出来都不好看，都皱皱巴巴像要死去了的样子，我不愿意看到。我就当它在里头闪闪发光，它就在里头闪闪发光！

　　马流了一上午白色的黏液，用水擦了好几遍还是不见起色。"我得伸进去看看，"爹没有再等，他把手顺着流出黏液的地方伸进去，半截胳膊也跟着伸进去，半截身体趴到马的肚子上面，眼睛朝着我，却不看着我。我蹲下去，蹲到马的脑袋旁边，正对着爹浮在高高隆起的肚皮上的脸，脸上的表情也在帮助他用劲儿，眨动的眼睛已经不在我身上，是在看手上摸到的东西上，是长到手指上去了。马的脑袋抬不起来，眼睛半睁半闭，没有半点儿生气。从黑色的鼻孔里边喷出来的气息喷到我的手上，我还能够感到它还活着，仅此而已。"不行！"爹待一会儿，才把胳膊拽出来，胳膊上粘满白色的黏液，爹到草上擦着黏液，把草都擦湿了，粘在一起。"你试试。"爹让我到他刚才的位置上，像他那样伸进去胳膊。里面热乎乎的，热得有些烫手，还有些带刺儿的东西像无数条小鱼咬噬着胳膊。"有一块硬东西，是马的蹄子。"我判断道。"那样更不好。"爹从草堆跟前转过身，皱紧眉头，脸阴沉得像这会儿的天气。"要是摸到脑袋才会顺利生下来。"爹边说边往往菜地那边走去，菜地叫霜打得暗淡无光，光秃秃的。爹站在西红柿秧中间，茫然四顾，不知道该干什么，不知道该找谁。"爹——"我喊他。"我们不能看着它憋在里面。"我说。马在我的说话声里用劲儿抬一下头，好像听到我说的话，身子跟着也动一下，把周围的草弄响了一下。我看见我们家住的简易房，看见房前大片翻过来的麦地，看着他们家崭新的平房，一切都寂静无声，就像连时间都停止了流动，停止了在时间里所有的功能，我们也都停止了，也都缺少了动力。天空阴霾得看不见太阳升起的位置，浓厚的云彩仿佛要生出草来，毛茸茸地倒挂在天上，就要变成雪变成霜的草。爹转过身，那只变得发黑的石膏胳膊挎在身上，已经不那么扎眼，已经是他身体的一部分。"不行。"爹走到那排榆树下面，树上的叶子都已经落光，光秃秃的枝丫间，挂着干柴棍儿搭成的窝，窝里还没有住进去任何一种鸟儿。"不行！"爹边走边说的话就是这么两个字，越说口气越坚定，脸上也显现出坚定的表情。爹坚定地走过畜栏，走在房山下面的小道上，消失在墙脚后面。我守着马，守在无计可施的马跟前，马侧着身，鼓起的肚子像盛满水的胶皮囊，忽悠忽悠上下起伏着。爹又从那个墙脚出现，往前探着身子，比消失之前走得更快，一只胳膊离开身体，在一边晃荡着，手里多了一件东西，那是一把刀和一团缠成一圈的铁丝，还有一把钳子，好像是来修复马圈的。但是那把刀又是干什么用的？不会用来剖开这个皮囊一样起伏的肚皮吧。但是爹果然这么干了，递给我铁丝和钳子，让我把它的四肢捆住。"非得这么干不可！"爹吐出来嘴里的半截烟。"要是不这么干它们俩都得完蛋。"他说的是两匹马，一大一小，小的在大的肚子里。我知道这么干的原因，也就没有再说话，把它的四肢两个一组地捆在一起。"你再把它的脑袋蒙住。"爹把自己的衣服脱下来，递给我。我用衣服蒙住马的头。我在春天里干过一次，是用来对付急得嗷嗷叫的那匹母马的，为的是不让它看见另一匹母马和公马交配。现在它们中间嗷嗷叫的一匹还是为了这个消失不见了，拦也拦不住，另一匹也是为了这个躺在草堆里奄奄一息，它们都是为了同一个目的消失不见了。我曾经看见姐姐为一匹马消失变成焦急万分，我也那样焦急万分过。现在我不会焦急，我知道一个人同样的心情只能有一次，下一次就不是原来的样子，任何事情都是这样。我按照爹说的那样做完。爹仅穿着一件腈纶棉衬衣，把刀尖儿顺着马的腹部慢慢地往下滑动，最后停在它的大腿根上，刀开始颤动，是他握着刀把的手在颤动。"我一只手用不上力气。"爹说。"那我来。"我到爹跟前，我们换了一下位置，爹到马的脑袋前面，曲下膝盖压住马的脑袋。"你知道，"他对我说，"有时候必须这么做。"爹以为我会像看到马丢失的时候大喊大叫，我不会，而且再也不会，任何事情不能同样来两次。但是我还是觉得眼前有些发晕，手也在不断地哆嗦！是刀刃发出来的青晃晃的光亮晃我的眼睛的结果。刀一定是爹在屋子里刚刚磨过，还带着磨石的水迹。"你还等什么！"爹压低着声音问我。"我没有等。"我看看爹，没有动手。"我来！"爹又蹿过来。"你什么也干不来了！"他伸过手让我把刀还给他。我刚要这么做。我刚要承认想的和做的是两码事。爹已经攥住我的手，我手里攥着刀，爹用力压下去。"别动别动……"爹边用劲儿边对我说。马开始叫唤，开始用脑袋往铺着褥草的地上砸下去，裹在脑袋上的衣服一会儿鼓起来，一会儿又瘪下去。这些动作做得并不强烈。它似乎已经知道必然要这么做，必然是这么一个结果。只是在无力地抵抗着剖开肚皮的剧烈疼痛，疼痛也不能叫它变得多么强烈。渐渐有一条口子出现，没有多少血流出来，有一层白色的黏膜，亮晶晶的，那匹灰色的小马裹在黏膜里面，四肢和头都团在胸前。"把它剖开！"爹让我剖开黏膜。我不再犹豫，照着爹说的剖开黏膜，小马马上从胸前伸出头，湿淋淋的脖颈既柔软又修长，紧闭的眼睛一下子睁开来，这是一双初醒人世的眼睛，无比巨大，无比明亮，眨来眨去，像透明的玻璃做的，没有丝毫的杂质，像纯洁的天空。它很快从白色的黏膜中站起来，四肢也是湿淋淋的，颤颤巍巍地迈出去第一步，像踩在冰面上一样，它还不会迈步，不是前腿跪下去，就是后腿跪下去。但是马上又都站起来，不是前腿就是后腿，还不会一起站立。爹把衣服从马头上解下来，抱起它的脑袋，让它看一看降生下来的小马，它出了一身汗，只睁了一下眼睛就咽了气。"它死了！"爹放下脑袋，它刚刚瘪下去的肚子流出来了全身的血液，把身下的褥草浸泡透，又浸泡到地里边。它躺在那里显得十分地舒展，像情愿用尽浑身的力气长眠不醒。我们看着它没有话说，因为它心甘情愿。那匹刚刚出世的小马已经在蹒跚学步，浑身上下带着从这匹死去的母马身上获得的力气，带着获得的那些动作。它还不知道母马已经死去。就像我都不知道自己还有这条胳膊一样，爹抬一抬他的那条断胳膊，比喻出来我正在想的意思。

我们看见奶牛郎当着两排大奶头，晃晃荡荡拉着车从风化石大道上驶过来。庄永霞坐在车板上面，妈妈也坐在车板上面。车板上面堆放着闪着绿色绸花的被子，被子连头带脚把杨香团团围住。国顺因该抱着那个刚刚出生的孩子，一边赶着奶牛车，一边抱着孩子。

有一个孩子降生了。有一匹马降生了。有一个姑娘出嫁了。

我们都知道就是这么一回事。

他们谁也不说话。庄永霞没有下车，她把被子给杨香掖好，给她在车上围起来一个被窝。她什么也没有抱，也没有留给杨香什么东西。"爹！"国顺停下车，冲着崭新的房子喊道。三杨在旧房子里，跪在地上。"我一直为你们点着香，冲着空荡荡的墙上祈祷。"

"妈！国顺在喊我，就怨他把墙上那个替我担心的东西弄丢的就怨他！现在他们回来了，那个孩子回来了，三炷香烧完了，最后一炷香比另外两炷香晚了半个小时，不怨我，是国顺弄丢的怨也该怨他，我看见他们回来了。"三杨回过头，看见国顺阴沉着乌青的面孔进来，好像在心里埋怨他。狗从他的身后钻进屋里。

"他死了，他一生下来就是死的。"国顺说。

"我把他放在医院后山上的一棵松树下面。"国顺说。

"我知道。"三杨坐在地上，他觉得自己什么都知道。

"我没叫他埋土，那样不好，他一出世连一口气都没呼吸到，干吗还要埋到土里。"

庄永霞随后跟进屋。

"我一直给你们烧香。"三杨指着三堆香灰说。

"你们谁也不告诉我！"杨香一个人躺在冰凉的车板上，她其实什么都感觉到了。

爹踩着新下的雪朝着他们家走过去。那排榆树上掉下来一根树枝，砸到爹的头上。"呱呱叫的报丧的东西！"爹说。"呱呱叫的，"姐姐要是在会学着爹张大嘴，"不是报丧的东西！"她不会跟爹说一样的话。那排树上有乌鸦在陆陆续续往窝里飞进去。这些与牲口息息相关的飞禽没有什么东西能够带进去，到处都是白茫茫的一片。"我们用不用过去？"妈妈看着爹走过去。爹没有说我们用不用过去。他的一条胳膊挎在胸前，另一条胳膊晃荡着。雪地上踩出来的一行崭新的脚印通向他们家门口。他们家正在搬家，正在抬着一口木头箱子往屋里搬。院子里的雪扫得干干净净。

爹停在他们身后。

"三杨我告诉你，"爹说，他们抬着箱子停下来，听着爹有板有眼地说话，"你们家搬到前面房子里去，我们住这里！"爹指着前面我们家的简易房说。

"为什么？"庄永霞喊道。

"因为地基是我们家的，因为你们家弄丢了我们家一匹马！一匹马加上地基足足可以盖两幢房子。"爹说完转身往回家的方向走过来。

他们呆呆地站在门口，像一排树桩一样。

"你跟他们家说什么？"妈妈喊着问道。

最后三杨终于气急败坏地跺着脚，把带锁头的木箱用力往门槛上扔下去，箱子从中间裂开两半，里面空空荡荡什么也没有。

"你没看到他们家什么都没有剩下！"妈妈把看到的东西都喊了出来。

响彻云霄

国顺牵着乳液丰沛的奶牛站在公路中间，眼巴巴地望着我们。

我们坐在装满粮食的拖车上。

拖拉机一直行驶到他的跟前停下来。

国顺背后是通往密山县城的交叉路口，叉开的道路拐向东发新村的方向；那个方向上一边有一座山，一边有一条河，道路夹在山河之间。

"干吗停下车？"马军抬起头。

机车从场院出发，马军和姐姐头就挨头地趴在麻袋中间，趴在长方形的铁皮拖斗前面。

我不看他们。

妈妈也不看他们。

我们背对着他们，让他们有时间尽情地调情，尽情地发出来"叽叽嘎嘎"的浪荡笑声。浪荡的笑声叫拖拉机轰轰烈烈的机车声压下去；但那是可想而知的情景，不用看就知道的一举一动。

我们面朝机车行驶方向的相反方向，从我们眼前经过着一座座山，山上生长着灌木和落叶松，山上的树纷纷往后退去，好像还有一辆巨大的车轮装载着它们，好像我们静止不动，是活动的山在动。

我们停下，它们也停下。

我们走，它们也走。

"是你的牛吗？"爹拉开拖拉机的铁门探出头。"你也不怕它累着？"没等国顺回答又问。

奶牛没有累着的样子，好像饮完水填完料，肚子还是鼓得圆滚滚的，还伸着舌头倒嚼着胃里反刍上来的东西。

"我怎么看不出来是你的牛？"爹故意要这么问，爹叼上一支烟，"你们家怎么有这么大奶头的牛哪？"爹斜着眼睛看一看国顺，看一看奶包下面两排又长又粗的奶头。

爹有这个想法已经不是一天两天，从他们破破烂烂家里突然冒出来一头乳液丰沛的奶牛那一天起，爹就说过自己的这种疑惑，不过不是对他们家人说的，是对我们家人说的，现在才对国顺说出来。

"是、是、是我们家买的。"国顺的回答吞吞吐吐，还故意躲开爹的目光，看着我们说话。

"喂——"姐姐坐起来，兴奋地呼喊着。她脸色通红，声音发颤，胸脯高耸。"你在这儿干吗哪？"她站起来，站在高高的麻袋上面，身上好像刚刚充完电，有用不完的力量。"我下去，"姐姐甩动胳膊，"你不下去吗？"她低头看着马军。

马军摇一摇头。他像要睡着觉，趴在麻袋上闭着眼睛。

"我们该走了。"妈妈伸手去抓姐姐。

她已经从麻袋上跳下来，落到地上，没有站立住，往前跑几步，一头撞到奶牛肥大的肚子上。

奶牛向一边退一步。

"哎哟——"姐姐捂一下脑门，并不是疼痛，而是柔软的感觉吓了她一跳。她抬头看见高大发亮的奶牛，牛背上亮晶晶的。"这是怎么回事？"她伸手摸到牛背上凸起发亮的道道。"你们看，"她摸着横七竖八的道道让我们看。"鞭子抽出来的檩子，"姐姐说。

"我看看。"我跳下车，站住。像姐姐一样，摸到一道一道烙上鞭子印的牛背，敲一敲还钢钢响，像披上了一层铠甲，钢钢响的铠甲声。

"这个样子你还敢牵出来？"爹坐到车门上，两只脚蹬在车门下面的链轨板上，一口接一口地吐着烟，像一口气要把吐出来的烟再吞回去。

"不是我抽的，我也不知道。"国顺忐忑地看着爹。

"你不知道还敢牵出来这么远，"爹点着头，"除非它是偷来的！"爹终于说出来他心存已久的怀疑。

"谁说的？"国顺紧张起来，四处看一看，害怕有什么人追上来。

"没人说，是我猜着的。"爹放开了声音。

国顺继续忐忑地瞅着爹。

"别害怕，是不是你偷来的？"爹放低声调，但声调仍然很威严，像他是专门管这事儿的警察。

"是我捡的，"国顺低下头，"我看没有人管，我问有没有人要，没有人吭声。我牵上它，它就跟我走了。"他说着摊开手，冲着我们表白自己的无辜，自己白捡了一头乳量丰沛的奶牛的无辜。

"你在哪儿牵的？"爹笑着问道。

"后屯儿。"国顺又忐忑不安地四下里张望。

"后屯儿——"爹拉起来长腔调模仿道，"那我也捡一头去！"马上又提高腔调。

"真的。"国顺张望中低声说道。

"嘿嘿嘿——"爹奸笑起来，浑身上下都跟着耸动着，半天也停不下来。

我们听得都起鸡皮疙瘩。

"行啦吧——"妈妈坐在麻袋上面制止道。"来人了——"回过头看着车厢板后面喊道。

"驾驾驾——"

我们听到大声驱赶牛群的声音。

一大群奶牛停在拖拉机后面。

"怎么堵着道哪？啊——"牛群后面走上来一个女的，脸上淌着汗水，头发上沾着稻草叶子。

"谁堵你的道了，"姐姐说，"道是你们家的吗？"她又说。

"老邱老邱——"女人高声喊道。

她的头发乱糟糟的，还梳着一只独辫子，用红色毛线扎着，扎到辫梢上，快要掉下来。

"谁谁谁——是谁呀！"姓邱的男人握着鞭子气汹汹地跟上来。

我们都不说话。我们现在全家人高高地坐在一起，我们谁都不怕。

"走走走——"姓邱的男人看出来我们不用说话比说话还有力量的含义。

他抓着女人的胳膊往后拖她。

"我才不走哪。"女人还在往外挣脱。

"走——"姓邱的男人吼一声，指着她的脸，瞪起眼睛。

"你们买牛吗？"国顺凑上去，悄声问他们。

"嗯——"姓邱的男人放开女人的胳膊，纳闷道，"叫我吗——"停一会儿，指着自己的脸，冲我们点着头。

"对，就叫你哪。"国顺把牛牵到他的眼前，让他看清楚自己。

"嚯——这么壮实！"姓邱的男人望着高大漂亮的奶牛，禁不住赞叹道。

"我们家牛没这么大奶头的！"女人蹲下去，一只手攥住奶包下面又长又大的奶头，五个指头用劲儿地捏下去。"没这么足奶量的牛呀！"一股又一股的鲜奶连成线，有力地射到地上，发出来刺棱刺棱的响声。

"哞哞哞——"一群牛围上来，围着陌生的奶牛吼叫起来。

"我已经买了！"爹好像突然决定下来，突然跳下车，突然一把拽着奶牛的鼻绳上，把它直接拽到拖车后面，拴到后车厢板夹角的插销上。

"走走走——"抬手招呼着国顺。"上车上车。"让国顺跟着他上车。

"到我们家去，我给你现钱。"姓邱的男人绕着道边挤上来，挡住了爹和国顺往前去的道路。

"我一车粮食卖了还不顶你现钱？"爹拍着身边车厢上摞起来的麻袋说。

"碰着你们没有？"姓邱的男人没有回答爹的问话，回头直接问我和姐姐，满脸堆着笑容。

我们没有回答。

"你们不去吗？"他还在追问我们俩，还以为国顺和我们俩是一家人，爹和坐在车厢上又是另一家人。

"我不是跟人家一家人，"国顺跟在牛群后面，"人家是一家人。"指指爹又指指我们俩，再指指车上坐着的妈妈和马军。

"呵呵——我操！"姓邱的男人不禁笑着骂了一声。

"你再说一句我操——"马军朝下面伸手一指他。

"驾！驾！驾！"他赶紧挥动起鞭子抽打起来，牛群奔跑起来。

"快走快走——"落到后面的女人脸朝后，呼喊着国顺让他跟上他们的步伐。

"快走吧，你——"姓邱的男人伸手抓住女人胳膊。

"我不走，我才不走——"女人不情愿地倒退着看着我们，被拽着往前踢踢踏踏蹭着地走着。

"哈哈哈——"我们大声地哄笑起来。

"你来开车。"爹跳下脚踏板。

我上到驾驶室里。

"上车！"爹踩在牵引架上面，看着国顺爬上去。"上车！"看着姐姐爬上去，他才把着车厢板前面焊上去的铁架栏杆，踩着摞起来的麻袋，一步一步登上去。

"前进——"姐姐坐在上面，显得比谁都高兴。

前面的公路出现柏油路面。

柏油路面顺着一座小山包下绕到山前面，山腰上修筑着梯形的农田，农田地里生长着玉米，玉米绿茵茵的，一直长到山顶上面。

山顶上矗立着一座赭红色的凉亭，凉亭后面冒出大股大股的白烟，白色的烟雾在蓝色的天空中弥漫开来。

马军坐在高高的麻袋上眉飞色舞地描述着冒出白色烟雾的地方。他说那里就是著名的完达山乳品加工厂所在地：收奶的汽车开进工厂敞开的大门，新鲜的牛奶经过杀菌、浓缩、喷粉三道工序，制成颗粒状的完达山牌奶粉，装进封闭的塑料袋里面，拉向全国各地的销售网点，出售给中老年消费者。

"我们家也有牛了，"姐姐含情脉脉地望着嘴不停手也不停的马军，"我们家也变成养牛户了。"望着那头拴在车后头的奶牛。

奶牛一路小跑着，晃荡着硕大的奶包，晃荡着硕大的奶头儿。

"慢点儿……"国顺趴在沿着后厢板摞起来的麻袋上面，守望着跑得气喘嘘嘘的奶牛。

公路两边出现两块水稻田。

"这些水，"马军指着流进稻田地里发黑的污水，"都是工厂里流出来的工业废水。"他的脸上活泼又生动，显得什么都明白什么都知道。

"我们去过三毛照相馆、去过永丰商场。"姐姐的情绪持续受到马军的感染，诉说着他们俩早已去过粮库另外两个地方。

在永丰商场里马军给她买的金耳环已经戴在耳垂上，那张他们俩的合影还在三毛照相馆里没有取出来。

"你们还没有看到哪。"姐姐摇晃两个黄澄澄的耳环，说他俩照得就像是一张结婚照，就像他俩现在这样情绪激动的样子。

姐姐插着腰，两条鱼形耳坠一闪一闪。

"等一会儿取出来你们就看到了。"她告诉他们等一会儿就看到他们像结婚照一样的照片。

"慢点儿……"国顺趴在他们的后面，不停地说着自己的话。说着那头还属于自己的牛，还属于自己对越来越沉重的喘息声的担心。

妈妈一只手托着腮，一只手撑着麻袋，满怀深情望着姐姐和马军他们俩比比画画。

"妈妈你戴过吗？"姐姐又摇晃一下耳垂上的金耳环儿，看着妈妈深情的目光询问妈妈戴过没有。

"我喜欢戴的不是这么大个的，"妈妈伸出手，用大拇指掐住小拇指肚，"是这么大个的。"比画出来她喜欢戴的金耳环大小的尺寸。"我还喜欢戴玉手镯，"妈妈撸起袖子，露出来黢黑的手腕，"喜欢玉手镯上带着红的花儿蓝的花儿……"手指在黢黑的手腕上指点着，好像指点着那些红花儿蓝花儿……

从稻田地里吹过来散发着乳臭气味儿的微风，吹动着妈妈的头发，遮住她的半个脸，露出来一只皱起皮的黢黑的耳朵，打褶儿的耳垂上没有戴耳环的耳朵眼儿。

"妈——"姐姐从一个麻袋上跳到另一个麻袋上。"妈——"她连声地喊着妈妈。"你怎么知道的、你怎么知道的……"她连声地询问妈妈，不知道妈妈怎么能够说出来这么些贵重的东西。

"电视上看到的。"妈妈亲切地告诉我们，"中央电视台黄金珠宝节目我特别愿意看。"妈妈的目光深情地闪动了一下。

"是吗——"姐姐惊讶地张着嘴。

"还愿意看法治在线栏目。"妈妈的目光又深情地闪一下。

"是吗！是吗！"姐姐跳到妈妈面前的麻袋上。

"还愿意看电影频道上的译制片。"妈妈的目光闪烁出更加深情的亮光。

"译制片？"姐姐别扭地模仿道，"我们怎么没有看到呀！"她摇晃着身子叫喊道。道出来我们看到的电视画面上面的东西跟没看到一样的惊讶。

麻袋里的麦子装得瓷瓷实实，摞成一个又一个的鼓鼓囊囊大包。

"慢点儿……"国顺看到呼哧呼哧奔跑的奶牛嘴里喷出来带水珠儿

的雾气，看到耷拉下来一长溜又一长溜的哈喇子。

"爹——"姐姐站在鼓鼓囊囊的麻袋包上面。"爹——"摇摇晃晃中又想起来爹，又去喊爹，又去等着爹亲切地告诉她爹看到我们也看到但跟没有看到一样更为珍贵的东西。

爹正在望着比稻田地远得多的地方的两条铁轨，铁轨只剩下一条闪动着的亮光，它们在远处合二为一的亮光。

"慢点儿——"国顺终于大声地喊了出来。

"慢点儿！"爹终于看见一长溜接着一长溜的哈喇子，一直连接到地面上，滴滴答答了一道。他接过去了国顺的话，接过去了他的牛。

我听从了爹说的话，减慢了速度。

"你认识粮库的人吗？"爹看着气喘吁吁的牛，"你认识吗？"转过头朝着马军的脸问完，又转回头又继看着气喘吁吁的牛。

"什么？"马军直接把耳朵伸过去。

"你跟他说。"爹没有理会伸过来的耳朵。

姐姐愣了一愣，看看妈妈看看我们大家。

"粮库的人你认识吗？"停顿一下，才反应过来，才趴在马军的耳朵上，大声传递过去爹刚才说的话。

"我当然认识啦！"马军揉着耳朵，也冲着姐姐的耳朵大声地回敬道。

"讨厌讨厌……"姐姐揉着耳朵，噘起嘴，伸过去手连连拍打着他，脸上恢复了原来惊讶又欢快的表情。

拖拉机绕到山包前面，前面出现许多的房子。

房子都是用白色铁皮瓦苫成的屋顶，瓦顶上一律反射出来耀眼的亮光。

每幢房子前面都用松木板皮围成院子，每个院子前面都装有铸铁焊成的门斗，每个门斗上面都搭有雨搭，每个雨搭也都是用钢筋和镀锌铁皮焊成的。镀锌的薄皮剥落下来，透出来铁皮斑斑的锈迹。

迎春的对联褪色变白，看不清上面的字迹，贴在铁皮柱上叫风吹动着，哗啦哗啦地响着。

"咣咣咣——"爹敲响驾驶楼顶盖儿。

我停下来车。

"还没有到粮库哪。"我伸出头告诉爹。

"你看看。"爹指着路边的景象让我看。

我看见柏油马路边上停靠着一排卖粮食的车辆：有汽车有拖拉机有四轮车还有牲口拉的平板车，车上摞着装满麦子的麻袋。麻袋有旧的有新的，旧的麻袋上面补着花花绿绿的补丁，新的麻袋上面写着各家各户的名字。开车的赶车的统统倚在车厢板上抽着烟，等候前面的车辆往前缓慢地移动。

"我们也得排队。"妈妈语气沉重起来。

"不用排队。"马军胸有成竹地站起来。

"你别往下跳呀——"姐姐不让他直接往下跳。

马军已经从摞起来五层的麻袋顶上跳下去。

"你们等着我，"马军顺利地站到地上，"我一会儿就回来。"回过头告诉我们他一会儿就回来。

"我也去！"姐姐也从五层麻袋上跳下去，抓住他的胳膊，挎到他的膀子上。

他们俩往前走去。

我缓慢地把车往路边靠一靠，防止把整条路都给堵死，防止后面的车过不去跟我们发火。

他们已经走到一堵围墙下面，绕着围墙走在排成长龙的车队后面。车队后面的围墙上写着：节约每一粒粮食是我们每一个公民的责任和义务。字迹用白灰直接刷到红砖墙壁上面，每个字有半个人一般大小，歪歪扭扭，沥沥啦啦。

围墙里面露出粮囤的尖形圆顶，圆顶是用红色的彩钢瓦做成的，比那些白色铁皮瓦屋顶要鲜艳要刺眼，像一面又一面红色的镜子，反射着更加耀眼的红色光芒。

"你能行吗？"姐姐紧张地握住马军的手。

马军没有告诉她能行不能行。

他们走到了围墙的尽头，两扇用松木杆钉成的大门敞开着，门楣上面插着松树枝，已经枯黄的松枝上面插着一排彩旗，五颜六色的彩旗迎风飘扬。

他们走进枯枝败叶装扮的大门，迎面是一幢二层的红砖小楼。

"我能上去吗？"姐姐望着通向二楼的铸铁楼梯踌躇一下。

"上去呀！"马军痛快回答道。并带头咚咚咚地上到二楼，找到写着财会科门牌的房门。

"我敲行吗？"姐姐没等马军说话。"咚咚咚"敲响了门。

一个戴老花镜的老会计被她敲出来，从老花镜上沿瞪着她。

"是他吗？"姐姐让开身。

"不是他。"马军踮起脚，目光越过那个人往门里看。里面一排桌子四周围着一圈儿人，每个人都低头核算着手里的票据，按动着计算器上的按钮，按钮嘀嘀嗒嗒地响个不停。"老黑——"马军高调地喊一声。

靠近窗户位置上抬起一张黑黢黢的大脸盘。

"呵呵——"老黑呵呵笑着站起来，"你来干吗？"老黑夹着灰色的计算器来到门口询问道。

"我们来卖粮食。"姐姐从马军身后伸出头。

"呵呵——"老黑继续笑出声音，继续陪同他们往楼下走，"你什么时候卖起粮食来了？"下到楼下问马军怎么卖起来粮食来了。

"是我们家的粮食。"姐姐抢着回答。

"你是谁？"老黑看一眼一直抢话说的姐姐，冲着马军做出一脸满有含意的表情。

"我是谁？"姐姐捅一下马军的腰部。

"我媳妇！"马军弯一下腰大声回答道。

"谁是你媳妇！"姐姐跳起来用胳膊肘压下去他的肩膀，不让他站起来。

"你不是我媳妇吗？"马军挣扎着站起来，停住脚，不再往前走。脸色变得几分紧张。

"现在还不是哪。"姐姐的脸腾地红了一下，低声安慰道。

"早晚得是，对不对？"马军抓住姐姐的胳膊。

"嘻嘻嘻……"姐姐笑着往前跑去。

"对不对？"马军抓着姐姐的胳膊，把跑出去的姐姐重新拽回来。

"对对对——行了吧！"姐姐冲着他的脸高喊一声。

"行了！"马军不再紧张，松开手，表情重新轻松自然起来。

"哈哈哈——"老黑看完这么生动的一幕，终于放声大笑了起来。

他们说说笑笑地走出大门，出现在柏油马路旁边的长龙车队后面。

"妈——"姐姐远远地扬起一只手，向着妈妈挥着手臂。她临出门换上一件崭新的衣服，衣服上缀满金丝线，缀满红白相间的瓷溜溜儿，红白相间的颜色加上金丝线颜色，分外醒目，映衬着她满脸兴奋又得意的表情，更加鲜艳夺目起来。

"按计算器的会计。"她指着那个大黑脸盘会计，放声地告诉我们他的身份。

"哈哈哈——"老黑冲着我们上下挥舞着又宽又长的计算器，拍打着计算器上的按钮，按钮发出来阵阵嘀嘀嗒嗒的回响声。

我开车走过长长的卖粮车队。

车上的人听到姐姐放声高调的声音，听到拍打计算器按钮发出来清脆的声响，知道带来的人显耀的身份，纷纷用羡慕的眼光望着我们，纷纷给爹扔过来烟卷抽。

"嗷嗷嗷……"爹吸着烟点着头，看见他们要把他围起来央求他帮忙。"不行不行……"爹急忙摇摆着双手，"快快快……"急忙拍着车门，让我加大油门，快速离开他们的围攻。

拖拉机开到大门口没有停下来，沿着老黑冲着戴红袖标的门卫挥动着计算器指明的方向，毫无阻拦直接开进大门里面。

迎面的二层小楼下面排满了大大小小的车辆，人们都排在开票的窗口外面，车辆都排在对面称粮的地秤台周围。

一辆四轮车从地秤台上退下来。

"停——"老黑站到地秤台上面，朝下面拍响计算器按钮，嘀嘀嗒嗒地阻止住后面的车辆。"你——"调转计算器一指我的方向。"这儿——"又一指自己身后的位置。"往上来——"让我上到上面去。

我开着拖拉机车爬上一小段陡坡，稳稳地停在地称台上面。

"躲开躲开……"爹正在对面往外推着挤在开票窗口上面的人群。

"干吗干吗……"人群不让爹加塞挤进去。

"躲开躲开……"爹依然埋头往前挤，用劲儿地往里钻。

"啪——"隔着人群，窗口里伸出一只手，一巴掌重重地打在爹的头顶上。

爹一下子捂住头顶站住，看见一张年轻男人的脸庞浮现在里面的窗口上，脸色异常冷漠，目光异常地凶狠。

"哎哟——"爹捂着头顶儿，乖乖地退出来，耷拉下来一只手，眼巴巴地望着老黑的方向，充满恐惧充满期待。

"哈哈哈——"老黑又一次大笑起来。"是我——"大笑着喊出来嘹亮的一声，脸冲着窗口拍着计算器指一指爹。"让他先来！"告诉浮现在窗口上的人。

"哈哈哈——"浮现在窗口上冷漠的脸换成笑脸缩了回去。

爹顺利地趴到窗口上面，缩下去脖子，脑袋恨不得伸进窗口里面。

"多少钱？"老黑高声问道。

"五千五百八十大毛。"窗口里汇报完具体的钱数。

爹已经转过来身，低着头往前走着，往手指肚上沾着唾沫，把一沓钱数来数去，好像是数也数不完的钱。

国顺跟上来，伸头看着爹手里的钱。

"老黑买两条烟去。"窗口里又喊出来一声。

"好嘞——"老黑停一下，"你买两条烟去。"马上对我下达命令。

"爹。"我迎面截住爹。

"干吗！"爹抬起头，神情十分警觉，看见不知道什么时候出现的国顺，正在伸长脖子看着钱，爹背过身，把钱往怀里藏进去。

"不是我。"国顺说。

"干吗？"爹的眼睛转悠一圈，最后才转回来停在我的脸上，神情依然警觉。

"他们要两条烟。"我指一指老黑，又指一指开票的窗口，低下头悄声说。

"谁要烟？"爹吼叫一声。

"他们！"我又低声指一指他们的方向，"两条。"我又伸出两个手指头。

"两条？"爹的眼睛靠近我，眼光愤懑得好像是我要两条烟，不是他们要两条烟，像要吃了我一样。

"不是我要的。"我不看爹愤懑的眼光，头扭到一边，继续嘟囔着说。

"兔崽子！"爹低声骂了一句。

"兔崽子！"国顺也骂了一句。

我再回过头。爹已经离开我，已经往粮库大门口跑去，国顺紧跟在爹身后，往大门口跑去。

"我去吧。"我大声说了一句。

爹没有理会，国顺也没有理会。他们俩从两辆装满粮食的车辆中间侧着身钻过去，消失在围墙后面。

"我爹去买烟了。"我回到老黑跟前如实告诉他。他没有理我，夹着计算器面朝着楼上走去。

我把过完秤的粮食拉到红色铁皮房顶的粮囤下面。粮囤进粮的仓口有二层楼那么高，一条电动输送带往上面输送着一袋接着一袋的麻袋，两个人站在进粮的仓口上，解开每一个麻袋口上拴着的麻绳，把麦子倒进深深的粮囤里面，大股大股的尘土奔涌上来，像燃烧的大火冒出来的浓烟，把他们弄得浑身上下布满灰尘，看不清眉毛看不清眼睛。

我的车下午才能轮上，我不用再着急卸车，因为麦子已经不是我家的了，我只是等着卸完麦子把我们家的车开走，不再关心粮食的事情。

我空着手回到地秤台那边，爹迎着我跑回来，国顺也跟着爹跑回来。爹胳膊下面夹着两条"芙蓉牌"烟卷，脸上挂着恭恭敬敬的笑容，国顺脸上也挂着恭恭敬敬的笑容。爹跟跑去买烟之前愤懑的表情判若两人，国顺跟趴在车上望着奔跑的奶牛时的表情没有判若两人，他什么时候也没有判若两人过，都是一个人一个恭恭敬敬的表情。

他们恭恭敬敬地跑过我身边，径直朝着楼梯跑过去。

老黑一直站在楼梯上面，等着他们恭恭敬敬地奉上两条烟。

我们闻到永丰商场里混杂在一起的气味，好像陈积已久的东西散发出来的气味，一股一股迎面扑上来。

"什么味儿？"妈妈吸动着鼻孔，四下里张望着。

"臭味儿。"姐姐随口说着，用力甩动两条胳膊，用力晃动两个肩膀子，走在我们前面不看任何人，不看任何东西，就像那些人那些东西都不存在一样，钉着掌钉的鞋跟哐哐哐地磕着水泥地面，把我们带到玻璃柜台前面，用她那粗大的手指用劲儿戳着柜台上面的玻璃，让我们看清楚玻璃下面闪闪发光的亮东西。

"都是假的！"妈妈看一眼判断出来。

就是姐姐买鱼形耳环的位置。

妈妈说都是假的不是指耳环说的，是指耳环旁边摆放着玉石做的透亮的手镯说的，有翠绿的有鸡血红的有翡翠的。

妈妈果断地判断出来它们都是假的东西。

178

"是吗？"马军马上把要到手里的镯子掂了几掂，好奇地望着妈妈。

"不是指重量，"妈妈说。"是看成色，"妈妈接过来，"真的没有这么亮，发乌发暗，没有这么干净，"妈妈冲着我们讲解着我们根本不记得的标准。"越干净越亮堂越是假的，"妈妈把镯子举起来。"都是玻璃做的。"借着暗淡的光线转动着镯子，像电视里的专家鉴定宝物那样，徐徐地说道。

"什么玻璃做的！"柜台里的售货员已经看不下去，已经怒气冲冲地奔过来。

"这些东西。"妈妈平静地指着玻璃下面所有的手镯。

"拿过来！"售货员把妈妈手里的镯子夺过去。

"你敢说它是真的吗？"妈妈轻蔑地看着她，眼睛眯缝起来，好像她有十分的把握。

"你敢说？"售货员扬起下颏，上下打量着妈妈浑身沾满尘土的装束，露出来不屑一顾的神态。

"我当然敢说！"妈妈依在柜台上，撩开脸上的头发，眼睛眯缝起来，"我见过红宝石蓝宝石、我见过珊瑚青金琥珀水晶黄晶……"妈妈眯缝着眼睛一口气说出来这么多我们闻所未闻的名称。说得我们光是听的分儿，不敢插一句话。因为妈妈确实看见了这些金光闪闪的宝贝，这些在电视屏幕上闪闪发光的东西，这些我们也见过的宝贝东西，我们觉得距离我们十万八千里，跟没有看见一样的东西，却在她的脑海里闪烁着不灭的光芒，在她落满尘埃落满汗渍的脸上焕发出来向往与憧憬的表情——就像她真的见到那样的表情！

我们怔怔地聆听着，好像聆听着电视主持人来到我们面前介绍这些东西一样，只有这样才能够让我们牢牢地记住一样。

售货员"喊"了一声，也跟我们没有看见过一样。

"你知道翡翠又叫硬玉，分翡和翠两种吗？"妈妈向柜台里探下去身体，"你知道翡色红、翠色绿吗？"妈妈布满灰尘的头发快伸到售货员的怀里去了。

"干吗干吗——"售货员退后一步，后背撞到货架上，货架上摆放着成摞的碗，叽里咣啷一阵碗的撞响声。"你想干吗——"她举起来一把带刻度的不锈钢尺子。

"你知道吗？"妈妈的头低下去，又粗又硬的头发沾满灰尘、沾满脱粒时候落上去的麦糠，却发出来睡梦中一样轻微的询问声。

"躲开——"售货员朝着妈妈肮脏的头发挥动着不锈钢尺子。

"你想打人吗？"妈妈晃动着头发终于苏醒过来，"是吗？"妈妈持续地问道。

隔壁柜台卖布匹卖杂货的售货员放下手里的货物都往这边看。

"她还想打人呀！"姐姐这才从聆听中反应过来，对着逐渐聚拢过来的买东西的人高喊道。

"谁打人啦。"柜台里的售货员慌忙放下手中的尺子。

"你——就是你！"姐姐情绪高昂起来，转身趴到柜台上，伸出手指指着她的脸。

售货员躲闪着伸到眼前的手指。

"你、你、你，就是你——"姐姐高昂的声音比妈妈刚才讲解的声音还要响亮还要有力量。

我们都没有吭声，都静观高昂起来的姐姐，像观看电视画面里一场主顾之间的纷争。

"瞅你的脸抹得就像一个大白屁股一样！"姐姐收回来的手指，抓起柜台上的·件东西，那东西在她的头顶上闪了一下，直接飞向售货员抹上厚厚雪花膏的脸上。

售货员及时地一闪，咣当一声响，东西打到后面的货架上，一摞碗跟着掉下来，噼里啪啦地碎了一地，"妈——你躲开！"姐姐仍旧没有罢休。她把妈妈推到身后。"我让她跟我妈犯贱！"她沿着柜台奔跑起来。

"你干吗去！"马军终于醒悟过来，紧跟在后面追上去。

柜台里的售货员都往这边奔跑过来。她们把脚下垫起来的铺板跺得咚咚地响。

"别在公共场所撒野！"首先跑过来和妈妈年纪相仿的女人，扬手指着妈妈的脸严厉地说道。脸上的肉仿佛都横着长开来，一道是一道，勒出来好几道檩子；头发蓬蓬松松，别满了粉色的卡子，像趴满粉色的虫子。

"有你什么事情！"我替妈妈说道。我觉得她不但凶恶，口气也硬邦邦的。"你从哪个地缝里蹦出来的！"我继续回击着她凶恶的口气。

"从你们家祖坟蹦出来的！"她挺起胸脯，挺起来干干瘪瘪的肋巴条。

"你说从谁家祖坟上蹦出来？"妈妈伸过去手指着她。

她没有往货架上退，伸手抓住妈妈伸过来的手腕。妈妈也抓住她的手腕。她们隔着柜台扭动着彼此的手腕，身体跟着扭来扭去。

柜台上面的玻璃板吱吱咔咔地响起来。

"玻璃碎了！"柜台里的售货员看到台面上的玻璃被挤碎，碎玻璃掉到下面放手镯的绒布上面。

她们纷纷跑过来，伸手抓住妈妈的手。

"别动！"我用力地指着她们，想吓唬住她们。

"小兔崽子——滚蛋！"和妈妈年纪相仿的女人根本没有害怕，目光反而更加凶狠地瞪着我。

"放开我妈！"我大喊着，抓住她的胳膊，用力往旁边扭过去。

"哎哟——"她疼得大声叫唤起来。"哎哟哟——"疼得趴到没有玻璃的空柜台架上。

更为精彩的是在姐姐那边，她打开通往柜台里的小木门，冲进柜台里面，刚好被好几位售货员截住。

那是一段卖布匹的柜台，姐姐顺手把卷好的布匹从货架上拽下来，往她们身上扔过去。

还有马军，他没有帮助姐姐扔布匹，而是从后面抱住姐姐粗壮的腰杆。

"你松手！"姐姐说，"松开手！"她喊道，"松开呀——"姐姐挣脱着马军的纠缠，手里的布匹继续扔出去。

好几卷布匹落到柜台上，玻璃纷纷碎落下来，布头挂到台角上，布匹滚到柜台外面，滚出去长长的一大片，大花小花的布匹铺满柜台内外。

"噢噢噢——"商店里面一片噢噢声，一片咣咣咣的跺脚声。

"住手——"我听见身后有男人喊一声。"咣"一截胶皮棒重重地打在我的头上，血顺着头发流了出来，流得很快，把半个脸染红。

"你打我儿子！"妈妈松开手，转身扑过去，扑向拿胶皮棒打我头的商店保安。

他穿着一身黑制服，扎着一条黑皮带。

"别动！"我抱住妈妈。

我不让她碰商店的保安。因为还有好几位穿黑制服的保安等着收拾我们。

周围的人群不像刚才那样骚动不安，刚才他们又是鼓掌又是跺脚，还不住地噢噢噢叫唤，现在他们都鸦雀无声，都像我们犯了罪一样，低下头给我们让出一条路。

我被两个保安扭着胳膊戴上手铐，妈妈也被扭着胳膊戴上手铐。"放开我！"妈妈并不服从。她挺着胸，扬着头，面朝鸦雀无声的人群，高声喊道："你们大家都看见了，他们光天化日之下给我们戴手铐！你们大家知道吗——手铐不是他们随便给我们戴的！"随后又瞅着保安喊道："你们还有没有王法！我告诉你们——你们没有理由给我们戴手铐！手铐不是你们随便想给谁戴就给谁戴的，你们没有权力给老百姓戴手铐。"妈妈昂着头，又冲着越来越多的人群喊道："他们没有权力给老百姓使用手铐！"

更多的人从商店外面跑进来，他们不是进来买东西，是一传十十传百地拥进来聆听满头麦糠满头尘土的妈妈慷慨陈词地讲解着我们所受到的不公正待遇。

"好——"有人在人群里喊一声。

"谁喊的！"保安冲人群问道。马上没有人吭声。"说完了没有？"保安又问妈妈。

"应该戴手铐的是她们这些乌龟王八蛋！"妈妈把戴上手铐的双手举起来，指着柜台里没事一样站着的售货员。

她们没有反应地嗑着瓜子，晃着腿，哼着流行歌曲儿，故意不瞅妈妈，脸上露出得意的笑容，相互拍着手。

"走！"妈妈没有提防被推一把，头往前杵下去，坐在地上。

"乌龟王八蛋！"妈妈站起来又骂道，又被推倒，又坐在地上。"乌龟王八蛋！"妈妈又站起来，又骂道。

他们还要推搡我们。

"用不着你们推我——"妈妈就冲他们喊道。

他们不再推我们。

我们跟着他们走在两排高高矮矮的货堆中间，货物用草绳捆着，露出来里面的坛坛罐罐。

有一个坛子碎了，榨菜疙瘩滚了一地，成群的苍蝇绕着榨菜疙瘩嗡嗡嗡嗡地叫唤。

货堆尽头是一扇门，门窗上用红油漆写着"办公室"三个字，三个字大小不一，占满三块大小不一的玻璃。

他们推门先进去，我们也跟进去。

姐姐已经比我们还早地站在对面的角落里，她也被戴上了手铐，脸上多了三道青紫色的抓痕，一条腿撇出去，一条腿站着，侧着头，瞅着墙上的彩旗，一声不吭。

"放开我女儿——"妈妈看见姐姐，马上喊道。

"妈妈——"姐姐听到妈妈说话，转过头，眼泪扑簌簌地流下来一大串儿。

"闭上嘴！"妈妈扬起戴手铐住的双手不让姐姐哭泣。

"嗯——"姐姐咬住嘴唇，用力点一点头，不再流眼泪。

"站直了！"妈妈继续要求道。

"嗯——"姐姐站直两条腿。

办公室里有两张桌子，墙上挂满了带流苏的彩旗，挂满了镶在镜框里的规章制度。彩旗上写着金黄色的字迹，表扬商店全心全意为顾客服务，把顾客的要求当成自己的要求，拾金不昧。规章制度的字太小看不清楚。

"经理——人都抓来了。"保安把胶皮棒扔到桌子上，又黑又粗的胶皮棒弹到桌子下面的水泥地上。

水泥地面上有一层烟头，还有几张旧扑克牌。

"嗯嗯。"经理答应着，看都不看我们一眼。

经理比他们大，有爹那么大岁数，没有穿黑色制服，穿着夹克衫，领子敞开着，没有脖子，脖子上都是肉。

经理坐在桌子后面洗着一副新扑克牌，洗完牌一张一张地发起牌。

三个保安坐到桌子的三个把角上，一只脚蹬在三把椅子面上。

他们端起发好的牌，一人接一张地出牌，没有人再瞅我们。

"放开我！"姐姐擦干脸颊上的泪痕，挺直了腰杆，又变得像在商店里一样勇敢起来。

"闭嘴！"他们朝姐姐挥一下手臂，却没有回头。

"我就不闭！"姐姐点着头。她不再哭，反而笑眯眯起来。

"别理他们。"妈妈不让姐姐笑。"你是这儿的领导吗？"妈妈走到桌子跟前，从坐在桌角上的两名保安中间伸过去手，戴手铐的双手直接伸到经理的脸前面。

"操！"经理骂了一句。"啪"地把牌摔到桌子上。

"你不用骂人。"妈妈说。

"把爪子拿开！"经理指着妈妈伸到眼前的手。

"凭什么给我们戴手铐？你是领导你说说看。"妈妈冷静地说。

"呵呵——"经理干笑两声，"你说什么？再说一遍？"经理瞅着妈妈的手。

"你们的规章制度上哪一条写着可以随便给我们戴手铐？"妈妈抬

起双手指着墙上的镜框说。

"哟嗬——"经理惊讶道。"你还认识规章制度？"经理嘲讽道。

"你不用嘲讽我。"妈妈据理力争道，"我不但认识规章制度，我还认识《中华人民共和国民事诉讼法》！

"哈哈哈——"经理仰脸大笑道。

"哈哈哈——"坐在桌角的保安也跟着经理大笑起来。

"民法上哪一条让你们随便给老百姓戴手铐了！"妈妈在笑声中双手用劲砸到桌子面上，"咣"的一声响。

"哎哟喂！"经理被吓得跳起身。"还愣着干吗！"然后"啪"的一声，拍响了桌子。

两名保安跳下桌，抓住妈妈两个膀子。

"我不怕你。"妈妈低着头，冲着经理说。

"滚蛋滚蛋——"经理镇静下来，不耐烦地挥挥手，低头继续洗起牌来。

妈妈被押回到我们身边。

"你才滚蛋滚蛋——"姐姐说。

"找死啊！"保安朝着姐姐的脸举一举拳头。

"你敢打我？"姐姐迎着拳头往上伸着脸。"你打、你打、你打呀……姐姐不断地挑衅道。

"躲开躲开躲开……"保安脸上的肉打起颤来。

"借你两胆儿。"姐姐继续挑衅着。

"姐姐。"我说。我看到保安已经忍无可忍。

"嘻嘻嘻——借你三个胆儿。"姐姐还是不放过他。

"姐姐！"我喊道。

"嘻嘻嘻——借你四个——"姐姐下面的"胆儿"没有说出来。

"啪——"随着一声耳光的脆响,姐姐栽倒妈妈的身上。

"小兔崽子!"妈妈叫骂了一句,举起双手向着打姐姐的年轻保安杵过去,正杵到他的前胸上。

"哎哎哎——"他没有提防,向后倒退着,撞到并在一起的桌子沿上,桌子向后挤过去,挤倒了坐在桌子后面椅子上出牌的经理。

"哎哎哎——"经理侧身倒下去。"上上上——"经理仰倒在地上命令道。

"妈妈!"姐姐看见冲过来的保安。

"你们动我一个手指头试一试!"妈妈迎上去,毫不畏惧地冲他们伸过去戴手铐的双手。

"动你动你……"他们开始扭妈妈的胳膊。"动的就是你!"扭得妈妈身体左右摇晃,站不住脚。

"我比你们的妈妈岁数都大!"妈妈喊道。

"比谁妈、比谁妈、妈的个屁的!"他们不在乎这样比喻他们的妈妈,扭得妈妈两脚轮流地落地,轮流地蹦跶。

"妈妈——"姐姐喊道。

"哎唷——"妈妈终于倒在地上,她想爬起来,又被推倒在地。

"妈妈——"我喊道。

"呜呜呜——"姐姐哭起来。

"我跟你们拼了!"妈妈突然站了起来,双臂四下里抡起来,手腕上的手铐打到保安身上,碰到皮带扣子上噼啪直响。

"妈妈!"姐姐惊叫一声,跟着妈妈的身影扑上去。

"姐姐!"我也跟着她们扑上去。

"耍流氓啦——"姐姐高喊着。"打死人了——"她瞪着两只惊恐的大眼睛，张开十个手指甲，见到什么挠什么。

妈妈和我被他们扭住胳膊，用力往起抬胳膊，头低下去，低到水泥地面上。姐姐还没有被他们扭住胳膊，还在"打死人啦"的叫喊声里，四处乱挠着，挠得他们躲来躲去，不敢靠近她。

门这时候开了。爹和马军还有国顺，他们仨进来了。

"你干什么去了！"妈妈低着头侧过脸，冲着爹气愤地喊道。

爹没有理会妈妈冲着他发出的喊叫声。

"住手！"他喝住姐姐张牙舞爪的手指甲。

"哎哟——"国顺哎哟着。怎么挠警察呀！他指责道。

"你帮谁说话哪？"姐姐说，"我挠死你！"

"哎哟喂——"国顺吓得往后退着。"不关我的事儿、不关我的事儿——"一直退到门外面。

"爹——"姐姐张开着手指甲。"揍他们呀！"她还在兴奋中，两只铐在一起的手指张开着，眼睛四处看着，像猫一样机警、一样兴奋。

"嘿嘿嘿——"爹冲着躲到墙角下的保安点头哈腰，给他们每人两盒芙蓉王烟。

"你你你你——"经理连同进来的爹他们一一指点。"都他妈给我铐起来！"经理"啪啪"地拍响桌子。

他们马上扔回来烟，烟掉到地上。

爹弯腰去捡烟。

"干吗呀！"马军径直走到经理跟前。经理坐下来。

"怎么着？"他看着马军。

"不怎么着啊。"马军闪开身。

他身后走进来一个穿警服戴警徽的真正警察，又高又壮，能把两个马军装起来。

"哟——"经理站起来。

他们显然认识，相互间笑脸相迎起来。

"不是我们的事。"我说。

他们马上都松开手。

"那是我哥，"马军斜过来眼睛，"你不要说话。"又斜视着他哥让我不要讲话。

"本来就是！"姐姐继续说话。

她没有理会他，好像他们不是一对儿。

"行啦，"他哥看一看我们，"你们看着怎么处理呀。"他哥又看一看他们。

"你来了还能怎么处理。"经理说。

他们全都温和下来，噼里啪啦打开手铐。我们的手腕上勒出来很深的淤血印迹。

"都有什么损失啊？"他哥坐了下来，和经理面对面坐在桌子两边，打开爹扔到桌面上的烟盒，分给经理和保安每人一支烟。

"弄碎了一块玻璃。"我首先说。

"是一块吗？"经理问道。

"四块。"保安说。

"还有碗哪。"经理说。

"碗不怨我们！"姐姐说。

"那怨谁呀？"经理看看他哥。

"闭嘴——"马军瞪一眼姐姐，"听经理的。"他说。

"你等着！"姐姐说。

"还有布哪。"经理说。

"布又没有破。"我说。

"弄得满地都是。"经理说。

"根本就不是我们的责任！"妈妈说。

"闭嘴！"爹说。

他严厉地瞅着妈妈。

"本来就是！"妈妈喊道。

"对——"姐姐赞同，"本来就是！"姐姐也喊道。

"什么本来就是、本来就是……"马军朝姐姐又瞪起眼睛。

"你等着！"姐姐又说。

他们看着我们互相指责起来，呵呵地笑起来，边笑边摇晃着脑袋，表示出对我们的蔑视。

"我不管了啊！"他哥吓唬道。

"别别别啊……"爹慌忙抓住他的胳膊，"老娘们的话你别当真啊！"爹说。

"谁是老娘们！"妈妈说，"我们是给国家卖粮食的公民！"

"呵呵呵……"经理又笑起来。

"我们是给国家卖粮食的公民！"妈妈又说一遍。

"哈哈哈……"经理又大笑起来。

"我们是给国家卖粮食的公民！"母亲一连说了三遍。

"哈哈哈……"经理笑得快喘不上气来了。

"行了行了……"爹掏出刚刚卖掉麦子换来的钱。"我们赔三百块钱。"爹把钱数出来。手里的钱正好三十张，十块钱一张的厚厚一沓。

"还有我的钱哪。"国顺又溜进门来。

"是——还有他的钱哪。"爹说。

"有你哪门子事儿"。经理一眼就看出来国顺不是我们一家人。"滚蛋——"张口大声骂道。

跟着一脚踹过去。

"哎哟——"国顺踉跄一下，赶紧退出去。

"够不够？"爹把厚厚的钱小心翼翼地放到桌子上。

"别整这么厚糊弄人玩儿。"经理往后仰过去，像要从椅子上仰到地上，脚搭到桌面上。"添两张大票儿。"冲着他哥笑一笑。

"没钱了。"爹把口袋都翻过来，让经理看耷拉出来的白布里子。

"这是我家的亲戚，是我弟弟的老公爹。"他哥指着爹说。

"是是是。"爹和马军一起说道。

"还有我的哪。"国顺又探进头来。

"滚出去——"经理又骂道。

国顺又退出去。

"算了吧！"他哥对经理说。

"嘿嘿嘿……"爹笑着掂着三百块钱凑上来。

"你干吗瞪我！"姐姐不住地质问马军在办公室里干吗瞪她。

我们一家人走在宽敞的大街上，街上的人都知道我们刚刚和商店售货员打了一架，都知道我们弄碎了商店柜台上的玻璃弄碎了碗弄碎一地的布，都跟着我们冲着我们指指点点，说我们弄碎了十块玻璃、三十个碗、五卷子布，赔了一千块钱。

"是吗是吗？"国顺不住地问。

"什么？"马军说。

"是一千块钱吗？"国顺指着跟着我们的人群说。

"弄一弄你的脸。"马军听见人们的议论声，没有回答他，却指一指我的脸。

我一摸脸，血都凝成了嘎巴，我把血嘎巴抠下来，问马军还有没有，他看一眼说头发上还有但是看不见，我就没有再往下抠。

"我们吃饭去。"他建议道。

"不吃！"姐姐瞪着他。

"我已经订好了饭店。"他凑到姐姐身边。

"不吃！"姐姐不让他挨近自己。

"真的。"他看看爹。

爹点了点头。

"国顺——"爹把国顺叫到身边。"瞧——也给你添的麻烦啦。"爹客气了起来。

"嘿嘿嘿……"国顺附和着笑起来。

街两边两层楼上晒着被子和床单，二楼玻璃上用红油漆写着"旅店"二字。两个高音喇叭挂在高高的烟囱中间，不时地传出来赞美我们伟大祖国的嘹亮歌声。

还有人跟随着我们，他们不再说我们，都是冲着妈妈来的，冲着妈妈直竖大拇指，表示着他们对妈妈由衷地佩服。妈妈看都不看，扬着头，好像周围的人、街道、嘈杂的声音都与她没有关系。她好像还在商店里，还在办公室里，还在与他们据理力争。面对浮云朵朵的天空，攥紧两只拳头，眼睛怒视着天空。

"妈——"我说。"妈——"我连声叫着妈妈，也没有把她叫回来。

临街的塑料房子多起来，这已经是一片松树皮混合板加泥做墙的平房区，每个平房门口都有人招呼着过往的行人，让人到她们饭店里去吃饭，她们像商店里的售货员一样，脸抹得白白的，拽住我们的袖子不让我们走。

"干吗？"我说。

"进来呀进来呀……"她们不住地说。

"不进！"我甩开她们的手。

"不进你喊什么！"她们板起脸。

"再说！"我扬起手，比画一下。

"对不起对不起——"马军马上跑过来，一副巴结她们的架势，把她们截住，不让她们追上来。"她们惹不起，"他跟上我对我说。"她们后面都有人撑着。"他朝身后瞅一瞅，怕真有人追上来。

前面出现邮电局草绿色的大铁门，草绿色的铁栅栏，里面有一幢三层楼，满楼上贴着红白相间的玻璃马赛克，三层楼的玻璃窗是茶色的。有一个穿暗绿色制服的姑娘趴在二楼的阳台上，瞅着大街，一脸傲慢地往下面吐着瓜子皮，吐了我们一头。

"狐狸精——"姐姐仰起脸骂道。

"你怎么啦！"马军跑到姐姐跟前，拽着她的胳膊，紧跑几步，跑到我们前面，转过身，冲着姐姐一个劲地往下弯着腰，像在给她鞠躬，像在给我们一家人鞠躬，央求着我们一家人。

妈妈还在怒视着天空，天空中有一只张开翅膀的山鹰，从遥远的山脉飞过，高高地盘旋着俯视着人间的城郭。妈妈盯着它，思想也凝固在那里，只是脚步在跟着我们移动、移动……

"到啦。"马军停下来。

我们看见街边上有一幢苫瓦的房子，门口堆着一摞报废的汽车轮胎，轮胎中间上插着一块黑色的铁牌子，上面写着"鲜族饭馆"四个白漆大字，旁边还有白漆画出来的一条狗，是狗被杀之后，分成几碟小菜和一盆汤，汤冒出的热气都画了出来。

房山下一片空地上，有一位宽肩膀宽脸庞的朝鲜族男人，手里拎着一把沾血的尖刀，对两棵树之间吊着的一条狗比比画画着。

狗还活着，还朝下瞪着两只眼睛。狗的肚子里已经灌满了水，水从牙缝里往外淌，地上淌湿了一片。

"行啦——"朝鲜族男人朝屋子里喊一声。

他已经把狗身上的皮扒下来，狗张合着嘴，叫不出声了，浑身灰嘟嘟的，每一根血管都是紫色的，密密麻麻的。

"我不吃狗肉！"姐姐蹲下去。"我看不了这个，"她指着灰嘟嘟的狗的方向，脸上出现异常痛苦的表情。"我不吃啊——"她喊起来。

"我吃。"我说。

"我恶心！"姐姐喊着说。表示坚决不跟我们进狗肉馆吃狗肉。

我们进门便得脱鞋上到炕上面。炕上粘着一层绿色的油纸，亮亮晶晶的。矮腿桌放在上面，我们围着桌子坐下来。

"妈——"我看见妈妈两只眼睛还盯着前方，好像与这个狗肉馆没有关系，好像四周的东西都没有关系，好像还在盯着那只山鹰——那只飞翔在空中的山鹰——那只俯瞰着人间城郭的山鹰——徐徐俯冲下来的山鹰。

"这是粮库最好的狗肉馆，"马军说，"怕不怕辣？"他问我。

"我不怕辣。"我说。

"怕吗？"他转头又问爹。

"怕吗？"爹问国顺。

国顺摇一摇头。

"我也不怕！"姐姐随后又跟进来，又不那样痛苦，又欢天喜地起来。

"你不是不进来吗。"我说她。

"讨厌！"她脱鞋坐到炕上，捂住耳朵不听我说话。

她脸上三道抓痕肿了起来，肿得像三根树棍那么粗。

"妈——"她放下手，招呼一声妈妈。

马军看一看妈妈，张一张嘴，想问她吃不吃辣的。妈妈脸上紧绷绷的，像一面坚硬的墙壁，谁问她非得碰壁不可。

"没有不带辣的。"马军无奈地摊开双手，犯难地看看我们。

"妈——"姐姐还在召唤着妈妈。

"来——"爹亲切地拍着自己身边的炕沿。"坐我旁边来。"让国顺坐到自己身边。

"妈——"姐姐开始推桌子，四个腿蹭得油纸刺刺啦啦响。

"行啦！"爹严厉地说道。

"妈——"姐姐还在推着桌子，桌子腿还在刺刺啦啦响。

"行啦——"爹大声地喊道。

"我也不吃了！"姐姐真的站起来。"我坚决不吃了！"姐姐真的趿拉着鞋帮下地跑到门外边，继续蹲下去，继续望着奄奄一息的狗。

狗看她一眼，开始流下来一嘴接一嘴的血水。

姐姐抱住胳膊，捂住眼睛。

"别管她！"爹把筷子放到桌上，不让任何人出去管她。"来——国顺，来——国顺。"还在和和气气招呼着国顺。

195

一位朝鲜族女人端上来带蓝花的搪瓷盆。

"狗肉炖豆腐，"她口齿不清地告诉我们。"四（吃）吧！"她把吃说成四，递给我们五把勺。"四（吃）吧四（吃）吧……"不间断地点着头说着四（吃）吧四（吃）吧，退回到厨房里。

厨房里铲子碰着锅沿啪啪地响。

"来吧——国顺。"爹继续招呼着国顺，继续用勺舀一勺豆腐和汤，还带着肉丝，又稠又粘，还有一层通红的辣椒末儿，一起倒进嘴里。"嗯——"爹闭一下眼睛。"香——"爹睁开眼睛赞叹道。"香不香？"继续询问着国顺。

"嘿嘿——"国顺已经坐到爹身边，已经笑着，点一点头。

外面的狗终于叫了两声。

"嘤嘤嘤——"姐姐低声的哭泣声传过来。

"我去看看狗。"马军看一看我。

我知道他不是去看狗，他是去看蹲下去低声哭泣的姐姐，我没有吱声。他悄悄地溜了出去。

又继续上来四个菜：狗皮冻、狗肺炒尖椒、狗肉拌茄条。

"嗯，香。"

"嘿嘿……"

"嗯，香。"

"嘿嘿……"

"嗯，香。"

"嘿嘿……"

爹一共"嗯，香"了四回，加上开始那一回，闭上眼又睁开了四回，四回都是看着国顺说的，四回国顺都嘿嘿笑着附和着爹，回应着爹。

酒温热后端上来，正好两盅，先放到爹面前，爹挪到国顺面前，自己接过第二杯。

"来——"他碰一下国顺的杯，"吱"的一声喝下去，让国顺看自己的杯底儿。

国顺看一看酒，也"吱"的一声干下去。

"妈——"我看见妈妈侧着头看着门外，坐在炕沿上，腰杆子挺得笔直，好像还走在街上，还在仰头盯着那只空中的苍鹰。"妈——"我也轻声地召唤道。

好像要把她召唤回来，好像要那只苍鹰召唤进来。

妈妈紧绷绷的嘴唇开始动弹，动弹中慢慢转过头，目光转过爹、转过我、转过马军、转过国顺，转过门外，穿到窗外，停在窗外，停在窗外空中那只苍鹰的身上——那只俯瞰人间城郭的苍鹰——那只俯冲下来的山鹰。

"爹！"我说。

"吱——"爹在"吱"着。

"看——"还在让国顺看见又一次见底儿的酒杯。

"五百块钱。"爹终于收住酒杯，终于掏出钱来。

"什么？"国顺惊叫道。

"赔了好几千块钱。"爹说。

"起码一万块钱。"

"好几千块钱哪。"

"一天产一百二十斤奶哪！"

"七百块钱。"爹加上两百块钱。

"一天卖一百块钱奶哪。"

"好几千块钱，你也看见了。"

"我看见三百块钱。"

"好几千块钱。"

"三百块钱。"

"三千块钱。"马军及时进来了。

"我不卖了！"国顺说。

"他不卖了。"爹看一看马军。

"我叫我哥找你去。"马军说。

"那至少五千块钱。"国顺说。

"我叫我哥找你去。"马军说。

"找我干嘛？"

"偷大牲口罪！"

"我没偷。"国顺站起来。

"偷没偷！"

"行啦——"爹从七百块钱中抽出二百块钱。"二百块钱——马军请客去吧。"

爹把钱递给马军。

"请我哥。"马军接过去二百块钱。

"偷大牲口罪啊！"爹把其余五百块钱塞进自己兜里。

"我的钱哪？"国顺说。

"偷大牲口罪啊！"爹说。

"我的钱哪！"国顺站起来。

"坐下——"爹把他按下去，坐了下来。"来——上酒！"酒又上来两杯。"来——干！"和国顺碰杯。

"我不喝酒！"国顺推开来。

"喝！"爹命令道。

"我喝不下去！"国顺几乎哭起来。

"好酒啊——吱！"爹喝出来吱吱的响声。"好酒啊——吱！"爹连连"吱吱"道。

没有人再理会已经开始抽动肩膀的国顺。

妈妈终于听见了苍鹰的声音，看见了苍鹰的身影，紧绷的嘴已经微微张开，牙已经开始得得地打战，连同脸上打战的表情，在爹吱吱的喝酒声里，在国顺"我喝不下去"的抽搐里，在马军找他哥定"大牲口罪"的威胁声里，在爹接过来定"大牲口罪"的赞成声里，在姐姐嘤嘤的哭泣声里，在苍鹰俯冲下来的英姿里，在苍鹰炯炯目光注视里，在用劲地憋着身体里某种尖厉的东西——不叫它们流淌到桌子上面、不叫它流淌到周围各种各样的声音里面——不过它们已经流淌出来，已经化作了另一种力量，已经注入心田的无穷力量。

五点钟卸完车我们往家返。

沿着盘车公路开到半途中，车灯打开了，拖拉机行驶在夜色当中。山变得影影绰绰。

爹敲响车顶棚叫车停下来。

爹告诉我说他睡一大觉醒过来，再也不愿意听她们在那里瞎说八道，他要接替我开车，让我去睡一觉去，不要听她们瞎说八道。

我爬到后面空车厢里，看见两边黑黢黢的山影，树在山顶上变成一条毛茸茸的虚线，像捂在山顶上一床灰白色的棉被子。

已经有了一些寒意。

我不知道爹不愿意听到她们胡说八道什么。

拖拉机轰轰隆隆的链轨声压过所有的声音。

我把目光转回到车厢里面，里面黑洞洞的，好像无限地深。

我首先看到那头骨架硕大的奶牛，那头已不是跟在车厢后头气喘吁吁的奶牛，那头已经上到车上、已经拴在前厢板插销上、已经站到黑洞洞的里面、已经低头倒嚼着豆饼和青储饲料、已经属于爹不属于国顺乳液丰沛的奶牛，已经黑黢黢的一大团，已经哗哗哗地撒了一大泡尿，扑哧哧地拉了一大摊屎……

踩在屎尿横流的黑洞洞的车厢板上，闻到满车厢熏死人的恶臭气息，越过黑黢黢的那么一大团的东西，看见后厢板下面黑洞洞的角落里面，三个高出来的人头，紧紧地挤在一起。

我还是想知道爹指的瞎说八道是什么东西。

我在屎尿横流气息里，在东一脚西一脚湿滑中，摸索着侧面的车厢板慢慢挪动过去。

渐渐适应了满车厢里的黑暗，渐渐看见姐姐和马军，他们俩都依偎在妈妈两边，身上披着两层麻袋。

国顺独自畏缩在另一个角落里面，独自披着两层麻袋。

妈妈早已经开始说话，早已冲出黑暗的牢笼，早已经化身成了自己心中明亮的形象，早已经溢出她那农妇的身体，早已经用她忘我的不像姐姐、不像任何一个农妇、不像自己、比自己还要清楚还要有力、不像她在商店里在办公室里跟买布匹店员跟打扑克牌的经理发出来的铿锵的声音——不像那些声音——完全是她心里的声音——照亮了黑影幢幢的车厢板里面，冲破了屎尿横流的气息，在清凉的空气里，在娓娓动听地、小溪流水地讲述译制片频道里面那个女学生——长着椭圆形的脸庞，长着胡桃形的大眼睛，看见了牢房小窗户斜射进来的阳光就爱发出咯咯的笑声，看见囚车外面的绿树就爱想起校园里的生活——牵狼狗的军官以为她多愁善感，先是用皮鞭打得她遍体鳞伤，然后又让她看见恋人弹奏过的吉他，再用皮鞭抽打她，再让她走到监狱房顶的平台上面，再让她看见她生活过的街道，看见绿树簇拥下的房顶下面满街的叫卖声、纷飞起来的鸽哨声，以为触景生情可以让她招供。可是她依然没有招供。最后把嘴唇上带痦子的女游击队员带出了牢房，牢房外面传过来一排子弹声，她还是没有招供。最后出卖她们的叛徒在小酒馆里被游击队击毙，她也被带出了牢房，牢房外面正在拴着绞刑架，正在准备行刑……

她走在长长的走廊里面。妈妈扬着头，看见了深邃的夜空，看见了像星空一样暗淡的长长的走廊。她走过四号牢房，走过六号牢房，牢房的小窗户里探出来好多眼睛，女学生嘴角已经乌青，已经不是梳着辫子扎着蝴蝶结了，已经被剪成散乱的五号头，可眼睛还是那样好看，还是那样充满了幻想……妈妈说整个走廊里都是她的鞋跟发出来嚯嚯的回声，整个星空的走廊里都是她嚯嚯的回声。女游击队员出现了，她并没有被枪毙，敌人的阴谋失败了。她们相见了，她们没有表情，她们都是乌青的嘴角，都颤动了一下嘴角，彼此握住了手，朝着走廊尽头、朝着星空的走廊尽头的脚手架走过去……她们的背影在射进来的光线里，在星空射下来的光线里，渐渐地坚定渐渐地悠远起来，伴随着她们鞋跟发出来嚯嚯的回声，回响在星空里！

"赶快上山吧勇士们——"妈妈唱起电影里面的歌曲，潺潺的声音低沉雄壮，宛若驶入一条星空中的银河。"我们在春天里加入游击队——"妈妈宛若银河一般明亮地唱着唱着，缓缓地站立了起来。

"我们在春天里加入游击队。"姐姐小声地跟着唱着，缓缓站了起来。

"对！"妈妈银河一般明亮地赞叹着，"大点声儿，"妈妈银河一般明亮地鼓励着。"敌人的末日。"妈妈唱出来半句，停下来。

"敌人的末日。"姐姐声音大了一点。

"国顺——"妈妈招呼着国顺。

"敌人的末日。"我也唱了半句。

"国顺——"妈妈招呼着国顺。

"敌人的末日。"马军也唱了半句，也站了起来。

"国顺国顺……"妈妈一遍一遍招呼着畏缩不前的国顺。

"敌人的末日。"国顺终于唱了起来，终于缓慢地站了起来。

"对！对！对！"妈妈银河一般明亮地拍起手，站在车厢板里，好像她就是那个散乱着五号头的女学生，就是那个嘴角带瘊子的女游击队员。她们站在银河上。"我们的祖国——"是她们在冲着我们指挥着我们。"我们的祖国——"我们好像跟随着她们去歌唱去战斗，去奔向银河一样明亮的夜空。"将要获得自由解放……"是她们的手高高扬起来，在银河之上。

我们完全放开喉咙，银河一般嘹亮起来。带着浑身的力量，在轰轰隆隆的机车声里，长短不一的歌声，在屎尿横流的车厢里面，在屎尿横流的气息里面，在黑黢黢一大团的后面，在我们挥动的手臂下面，在明亮的银河下面，让战斗的歌声在山峦和夜空之间回荡不息……

风

　　"我们得把院子夹上。"妈妈说。她出门给牲口添完料回来了。没有遮挡的麦地吹过来大风，带着土粒扑打着我们家外面的墙壁。"没有院子不行！"妈妈掸着吹进头发里的土粒。没有人注意妈妈说话。"灯老摇晃！"姐姐说。窗台上面吊着一盏二十五瓦的电灯泡，窗户在两个屋子中间的墙壁上，灯光照亮里屋又照亮外屋。我们的身影打在顶棚上，一个又一个，随着灯影摇晃。爹看着我们。"本来就是！"姐姐说。她瞅一眼爹，没有瞅妈妈，又继续对着　面椭圆形的镜子，看着镜子里面自己的脸。镜子反出来的亮光固定在对面墙壁上，比电灯本身发出来的光还要亮。"照，你就知道照！"爹说。他站在屋的中央，头顶和顶棚一般高。顶棚上新糊上去的报纸，报纸的颜色很新鲜。风在外面刮来刮去。屋里的灯摇晃来摇晃去。"灯老是摇晃！"姐姐又说。她的脸在镜子里跟着摇晃。"没有事认识认识字，"妈妈说，"像你弟弟那样。"妈妈指指我。我躺在炕上，躺在叫火烤热的炕席上面，仰脸看着报纸上面的字迹："塞外古驿高桥镇依山傍海。"我把一行字大声念出来。"不念泽念驿。"妈妈举起手，手指沾在报纸上。报纸糊出来一条褶子。"念驿。"妈妈指着褶皱上的字。"太黑了我看不清。"我说。"往下念！"妈妈说，手指着一行黑体字。"刻有高桥镇的三个大字的石质门楣……"我念道。"不念铺念镇！"妈妈说。"刻有高桥镇的……"我把脚搭到窗台上，上面钉着一块玻璃。"你别把脚放上面！"妈妈放下手。我放下脚。"你自己念。"她不再教我，她到外屋地去。风从房顶上苫着草的椽木中间钻进来，在房梁和二棚之间窜动，报纸被吸上去又落下来，发出来"呼嗒呼嗒"的起落声，像要撕开一道口子钻下面来。"外面的风真大！"姐姐听见报纸声。她把镜子翻过来，背面有个电影明星苏菲·索玛的头像，正面的亮光转到另一面墙壁上。"你们听外面！"她指着外面。我们没有理会。我自己在念字，妈妈不再教我。爹坐在对面弄着自己的东西，他从不教我。"你们听呀！"姐姐喊道。我停下来，爹抬起头。姐姐坐在灯影里，侧着脸，手掌放到耳朵后面，"你们听呀！"她眨动着眼睛，手掌顺着耳朵正对着的方向，一下一下来回滑动着。我们被她聆听的架势吸引过去，去听她的耳朵正对的方向。这个方向穿过屋子穿过墙壁，通向外面。我们听到风从遥远的山脉上吹过来，夹杂着土粒扑打到附近的树干上墙上以及牲口背上，这些东西发出来的声音不足为奇。"大惊小怪！"爹说出来。他又低下头，弄手里一节皮鞭梢子，这是他自己的东西，不让我们动的东西。顶棚上那么多晃动的影子，飘过来飘过去，屋子里模糊起来。"我才不大惊小怪！"姐姐依然侧着脸，聆听外面的动静。电灯泡"咔嗒咔嗒咔嗒"地撞击着玻璃，"咔嗒咔嗒咔嗒"的马蹄表一样。我又把脚放上去。"你又放上去！"妈妈马上说。她看见脚的影子通过玻璃，落到外屋的墙上晃悠着。"你早晚把玻璃踢碎！"她的声音穿过门缝，和钻进屋的蒸汽一起传进来。"把脚拿下来！"爹说。"碎玻璃掉进锅里你们吃一肚子玻璃碴儿。"妈妈的声音又传进屋里来。外屋的锅台盘在窗户下面。我把脚挪到旁边墙上，影子回到屋里。"我才不大惊小怪！"姐姐站起来，两条腿紧挨着炕沿，上半身向着耳朵正对的方向，用力地倾斜过去，"你听你听！"她说。她似乎抓住外面猛然的风中那个异常的动静。"我听不见。"我说。"真的！"姐姐说。她焦急的神态真让人相信一种异常的东西存在着。只是我没有听见。我听见熟悉的风声在我们家房子周围呼啸，再没有别的声音。"就像一个小孩哭！"姐姐说。"是吗？"爹站起来，"是不是牛叫声？"他也没听见，他问姐姐。"不是牛叫声！"姐姐摇摇头，"也不像一个小孩哭！"她又改变了说法。"会不会是狼！"爹突然想到，"狼叫就像小孩哭！"他蹿出屋子，在外屋抄起一把叉子。门咣当响一声。"不是不是！"姐姐继续改变着她的说法。"是什么？"我问。"我也听不清楚。"姐姐继续聆听着。"不清楚什么？"我说。"肯定有东西！"姐姐盯着我，"你不去看看！"她说。"我——"我有些犹豫。"我去！"姐姐挺起来身子，"你不去！"她要出去时问我。外屋的门又咣当一声。"是不是狼？"妈妈担心的声调在外屋响起。"狼有两只绿莹莹的眼睛！"我赶紧说。"你净没事找事！"爹很快进屋说姐姐，妈妈也跟进屋，给爹拍打身上的土。"反正得把院子枷上！"妈妈说，"把院子枷上就不用担心狼不狼的了。""不是不是！"姐姐瞪着眼睛望着我们，说不清楚不是不是的东西又是什么东西。

风停息在太阳出来的时候。一夜之间，房屋与麦地之间的一段空地上，变得阳光明媚起来。"我要亲眼看一看去，"姐姐在早晨清晰的光线里，眯起来就像整夜没有睡觉的眼睛，"我就是听见啦！"她头也不回地往麦地深处走去，往她认为有东西又说不清楚什么东西的地方走去。麦地和房顶上都有大风刮过的迹象：麦地愈加平坦愈加清洁，一直延伸到远处的灌木丛跟前。苫在房顶上的苫草一缕一缕地翘起来，像一个人头顶上怎么也压不平的头发。"你去把梯子搬过来。"爹站在我背后，紧靠房山的地方，望着叫风吹乱的房顶。房顶上面是晴朗的天空，天空上挂着一些风吹散的云彩。"在房子后面。"妈妈从后窗户里伸出头，告诉我梯子所在的方位。我走过爹身边。爹腰带上别着剪树枝用的大号剪刀。我走到房后面，看见牲口棚四个柱子中的一个叫风齐腰吹断，牲口棚倒向一边。棚顶上堆着的麦秸和稻草挂到了道边的树杈上，像老鸹搭上去的窝。喂牲口的草料更是七零八落，到处都是。两头小牛犊站在两棵榆树之间，看不出来一点儿的惊慌，抬起前蹄踢打着对方，对方跳起来又过来踢打它。"快把梯子扛过来！"隔着一堵墙的墙角，爹的声音拐过来。它们一个跑起来，另一个跟着跑起来，我也跟着跑起来。梯子和牲口棚倒在一起，我扛着梯子中间的横梁，两个尖头随着我的走动往上蹿动着。爹接过来梯子，冲着房脊立到房山上，抬脚登上第一个梯蹬。我扶住梯子。"不用扶，"爹上到第二个梯蹬上，"你去把梢条往上递。"爹边说边上第三第四第五个梯蹬，跨过房脊，骑到房脊上面，像骑到牲口背上一样，两条腿耷拉到山墙上。

剪树枝的铁剪子剪着翘上去的草，发出来不间断的咔嚓声，十分的清脆十分的悦耳。"别把房顶踩漏。"妈妈走出屋，仰头望着房顶上。房顶上剪掉翘起来的草，显得层次分明起来，像梯田的形状。我扛过去成捆梢条，顺着梯子举上去。"要它干吗用？"妈妈感到不解，"这样多好看，"她指着梯形的房顶说。爹顺着房顶的斜面推下来剪掉的草。"我看

不用梢条。"妈妈望着爹，"你说哪儿？"她又望着我。"我看不见。"我还举着梢条。爹也看不见，他骑在房脊上看不见房顶好不好看。"用梢条盖住不好看！"妈妈跑过来，她跑过来和我一起举着成捆梢条。"不盖住再刮风又得掀掉。"我看着妈妈清晰的脸。"主要得压住苫儿。"爹接住梢条捆，往上拽上去，"那也得压上东西。"他蹲在房顶的斜面上，一只脚高一只脚低，双手耷拉在膝盖上，两只并不黑的眼睛看着妈妈犹豫起来。"用架条，一格一格地压上面。"妈妈比画着她想到房顶上出现一格一格的形状。"行不行？"我说。"行！"爹同意了。我又返回房后，去扛供蔬菜爬蔓儿用的架条。我又看见大风刮过的崭新迹象：我们家旁边旧房子上黑黝黝的房架，已经炭化的房梁，还有一根炭化的椽木，齐刷刷地折断，露出来里面崭新的断苫儿，阳光照上面，又白又刺眼，格外醒目，一只芦花鸡站在断苫儿上，张开翅膀，脑袋伸出去又缩回来。

"你又在看什么？"爹在房顶上，正好看见我。"那么硬的木头……"我指着空旷的房架说了一半话，看见鸡不再缩回去，一下子飞起来，没有一点声息，落到风化石路边的树枝上。"昨天晚上的风你没看见。"爹接过我的话，眼睛眯起来，仿佛看到记住的内容。"我听见啦。"我想起来昨天晚上传到屋里的风声。我扛起架条，上面缠着去年死去的豆角秧，比活的时候缠得还牢固。"我给牛添料时候天刚刚黑。"我扛着架条听见妈妈说。"你没有看见天黑以后。"爹站在房上说。他们一个在房上，一个在房下，脸对着脸，回忆着昨天晚上刮大风时的感受。"太阳还没有落山的时候，被风刮得黄乎乎，仿佛要融化了，像碗里搅拌开的鸡蛋黄儿。"妈妈比喻着。爹没有比喻，他从来不比喻任何东西。"鸡蛋黄化开了又变成了红彤彤的晚霞。"鸡跳下树枝，落到地上。妈妈还在比喻着她喜欢的晚霞的情景。昨天晚上他们都闯进大风里。我在屋子里听见风吹到墙壁上的回声。我递上去架条,爹把架条一根一根压到剪好的苦草上,一茬儿压住一茬儿,间隔出来四方形的格子。我还听到风从房顶上钻进来的声音:报纸"呼嗒呼嗒"的声音。爹用铁丝拧住,铁丝把架条拧到椽木上,压住梯田形的苦草。"对,这样就好看了!"妈妈点着头看着房顶的景象说。爹干完一面房顶,翻过房脊,去收拾另一面房顶。

先是一个人走出麦地来到我们家门口。杨菊拎着一篓鱼来到我们家门口。"冯姨冯姨。"她轻声叫道。妈妈转过身,发现她站在空荡荡的地上,头发乱糟糟的,沾着一层露水,手里拎着尼龙丝线织的鱼篓。他们相隔一段距离谁也没有再往前走。"十条鱼你们买了吧!"杨菊说,"十条鱼才十块钱你们买了吧!"她接着说。"我们不买鱼。"妈妈说。她站在剪下来的碎草中间。"是我奶奶要用十块钱。"杨菊说。"你们家总你奶奶你奶奶有没有完!"妈妈说完,不再理她,弯下腰去收拾地上的碎草。"冯姨,"她说,"冯姨冯姨。"她不断地叫着妈妈,手里的鱼在鱼篓里,不停地弯着身子,撞动着尼绒丝线。十条鱼都有半斤多,都是新鲜的鲫鱼,都有完好的鳞完好的鳃。鱼在一上一下张着鳃,想象着水里面呼吸的情景。"十条鱼才十块钱呀!"杨菊说。她跟妈妈后面,妈妈抱着草进屋,她也进屋。她把鱼放到锅盖上,坐到锅台上。"你别坐锅台上!"妈妈说。她又去抱一抱草进屋。"你不买鱼我就坐锅台上。"杨菊两条短腿耷拉到锅台下面,脚后跟扬起来又落下去,落到炉门上,炉门咣当咣当地响。"我不惯你这毛病!"妈妈拎起鱼篓,冲着敞开的屋门扔出去。鱼摔在空地里。空地上干干净净,没有丝毫尘土。鱼蹦跳着。"你再不出来我把它扔麦地里去!"妈妈出来,指指地上的鱼指指不远处的麦地说。鱼疼得直张嘴。"你把鱼摔死啦！"杨菊跑出屋。"我们不要鱼，"妈妈又说一遍，"骑上你们家摩托车赶大集卖了去吧。""不是我们俩的摩托车。"杨菊说。"那我就不明白啦，"妈妈故意眨动着眼睛，"三杨不是你爹吗？"妈妈说起总是风驰电掣出现又消失的三杨。"是我爹是我爹。"杨菊的嗓子眼叫东西噎住，一下一下咽着唾沫。"是你爹你还要哭啊！"妈妈望着对面，盯住她的不断闪动的眼窝。"你哭我就买你鱼啦？"妈妈问她。"嗯嗯嗯，"杨菊支支吾吾，"是我奶奶。"她点着头。"不会买你的鱼，"妈妈脸上纳闷的表情完全消失，"不会老听你奶奶你奶奶的。"她们眼睛对着眼睛，谁也不离开。没有发现鱼跑出鱼篓。她们在对视中好像期待着什么。是杨菊期待着，妈妈喜欢看她期待的目光。鱼又翻个身。杨菊移开目光，移到房顶整齐的苫草上面。上面不时出现爹蹿动的脑袋。妈妈从杨菊耳朵旁边看出去，看到播完种的麦地深处走过来姐姐的身影，另外有个人走在她身边。他们时而挨近，时而又疏远。

"她们吵什么？"爹往房脊上抬起头，看一眼房前。房后这面房顶的苫草已经剪完，像前面一样，出现梯形的草茬儿。"你去看一看。"爹低下头，让我到房前看一看去。我把架条放下来，走出阳光明媚的房后，走进房前的阴影里。杨菊没有发现。我朝她们继续走着。妈妈也没有发现。我看见地上的鱼，鱼正往小坑里蹦。鱼靠脊背做支点，头和尾巴用劲儿往地上砸去。鱼整个弹起来，摔进小坑里。

"鱼！"我说。我又发现鱼篓像活的一样在光溜溜的地上蠕动。"都是鱼！"我兴奋起来。"才十块钱。"杨菊说，又黑又亮的眼睛闪动着。"什么十块钱？"我盯着鱼篓里的鱼。"十条鱼才十块钱。"杨菊说。"我们不买！"妈妈说，"跟他说没有用！"妈妈瞅瞅我，又去瞅麦地里走来的两个人。鱼在小坑里不再动弹，小坑里没有叫风吹走的土沾到鱼身上。鱼一下一下张嘴。鱼嘴里很新鲜。"我知道，"杨菊说，"我知道啦，"她连说两遍，蹲下去，"鱼呀没有人要你，"又对着鱼说，声音像唱歌，"鱼呀你真没有用。"开始拍打鱼，伴着对鱼的诅咒声，发出来啪啪的拍打声。"妈，"我说。我心头涌上来一腔热忱，"妈。"我接着说。"你连一分钱都不值呀！"她越说越动听，颤动着肩膀，把跑出的鱼装进鱼篓，鱼都活着。"干什么？"妈妈说。"妈！"我说，"妈妈！"我喊她。"她和谁在一起？"妈妈没有理我，指着走出麦地的两个人，"你看，她那是跟谁在一起？"妈妈让我看。"该死的！"妈妈骂道。

姐姐和那个人走到我们跟前。那个人是先和杨香现在又和杨菊住在一起的国顺。杨香和杨菊是姐妹俩。国顺戴着草帽，戴着墨镜，提着渔网，自动退到姐姐后面。他们裤脚和鞋面沾满尘土，国顺裤脚上除了尘土，还沾上更多更清晰的油污。还有那张渔网，网纲拖在地上，网孔兜住土，把网沾在一起。他们跺着脚，尘土涌上来。"别跺！"妈妈说。她盯着他们身后两排脚印，脚印弯弯曲曲，消失在麦地深处。"你再跺一跺，"姐姐回头指着国顺的脚，示意他跺干净脚上的土。国顺没有跺脚。他摘下墨镜，盯着蹲在光溜溜地上的杨菊。杨菊的肩膀不再颤动，眼睛不再闪动，里面干干巴巴，没有一点儿泪影儿，也看不出有过泪影儿的样子。他们互相看着，好像分别已久，彼此已经陌生。"你们俩怎么从那里出来？"杨菊警觉起来，眼瞅着国顺的腿站起来。"我又去里边泡子撒了几网。"国顺告诉她。"他的腿叫沙枪打得都是窟窿眼。"姐姐蹲下去，卷起国顺的裤腿，露出来布满伤痕的光腿，腿肚子上有一排结了嘎巴的疤，一个挨着一个，"疼不疼？"姐姐摸着嘎巴问他。我们知道这是他去人家鱼泡子偷鱼的后果！谁都没有吱声。"用不着你管！"杨菊推开姐姐，往自己怀里拽一下国顺。裤腿从姐姐手里离开，遮住那条腿。"我们用不着你关心！"杨菊瞪着姐姐，拽起国顺，向我们家旁边的风化石路上走去。国顺走起路来，腿向两边撇拉着。"我的鱼。"杨菊想起鱼，她离开国顺，跑回来，拎起忘在地上的鱼篓，"我们不卖鱼！"冲着我们用劲儿往地上砸几下鱼篓，鱼在鱼篓里往起蹦几下。"等等我！"她转身又去追国顺。国顺没等她，继续往前走。"瞧她那两条短腿！"姐姐说。杨菊的短腿跑起来一扭一扭，"像不像只鸭子！"姐姐说。"别管别人！"妈妈说。杨菊追上国顺，他们走到我们家旧房子对面的路段上。"十条鱼才十块钱。"杨菊说。她的话从他们家的院子里传过来。他们消失在他们家的园障后面，很快又出现在玉米楼的梯子上面。"呸！"杨菊回头朝我们吐口唾沫，转身把玉米楼的门砰地关死。"嘻嘻嘻……"姐姐没有生气，反而笑着弯下腰，直起腰挥一下手臂，把一块石头打过去，打到玉米楼的门板上砰地响了一声。

鱼！我想起小坑里的鲫鱼，鲫鱼沾满土。我抓起鱼，鱼还活着，还在一下一下张嘴，我触到鱼鳃，鱼吧嗒甩一下尾巴，头扬起来，发出来鱼的声音——"咕噜噜咕噜噜"，像冒泡的声音。鱼的眼睛渐渐发白，我看着鱼慢慢死去。

妈　　妈

　　姐姐皱着眉头看着我，我对她说："我能跳过去。"我们在麦地与房子之间的空地上玩跳房子。空地上画着要跳过去的格子，一共十个格子，代表十幢房子。我一条腿站在地上，等着她给我数数儿。我告诉她可以一下子跳过两个格子，她只能跳一个。"不玩了。"她没有等我跳起来不再瞅我，眼睛转移到辽阔的麦地深处。"那我们干什么玩？"我放下腿等着她说话。她没有说话，还是望着麦地深处。麦地已经有了毛茸茸的绿色，绿色晃晃荡荡，好像通过我们跟前长在墙根下面，中间没有间隔一段空地，坐在屋里随时抬眼能够看见它们。辽阔的绿色就像从墙根下面开始生长出去，阳光照在上面，绿色分外突出分外晃眼，它们是种子刚刚发出来的细芽。"它们刚刚发芽。"我告诉她。"我知道。"她说。"那你来玩跳房子。"我说。"真烦人！"她扭过脸去。"烦死人！"她一个劲地说。说着走到空地上的一个树桩跟前，空地上有六个这样的树桩，原来它们都是树，着过火之后变得黑黢黢的树，爹锯下来上面的树头，剩下下面五十厘米高的树桩。姐姐坐在树桩上面，树桩和她的小腿一般高。她侧着脸，注视着脚底下的地面，注视一会儿又抬起头，望着前面绿意突出的麦地。"这么晃眼！你晃眼吗？"她皱着眉头问我。"我不晃眼。"我也感到突出的绿色晃眼，我说不晃眼是想让她站起来继续跟我玩跳房子。"晃得我心烦！"她又低头看地上。地上什么也没有。我跑到另一个方向，倚着房山下的柴火堆，看着她的眼睛。她的眼神里有一种焦躁不安的东西。"你盯地干吗？"我问她。"我一抬头就晃眼睛。"她抬一下头又低下头再不吭声，又回到那件东西里面去。明亮的光线落在柴火堆上，新鲜的柴火还带着水分，还发出来柔和的光泽和绽放的绿芽，有一只鸡站在上面。"她不只是怕晃眼就不抬头！"我替姐姐想着，我得让她抬起头，我从背后抽出来一根软椴木，劈下来上面的枝丫，剩下半截短棒。她越来越焦躁的眼神凝聚在一起，凝固到地里面，地里面有我看不到的东西，仿佛就她能够看到，看到叫她晃眼的麦地一样。我瞄准那只鸡，鸡在伸头伸脑，在爹开翅膀，在准备着往上起跳。我扔过去短棒。"砰"的一声打在柴火堆的乱枝上。"咯咯咯……"鸡飞了起来。"哎哟——"姐姐抬起头。吓我一大跳！她看着鸡飞得和屋檐一边高，落到崭新的房顶上，顺着风向跑过梯形的苦草，跑过一排红瓦压住的屋脊，消失在房顶后面。"鸡飞得可真高呀！"姐姐慢慢地说道。眼神渐渐地扩展开来，渐渐地明亮起来，渐渐忘掉能够看到的东西。"你们干吗哪？"爹从屋里跑出来，披着一件上衣。"干吗弄得鸡咯咯叫？"他问我们，眼睛往房顶上望过去。"它飞得可真高呀！"姐姐站起来，手指着房顶上，眼睛睁大，面向麦地对我们说，不再怕晃不晃眼睛。"飞过了房顶。"她说着把辫子从前面甩到背后，撒腿往房后跑去。

"她总说她心烦。"我说出来她真正的原因，不是麦子晃不晃眼惹起的原因。"别管她。"爹扛上背垄的镐头往房后走去。"你也去！"让我找把镐头跟他去地里干活。

地的面积不大，用不着拖拉机。两头奶牛站在对面的牛棚里面。地里还有去年背过旧垄的模样，我们又开两条腿，骑在垄背上倒退着把旧垄从中间破开来，用带凹兜的镐头兜住土往垄沟里面堆，堆出来一条新垄的模样。"全都是树根。"爹指的是埋在地里的树根，"树有多高树根就有多长，"爹指的是风化石路边的杨树，杨树离我们有十多米远，也有十多米高，也就有十多米长的树根，"地里的水分都叫它们吸走了。"爹用镐头把发现的树根砍断："咚咚咚——"镐头不断地落在树根上面。"爹——"有人在喊他。那个人从我们家旧房子后面迎面走过来，迈过排水沟来到地里面。"爹——"他不停地叫喊着他。妈妈跟在那个人身边，跟着他走过来。

"有人喊你爹。"我说。

"哎哎哎——"妈妈也在喊。

"谁，喊谁爹？"爹抬起头，下巴颏挂着镐头把上面。

"有人喊你爹。"我说。

"喊我爹！"爹吃惊地瞪大眼睛

"爹——"那个人依旧叫喊着。他背着一个草绿色的帆布背包，背包上净是耷拉下来的带子，带子耷拉到他的腰下面。他们一直不停地喊着爹来到我们面前。

"这就是你爹，"妈妈停下来指一指爹，"这就是园子，"又指一指我，"他是小键，是你哥哥。"妈妈告诉我。爹没有说话，也没有伸出手表示欢迎，下巴颏始终杵在镐头把上面，眼睛盯着新背起来的垄沟。妈妈转动着脑袋，看看爹又看看他。他们相互看了一眼，很快转移开视线，看着各自的方向。没有人再吱声。"走啊！"妈妈终于推一推爹。"噢——"爹这才抬起头，转身迈过几条新背起来的垄沟。他们跟在爹的后面，朝着我家的方向走去。走过牛棚，他拍一下半截身子伸在外面的牛背，牛往后一跳，撞到后面的栏杆上，栏杆撞开来，他没有喊叫，纵身跳起来，跳得真高！栏杆从他的脚下面扫过去。

我哥，我想不起来我有这么一个跳得这么高的哥哥。我不知道哥哥是什么样的感觉！我知道姐姐，真烦人！姐姐总是说真烦人！剩下我一个人，我没有心思一个人背垄，和他们拉开一段距离，迈过几条新背起来的垄台。路过牛棚下面，像哥哥一样拍一下牛棚里伸出来的牛背，牛没有跳开来，回头龇着牙伸过来舌头，舔一下我的手背。我哥，我有哥哥吗？我躲开它的舌头，看见他们走进房山下的阴影里面，我如果有哥哥，妈妈早应该告诉我，妈妈为什么不告诉我。我走进房山的阴影里面，他们已经转到房子前面去了。

"是咱哥！"姐姐说。她倚在房前的墙壁上，手里捧着一捧毛葱头，挨个往下剥葱皮。

"谁是咱哥？"我说。门里面响起掀动锅盖的声音。

"从北京来的。"姐姐说。

"北京。"我说。我感到非常遥远。

"咱妈的老家。"姐姐说。

"我知道咱妈的老家。"我想起来了。

"咱哥长得像你。"姐姐说。她的眼睛里没有了刚才让她焦虑的东西，闪烁着兴奋的神采。好像她一直就等待有这么一个哥哥的到来，已经等得她心烦意乱。现在终于来到，终于叫她兴高采烈起来。

我没有理她，推门进屋。妈妈在外屋地哈着腰做饭，我们没有说话，我进到里屋。他坐在炕沿上，两条胳膊杵在后面的炕面上，两只手正好压住糊在炕面上的两朵油纸花上。窗户射进来明亮的阳光，落在他的后背上。他的脸上长了一层的雀斑，我脸上没有雀斑。爹坐在一只马扎上，抱着两条胳膊，闷着头抽烟。

"我下火车打听了半天。"他说。

"顺着铁道南走过来就到。"爹说。

"我搭上一辆拖拉机。"他说。

"吃饭啦。"姐姐打开门，门外涌进来白色的水蒸气，"放桌子。"她说。我倚在火墙上，看着他看着爹。爹抬起头，他也正看着爹。他们的目光遇到一起，脸上马上显得不自在，马上躲开射来的目光。姐姐把炕桌放到炕面上，"快吃饭呀！"她惊喜地叫喊着，又跑到外屋端进来三碟菜：毛葱头炒鸡蛋、白菜片炒木耳、醋炒土豆丝。又跑出去端进来一盆冒着热气的汤，汤上面漂着一层鸡蛋花儿，漂着零星的紫菜叶儿，汤盆放在三个菜中间。

"你坐炕里面。"爹站起来。"我不会盘腿。"他看看爹。"我上去。"爹爬到炕里面盘上腿。妈妈进屋拿出来一瓶酒，瓶嘴上倒扣着三个酒盅。爹倒满白酒，先给他一杯，他把酒杯推到我面前。"我不喝酒。"我说。"他不会喝酒。"爹把酒杯拿到自己面前，又给他倒满一杯酒。

"妈！"他首先说话，没有等爹说话，自己举起酒杯。"吃饭吧，"妈妈低着头看着桌上的菜和汤。"妈！"他又说，酒杯在他手里微微地颤动一下。"妈！"他的手停在半空中，"你不知道，"酒洒到手背上，流到桌子上。我们都放下筷子。他不看我们也不看爹，怔怔地盯住妈妈，目光急切，并且渐渐红润起来。"我找了好长好长时间，没有人告诉我，"他把酒一口倒下去，头埋在胸前，头发冲着我们，长长的头发坚硬粗实，"我找了好多好多年，没有人告诉我。"他摇着头，反复地说着。妈妈夹起菜没有送进嘴里，嘴唇已经整个把牙包住。"喔喔喔……"好像嘴里已经有了菜，腮帮鼓起来，又塌下去又鼓起来，发出来喔喔喔的闷声，菜从筷子上掉到桌子上。"快吃饭别喝酒。"爹说。"不——我喝！"他又倒了一杯酒。姐姐把一碗饭放到他跟前。"我的饭。"我说。"你自己盛。"她说。"妈你干吗？"她的眼睛盯住妈妈，"干吗呀妈？"她低下去声音。我们不再说话，饭桌上一片吃饭的声音——吧唧吧唧吧唧。"快吃吧！"爹敲一下碗边，夹起来土豆丝。妈妈没有动筷子，没有再发出来闷声，一直盯着桌上的菜和汤，一动也不动。"妈，我现在真高兴。"他嚼一会儿米饭，露出高兴的笑容，"妈，我给你带来了东西。"他放下饭碗下到地上，把放在地上净是带子的背包打开来。"这是给爹的。"他先把一瓶细长的竹叶青酒放在桌上，酒瓶用红纸包着，用金黄色绸带扎住瓶口。"这是给妈的。"他把一件绛紫色的旗袍递给妈妈，上面都是黄色的碎花儿。"我哪能穿这个？"妈妈的脸一下子红一下。"还有这个。"他又递上来一双驼色的皮靴子。"我哪能穿这个。"妈妈的脸又红一下。"还有这个。"他又递给妈妈一顶羊毛的贝雷帽。"我哪能戴这个？"妈妈红着脸把这些东西紧紧抱在怀里，望着他在地上翻腾着东西。"这是给你们的。"他又翻腾出来一件东西，"我不知道你们是两个人。"他把东西递给我们。我们看见一件奇怪的东西，用竹子做的，还有两个轮子，像车轴连着两个车轮，只是小了好几十倍。"什么呀！"姐姐说。"空竹。"妈妈说。"是吗。"姐姐说。"对。"他说。"有单轮的有双轮的，这是双轮的，六个响的。"妈妈说。"对。"他指出来竹轮上面的窟窿眼，每个轮子上三个，一共有六个。"你怎么知道的？"姐姐看看妈妈又看看他。"妈妈什么都知道。"他说。"是吗？"姐姐说。妈妈含着笑意没有吭声。他又从背包里拿出来像鞭子又不是鞭子、两头带鞭杆的东西。"走，我给你们玩去！"他站起来真高大，头差不多顶到顶棚上。"不吃饭啦？"爹说。"不吃啦。"我们说。

我们跟着他走出屋子，他在门口把那个空竹缠到绳子一头。"看着啊！"他让我们看着。他比我高出一头，比我宽出一倍。空竹从绳子一头滑向另一头。"就这样。"他说着开始上下摇动两根像鞭杆一样的竹棍儿，一边上去一边又下去。空竹旋转起来，越旋转越快，看不见原来的形状，看不见那些洞。我们却听到那些洞发出来的声音——呜呜呜！越来越响亮，像天空中飞过来带哨的鸽子，首先把杨香吸引出来，她从房子前面的玉米楼里探出头，跟着国顺也从里面探出头，两个脑袋在玉米楼上向我们家这边张望，两张脸上布满了惊讶和羡慕的表情。"给我试一试。"姐姐脸色红润，眼睛闪闪发亮。"你得快一点儿摇。"他把两根竹棍递给她。"怎么摇啊！"姐姐焦急地看着他，双手握住竹棍不再动弹。空竹"刺刺啦啦"地滚到竹棍上面，不再响了。"我不会呀！"她摇着头。"慢慢来。"他接过去。"你把着我的手。"姐姐说。他们的手握在一起。"这么样。"他把姐姐的手向斜上方摇上去。"嘻嘻嘻……"姐姐笑起来，脸上出现两个小小的酒窝儿。

他说先到屋子后面看看两匹马，再去看看叫斯大林一百号的拖拉机。"吁吁吁……"他到马跟前拍着马背，马转着圈不让他拍。"你骑上去。"姐姐把马缰绳解开攥在手里面，另一只手摸着马的鼻梁骨。"我骑。"他抱住马的脖子，看着我们。他穿着一双回力牌球鞋。马向他翻动着嘴唇，向后闪动着脖子。"你们在干吗？"妈妈在后窗户里面向这边张望。"骑呀！"姐姐说。"骑！"他一用力，抱着马脖子骑上去。"唉唉唉——"马叫起来，四蹄向后蹦过去。"我拽不住了！"姐姐喊起来。"吁吁吁……"我上去抓住马笼头。"哎呀！"妈妈也喊起来。她翻过窗台，穿过樱桃树，奔跑过来。"哎呀！"他也喊了一声，从马背上摔下来。"你不会骑呀！"姐姐松开缰绳，扶他坐到喂马的干草堆上面。马跑起来，缰绳拖在地上，跑到榆树下面，绕一个圈儿，朝着背了一半垄的菜地跑过去。"你不会骑干吗还拍它！"姐姐说。"你们干吗让他骑马！"妈妈瞪我一眼，扶着他的胳膊。"疼不疼？"摸完他的脸，又摸他的后背。"我没有叫他骑。"我说。"没事儿。"他摇着手。"我以为咱哥会骑马。"姐姐说，"是不是？"她问我。我点一点头，一声不响地看着他和妈妈面对面，对视的目光中流露出来意味深长的东西。"你别光瞅着。"姐姐也瞪我一眼。她让我也去扶他，三个人去扶他一个人，妈和她还有我。他其实不想起来，妈妈也没有扶起他起来的意思。他们面对面在交流着谁都不知道的意味深长的东西。

我们上了通向礼堂方向的大道。两边的树影把路面遮住，树影后面是一栋又一栋的房子。我们走在树影里面。"给我讲一讲。"姐姐拉住他的袖子。"讲什么？"他看着姐姐。"你坐火车来的。"姐姐说。我们走过三杨家的院子，他们家的牛车停在院子里，他们家的两个人，杨香和国顺还在玉米楼上望着我们，好像他们一直在望着我们，一刻也没有停止过。"我在火车上遇到一个人，"他走道时手插着裤兜，胳膊向两边摇摆着，"那个人是个结巴，火车到站，售票员来管他要票——"他看看我们，"爱听吗？"他问道。"爱听爱听……"姐姐拍着巴掌，在大道上转着圈儿，连蹦带跳。"你到哪儿下车？"售票员问结巴。"我……我……我……"他学着结巴说话，又挤眉又弄眼，说不出来整句话。"那是一个偏僻的小站，叫作窝里车站。我……售票员以为他坐蹭车不让他下车。火车只停一分钟。我……我……火车就开了。我……在窝窝窝窝里车站……下下下车！这才报出来车站名。"

"嘻嘻嘻……"姐姐弯下腰，手捂住嘴笑出声来。

"篮球——"他突然说。

我们来到礼堂前面的篮球场，已经有两个人正在打篮球。他们是后面牧场上的兽医，曾经牵走过我们家辕马的三个人中的两个人，没有穿白大褂，浑身依然散发着药水味儿，跟牵走辕马时候的药水味儿一样，辕马再也没有回来。"我投篮你们俩看着。"他飞快地迈过路基下面的水沟，跑到球场里面。"来球——"他也不认识他们就喊他们。兽医把球抛出来，他举起一只手在空中接住球，直接往地上按下去，拍着球。回力鞋蹭着球场上的沙子"沙沙"响。他在三米线的地方托起球，脚步变大，腿变得舒展起来。兽医退到三米线外面。一步两步，第三步跃起来，球飞出手，砸到篮板中间画出来的四方框里面，弹回来弹到篮圈里，在篮圈里晃荡几下，穿过篮网落到地上，滚进球架空当里面。

"你行吗？"姐姐问我。

"我不行。"我承认我不行。

兽医又给他球。他站在罚篮的白灰圈内，球放在脑袋斜上方，胳膊自然收回来，对准篮板伸出去。"唰——"没有挨着篮圈，球直接落到网内，落下来。"咱们分伙玩一会儿，"他说，"正好四个人，两个人一伙儿。"他指一指我，又指一指兽医。我没有动看着兽医。"玩吗？"

他向我伸长脖子。"玩吧！"姐姐什么都忘了。她倚在一棵树干上，手背在后背后面。"你不玩？"她说。我没吭声。"他不行！"姐姐说我不行。"你怎么知道我不行？"我说。"那你去玩呀！"姐姐嘲笑着我。他们分好伙儿，他自己对两个人。那两个人先发球。

"我回家。"我没有再看下去。球砸得篮板"咣咣"响。"我看。"姐姐说。"你看吧。"我看见许多屋顶冒出炊烟来。她没有理我，侧着头，一只脚蹬在树上。"真棒！"她不时地赞叹道。

外面天黑下来之前，我们坐在空地里的树桩上，看着麦地里蒸腾出来白色的气息。没有人说话，仿佛都在等待着他说话，等待着他告诉我们许多不知道的东西，直到天黑下来他也没有说话，没有告诉我们任何东西。"进屋吧。"爹决定不在外面等待下去，让我们全部进屋。屋子里全是煤油灯味儿。"后面好多人家都有电灯。"他临躺下之前往后窗户外面看一眼，看见好多人家亮着电灯。"咱们家在最前面，还没有拉过来电灯。"妈妈告诉他。再没有人吭声，我们都躺下来。他躺在北面的窗台下面，一张用板子临时搭起来的床铺上面。爹、妈、我和姐姐躺在南面的炕面上。我们继续等待着他告诉我们。黑暗里，他吸着烟，烟头一闪一闪，烟气弥漫过来，我们强忍着烟味，不发出一点儿声音。藏在墙缝里的蛐蛐儿叫起来："吱吱——吱吱。"停一会儿叫两声。

"其实我从小就感觉到，"他在蛐蛐儿吱吱的叫声里开始说话，"我感觉到她不是我妈，"他说，"她的一举一动我都感觉到不像我妈。我问过她南所胡同三十六号发生过的事情，"他把烟掐灭，两只手压到枕头上，脸朝着顶棚，"人家说从前南所胡同里冯官仲家，最早的小保姆坐在大门口的石狮子上面，摇着冯钢儿看着大院小孩子玩空竹，听到空竹声唱起来一支儿歌：一只小蜜蜂呀，飞到花丛中呀，飞呀，飞呀。两只小耗子呀，跑到粮仓里呀，吃呀，吃呀。三只小花猫呀，去抓小耗子呀，追呀，追呀。四只小花狗呀，去找小花猫呀，玩呀，玩呀。五只小山羊呀，爬到山坡上呀，爬呀，爬呀……后来小保姆不爱唱儿歌，不爱抱冯钢儿，总爱往外面跑，再后来小保姆给水电部王部长家里生下来一个男孩，被老冯家送回东北老家了。他们说着说着，看见我到来马上不再说话。我感觉他们说的就是我，我就回家问她是不是不能生孩子。你别跟他们玩，她不让我去胡同里面玩啦。我们还住老水电部楼房里面。墙院外面就是半亅街，现在叫明光胡同，拐过去就是南所胡同。胡同里面都是四合院。爸——到底是怎么回事？我也问过我爸（他不说爹他说爸）！没事儿，他说没事儿。眼神马上躲闪开。不是，我不相信。不是什么？我爸反过来问我。我没有继续问下去。我自己去打听。很快跟三十六号冯家的冯钢儿混熟了，跟他玩瓷片儿玩蛐蛐儿。你们家雇过小保姆吗？我问钢儿。什么小保姆？他问我。伺候你长大的小保姆？我说。我不记得小保姆伺候过我长大，他告诉我。刚刚打倒'四人帮'的时候，我继续说。刚刚打倒'四人帮'的时候？冯钢儿想不起来那是什么时候。你回家问一问你妈，我说。那你给我那个'老黑盖儿'，他要我的蛐蛐儿。那你得去问，我要求他。我去问。他答应了。我把脊背上带两条黑杠的'老黑盖儿'送给他。几天以后，冯钢儿也不见我。我去找他他也躲着我。我更觉得纳闷儿，更想弄清楚。后来我遇上工商银行退休下来的老职工，名字叫金禹久，我们叫他金爷爷，住在独门独院里，总一个人出门推蜂窝煤。妈，你知道金禹久吗？"

屋子仿佛无比巨大，仿佛是空空荡荡的大殿。他的声音荡过来荡过去，像麦地里刮过来的风，刮在我们脸上。我们仰面躺着，一声不吭，

224

像睡着了一样，其实都睁着眼睛，眼睛前面什么都没有，空空荡荡。

"我知道，"妈妈开始说话，"金禹久总爱穿着一身灰色的中山装，戴着一副金丝边眼镜，穿着一双红色火箭头皮鞋，口袋上垂挂着镀着白金的表链儿，戴着一顶白色礼帽，打着一把黑色的遮阳伞。他在旧社会是老四面钟银行职员。"妈妈的声音像从姐姐嗓子里发出来，又比姐姐声音悠远有韵味儿，是我们不曾听到过的调门儿，是一座大城市的调门儿，是他的调门儿，不是我们的调门儿。"他的腿不好使唤。"他又用他的调门儿接着说，"我帮他买菜买煤。"通过窗口射进屋子的月光下面，他伸出来一条腿，"有一天，我正倚在他们家门口的石狮子上面，等着他出来搬蜂窝煤。他看见我，叫我进去。请进请进，他总那么客气，又拱手又哈腰，对孩子也是这样儿。我第一次进他家的独门独院。满院里都是葡萄架，葡萄藤爬到东屋的房顶上面。葡萄架下面放着一把竹椅。'是小键吧？'一位白发苍苍的老太太从玻璃后面探出半张脸，另外半张叫玻璃上的纱布窗帘遮住。"

"那是金禹久的老伴儿金奶奶。"妈妈说，"金奶奶那时候比他就小一岁，三天两头换一身旗袍，大红的水绿的藕荷的好多种颜色，两个人经常手挽手出现在小大院里面。还像是旧社会的老派人。"

"我不知道，我吓了一大跳，她从来没有出过院子。"

"胡同里人家说她在旧社会是一家新加坡银号老板的闺女，银号就在半爿街小教堂后面。"妈妈说。

"'快坐下来。'老太太走出屋，挂着拐杖儿，让我坐在竹椅上，他们坐在北屋的台阶上面的帆布椅上。"

"他们跟你讲啦？"妈妈说。

"'你跟别的孩子不一样。'金禹久说。'所以我们把你叫过来。'金

225

奶奶也说。'你应该知道！'金禹久挺起胸脯，'应该知道自己的妈妈！'他仰起头看着四合院上面的灰瓦。我一句话没有说，心里怦怦直跳。"

"他都对你讲啦？"妈妈说。

"我不知道该不该说？爹——"他叫道。他用爹称呼我爹。他还有一个爹，他不叫爹叫爸的爹。爹"嗯"了一声，也没有说该不该说，就像一个局外人。我从被子上看见爹，他一动不动，躺在窗外射进来的月光里，鼻子和眼睛清清楚楚，死人一样"嗯"了一声。

"'那不是耻辱！'金禹久说。我们看不见那个场面，我们都是局外人。"

"妈，六只小鸭子呀怎么来着……"他等了一会儿，接上去忘掉的儿歌。

"六只小鸭子呀跳到水里面呀，游呀、游呀。"妈妈接上他忘掉的儿歌，声音比姐姐嗓子里发出来还要细，像一个小孩的调门儿，又细又尖地唱起来，"七只小百灵呀，站在树枝上呀，唱呀，唱呀。八只小孔雀呀，穿上花衣裳呀，美呀，美呀。九只小白兔呀，竖起长耳朵呀，蹦呀，蹦呀。十个小朋友呀，一起手拉手呀，笑呀，乐呀……"妈妈又细又尖地唱着……

前窗和后窗都打开着，对流的空气穿梭往来。姐姐带他去后面牧场上看黑白花奶牛。"奶牛、奶牛——"他惊喜地喊着，从打开的窗户前面跑过去。他和姐姐手拉着手，笑声追赶着笑声，追赶着他们的脚步声，直到我听不见为止。

爹在房后面给牛铡草。他穿着一件跨栏背心，手握着铡刀把儿，弯下去又站起来，膀子上散发着皮肤的黄色光泽。妈妈蹲在下面，戴着一副白线手套，用头巾包着头，把成捆的草放进铡刀底下。"咔嚓咔嚓咔嚓——"铡草的声音随风传进屋里，还有他们断断续续的说话声传进屋里。

妈妈："你怎么不说话。"

铡刀："咔嚓咔嚓咔嚓。"

爹："我什么也不知道。"

铡刀："咔嚓咔嚓咔嚓。"

妈妈："我没有跟你说过。"

铡刀："咔嚓咔嚓咔嚓。"

爹："你干吗不跟我说？"

铡刀停下来，爹提着刀把儿，刀刃儿磨得中间凹进去，闪烁着凹进去的亮光。爹挺直身子，盯着妈妈。他们周围都是铡碎的稻草。阳光照在碎草上面，发出来新鲜的淡黄的颜色。妈妈仰起脸，脸上凝聚着困惑与不解的神情。

妈妈："干吗这么看着我。"

没有爹的声音。

妈妈："干吗这么看着我。"

又停了一会儿。

铡刀："咔嚓咔嚓咔嚓。"

爹："那我怎么看着你。"

铡刀："咔嚓咔嚓咔嚓。"

妈妈；"慢点儿。"

铡刀："咔嚓咔嚓咔嚓。"

妈妈："我都跟不上你铡啦。"

爹："你早就应该跟不上铡。"

铡刀："咔嚓咔嚓咔嚓。"

妈妈："你这叫说话吗？"

铡刀："咔嚓咔嚓咔嚓。"

爹："什么叫说话你教教我。"

铡刀："咔嚓咔嚓咔嚓。"

妈妈："你慢点儿。"

铡刀："咔嚓咔嚓咔嚓。"

爹："操！"

铡刀："咔嚓咔嚓咔嚓。"

妈妈："你骂人。"

铡刀："咔嚓咔嚓咔嚓。"

爹："我骂人。"

铡刀："咔嚓咔嚓咔嚓。"

妈妈："什么东西！"

铡刀："咔嚓咔嚓咔嚓。"

爹："你再说。"

铡刀："咔嚓咔嚓咔嚓。"

妈妈："什么东西！"

铡刀："咔嚓咔嚓咔嚓。"

爹："婊子！"

铡刀："咔嚓咔嚓咔嚓。"

妈妈："哎哟！"

妈妈从草垛下跳起来，捂着手上下蹦跳着。白线手套还挂在手指上。

爹："我不是故意的。"

妈妈："该死的该死的。"

爹："我真的不是故意的。"

"妈——"我想到妈妈的手指头在草堆里跳动的情景。"妈——"我的喊声大起来，在房前房后来回蹿动。妈妈朝我这边走过来，用手套紧紧捂着手指。我快要看到血啦！我心里的恐慌加剧着，像一只见到猫头鹰的兔子。我们相遇啦。在牲口棚旁边站住，面对面望着对方。仿佛都很惊讶，都很意外。"你没有跟他们去？"妈妈问我。脸上没有刚才该死的该死的时候的表情。"妈——你的手！"我想到她的手。"没有事儿。"她把手放进怀里。"我看看——"我喊道。她怀里的手指在流血，流到衬衣上。妈妈没让我看。我走到他们刚才铡草的地方，没有血迹挂在稻草上面。我把稻草拨弄开来，它会像活物一样在里面跳动。"你找什么。"爹说。他好像什么也没有发生一样，把夹在铡刀床缝里的草棍拽出来。"手！"我说。"什么手？"爹平静地问道。"手！"我转身往回跑去。"嗡嗡嗡——"脑袋里总有个声音，"嗡嗡嗡——""妈！"她已经站在炉灶间把手指用小灰裹好，缠上布，准备做饭。"干吗？"她同样平静地望着我，同样像什么也没有发生一样。

"能踩吗？"他往绿茸茸的麦地上伸着脚。麦子刚刚开放第一片叶子。麦子没有目的地摇荡着，仿佛一片碧绿的水面。"我准备去镇压镇压。"我拉着离我不远的石磙子。"镇压？！"他不解地瞅着我。我告诉他镇压过的麦子长出来不至于叫风吹倒。"那我也去。""你不行。""行！"我没有再跟他争执，把拖拉机开过来，把石磙子挂在牵引架后面。他坐进驾驶室。我们往麦地里开去。

我没有听清他冲着我说的什么话。拖拉机链轨"哗啦哗啦"地响。"你说什么？"我冲着他的耳朵问他。"我没有见过这么大片的麦地。"他也冲着我的耳朵回答。耳朵里吹进来一股热气。他的脸上闪动着喜悦的神情，好像不是坐在拖拉机里，好像坐在没有坐过的地方，东张西望，大惊小怪。

拖拉机开进麦地深处。

"你就光动这个东西？"他的喜悦的神情回到驾驶室里，指着我来回来去拽动的操纵杆问我。"还有这个。"我往上提一下控制油门的手柄，机车向前猛蹿出去，我又把油门手柄压回到原来的位置上，机车又平稳地行驶起来。"光动这两个东西。"他轻松地说。"不！"我还想对他说。他不听直接伸过脚来。"别踩！"我说。"我试试。"他直接踩到离合器上面。前面烟囱里冒出来一股黑烟。"松开——"我喊道。他没有松开。发动机憋灭了火。"怎么办？"他紧张地看着我。"没有办法。"我说。"怨我怨我……"他点着头，脸上挂满歉意，以为机车坏了。"没有事儿！"我笑着说。我们下车。我用绳子重新缠到启动轮上，机器重新响起来。"嘿嘿嘿……"他又笑着跳上车，拍一下我的后背。"一边去。"让我坐副驾驶的位置上，"我来！"冲我比画一下。"不行！""行！"他绷住脸，朝着油门踩下去。机车向前扬起头。压过的麦子和没有压过的麦子分出来层次：压过的地方发白，没压过的地方显得绿。我们来来回回往返于麦地的南北方向。他已经学会不动操纵杆让机车自己前进的办法。

"歇歇吧。"我们正好又回到麦地中间，我先跳下车，机车继续往前开。他也跳下来。"熄火呀！"我喊道。机车自己往前开去。"才二挡。"他像没事一样望着行进中的拖拉机。"不行！"我追上去，踩着转

230

动的链轨把油门压到零的刻度上。"应该让它自动走，"他说，"无人驾驶，"他走到机车旁边，"就是不能拐弯，"他看着拖拉机链轨，"能拐弯儿就成了无人驾驶。"我跳下来，他跟着我，我们坐在麦地里。"我认识韭菜。"他的手在麦子上摇晃。"韭菜和麦子不一样。"我说。"我开始看见地里绿油油的一片还纳闷，怎么种这么大片韭菜，能吃得了吗？"他抬起头。我们的目光搭在一起。"你们长得像。"姐姐告诉过我。"我们长得像吗？"我问他。"像吗？"他转动着脖子，让我前后左右看他的侧脸和后脑门。他的头发剪的时候下了一番功夫：后面长前面短。长得像扫帚，短的遮不住脑门。他的左脸上除了雀斑，还有起过青春痘之后留下来的黑点儿。我脸上粗糙但没有黑点儿。他脸白脖子也白。"你们眼睛像。"姐姐说。他是双眼皮，我也是双眼皮。"我们是一个妈生的。"他望着我。"一个妈生的！"我心里跳动一下，并不好受。"你一直在妈身边。"他伸手拍一下我的脸。"别动!"我忙闪开。"兄弟怕什么。"他笑着说。我脸上热乎乎，不是因为他说兄弟而高兴，是因为不是一个爹而难受。"嘿嘿嘿……"他并不计较，翻身跳起来。

　　"干吗你不坐下来？"我又拍着绿茸茸的麦地让他坐下来，我不知道该怎么办，中间隔着一个爹一个爸，两个不同的内容。"妈!"他说，"妈!"他又说，"妈妈——"他一声比一声大地喊起来。手臂在胸前张开，冲着辽阔的麦地，好像那里的更深处有他的妈妈存在，并不是我的妈妈，他往怀里搂着空气中存在的形象。"你坐下。"我说。麦地上空晴朗无云。他不肯听我的话。"兄弟。"他低下头，望着我的目光我从未感觉到过，像这一片绿意浩荡的茸茸的麦地，绿意上面沾满湿润的露珠儿。我低下头，我们不是兄弟，我们还是什么？我还不知道，总觉得中间隔着的东西清晰可辨。他的回力鞋上沾着柴油，敞开怀的夹克衫上也沾上柴油。领子却竖起来。"你很漂亮，"他说，"很潇洒。"我站起来，才到他眉毛处。"你也很漂亮，"我说完心里直发慌，"你也很潇洒，"我又说了一句，脸上直发烫。"我知道。"他说。他不发慌，脸不变色。"你的日子怎么过的？"我突然问他。"什么日子？"他看着我。"你生下来以后的日子？"我不禁想到。他"噢"了一声，转过脸去，"我开过工厂，出过劳务，卖过服装，进过拘留所，到大兴县挖过沙子，"他望着麦地深处，"我就像这些麦子，"他指着麦地的深处，"倒下去挺起来再倒下去再挺起来，"他比喻着自己，手掌放下去又立起来，"我就是走到天涯海角我也要找到妈妈，就是走到天边——"他的手伸出去，指向麦地之外，指到远处的蓝色山脉，"那山可真蓝！"他惊叹道，就地头朝下翻下身去，头没有着地，转一圈儿，脚又站住，"蓝蓝的天上白云飘！"他张开手臂大声唱起来，"白云底下马儿跑……"

姐姐在喊我们。她在麦地边上冲着我们招手。她换了一身新衣裳，站在家门口的树桩上喊我们。"她是一个好姑娘。"他转过头望着她。我们往拖拉机那边走去。"你摸过姑娘吗？"他站到链轨板上问我。"什么！"我吓了一跳。"摸过姑娘这儿吗？"他的手往我胸前摸一下。我闪开身，身上的血全涌到脸上。"哈哈哈……"他笑起来，"别害怕。"他瞅瞅我。"我想都没想过。"我说。我们坐到驾驶室里。"没想过吗？"他问，眼睛意味深长地眨动着。"没有。"我说。"哈哈哈……"他笑得越来越难听，眼睛里越来越复杂，堆了好多的东西。

"她和那个大男人手拉着手。"我能够听到杨香的说话声。"喂！"我跟在他们后面，叫三杨家的园障挡住，杨香没有看见我。"干什么？"他们听见我喊他们，停下来，我指一指他们跑过去的院子，他们退回来，等着我赶到，我们一起来到他们家的院子里。

他们在给牛身上泼柴油。正是那头牛发出"吭哧吭哧"的声响，"烦死人！"姐姐总是说的那头黑白花奶牛。其实是国顺在泼柴油，杨香站在玉米楼下看着他干活。废柴油味儿弥漫开来，像沾在身上一样，躲也躲不开。花牛拴在障子边上的一棵杨树上。三杨也在，在朝着路边的牛背后面，我们没有发现。他和国顺站在树荫下面，站在牛的两边，他们轮番用脸盆往牛身上泼着柴油。"躲开！"三杨见到我们过去马上说。我们后退几步，退到他们家仓房下面的一堆木头上，房山上落下斜长的阴影遮住我们。"这是干什么？"他站在木头上半张着嘴，看着眼前的牛身上沾满黑乎乎的柴油，一副弄不明白的样子，柴油"滴滴答答"地往下流。落下来的树影打到牛的头部，牛"哞哞"地叫着，鼻孔上穿过来发亮的铁环，铁环拴在绳子上，绳子拴在树干上。"这是干什么？"他口中喃喃自语。我们踩在同一根木头上，他的腿在上面颤悠，带动我们也跟着颤悠起来。"嚯——"他又回头看见和仓房连接着的房山，房前房后支着好些柱子，"这还住人！"他惊叹道，"你们还住里面？"他问他们，没有人回答他，"四处漏风！"他看着裂开缝子的房子。"躲开躲开！"三杨又说我们，并向我们走过来，"看什么看！"他向我们挥着手，"去去去。"满脸不耐烦的表情让我们离开，不让我们说他的房子，说他的房子裂开的口了，说还能够住人吗。接着！他扔过去一支烟。"唷——"三杨没有准备，烟掉到地上。"接着！"他又扔过去一支，扔得比第一支高。"唷唷——"三杨捧着手举起来。接着，他扔过去一支，扔得比前两支还高，两支烟都在空中，一前一后往下落，"唷唷唷——"三杨不知道接哪支，捧着手来回跑。"哈哈哈……"他笑起来。"嘿嘿嘿……"三杨也冲我们笑起来，把掉到地上的三支烟捡起来。

"我回屋抽口烟去。"三杨不再让我们躲开，一支烟就不让我们躲开，就说回屋去抽一口烟去，不再管我们说他的房子，说还能够住人吗。"去吧去吧！"他冲着三杨喊道，好像是他批准三杨去的。

"就他和他妈住屋里。"国顺看三杨进屋告诉我们。"不是你爹哈。"杨香说。"是我爹。"国顺改口道。"那能住吗！"他撇着嘴冲着房子指一指，又喊着道。"反正我不住。"国顺脸红一下，停下手里的活，拎着沾满黑色柴油的脸盆，绕过黑色的柴油桶，走到我们站的仓房下面，离我们一米远的距离，站在充足的阳光里，脸上总有一种寄人篱下的复杂表情。"干吗往它身上泼柴油？"他看着国顺走近，不再问房屋，高声问干吗泼柴油。"噢——"国顺脸不红了，"噢"了一声。他又高高地扔给国顺一支烟。"好烟！"国顺接住了，脸上有了巴结他的笑容，低着头看着烟牌子，把烟夹到耳朵后面。"抽啊！"他让国顺抽烟。"不行，火挨着柴油就坏啦。"国顺说。"是吗？"他扔掉烟。"没事儿，你离油桶这么远没有事儿。"国顺说。"别价，'轰'的一声我们都得完蛋！小命就没了！"他开始满嘴油腔滑调，与在我们家里诚恳的表现完全不一样。"我们是乡下。"国顺说，语气低沉下来，脸上充满对他的羡慕。"你们和乡下不一样。"他摇着头。"乡下都一样。"国顺说。"不一样，我们那儿的郊区那才叫乡下。"他用手在脸前比画出来跟他的脸差不多大小的地方，"屁股大小的地方一个村子连着一个村子，像样的山都没有。"他高声告诉我们。"那才是农村。"姐姐说。她已经跑过去，离开我们，和杨香站在玉米楼下面，和我们隔着乱七八糟的院子，笑眯眯地望着他。"我们不是农村？"我头一次听说。"是吗？"姐姐悄声问道。"呵呵呵——"国顺大笑起来。"不一样就是不一样，一眼望不到头的山，山连着山。"他指着我们视线所及的山脉。连绵起伏的完达山脉，永远发出淡蓝色的光芒。"你不是说像外国的农场？"姐姐继续询问。"对，像外国的农场，家家户户有牛又有马还种麦子，你们都是农场主。骑着一匹烈马，戴着一顶巴拿马草帽。"他伸手够到仓房房檐下探出来的一根橡木，摇动起来，摇得房顶上的草掉下来。"倒啦！"我说。"是吗——"他叫道。不敢再摇，眨着眼睛往我这边躲一躲身子。"再来一杆枪抱在怀里。"姐姐说。"对！"他转过头冲着姐姐赞叹道。"真带劲儿！"姐姐伸手搂住杨香的脖子，摇晃着杨香，眼睛里闪闪发光。杨香"咯咯"地笑起来。"外国，"国顺摇着头，"外国，"他嘀咕着，"外国住这么破的房子，"拎着盆走回到黑色的柴油桶跟前，拧开带丝扣的桶盖儿，快把油桶推倒，才倒出来满满一盆柴油，"那是做梦！"他端起脸盆，把半盆柴油泼到牛背上。"没有梦就没有现实。"姐姐继续摇着杨香，杨香继续笑着。"你做梦去吧，"国顺绕到花牛前面，"你现实去吧，"又把半盆柴油泼过去。

"咔吧"一声，我们脚下的木头断了。"哎哟——"他跳出去，站到阳光下。"有什么好看的。"姐姐放开杨香，跑过院子，拽住他的手。"我看看。"他弯下腰，看着牛头上除了两只眼睛，鼻子、嘴都变成黑色，还在"滴滴答答"流着柴油，柴油滴了满地。"走啊！"姐姐把他拽到风化石路上。"我看看，"他侧着身子往后看着，"干吗往它身上泼柴油？"他边往后看着边问。"因为牛身上都是癣。"姐姐说。"牛身上也生癣吗？"他站下来。"当然生癣啦！"姐姐说。"我以为就人身上生癣。"他眨着眼睛。"快点儿。"姐姐又听到篮球声，用力一拽他，她喜欢看他打篮球。他们往三杨家房后跑去。

"你和他长得像。"杨香一直走到路边，倚在园障上面，看着他们跑进球场，才向我投过来目光。目光耐人寻味起来。"他是我哥。"我瞅着牛脑门上一圈一圈的卷毛儿。"你哥——"杨香拖着长声，"他是你哥呀——"声音越拖越长。"对呀——"我学着她拉着长声。"那他妈是谁呀？"她不再拉长声。"他妈是谁？"我没有想到她会这么问。"他妈是北京人吗？"她又看着我。"你怎么知道的！"我吓了一大跳，觉得她什么都知道了。"我听出来他说的是北京话。"她说自己听出来他的音调儿。"郑喜凤会说上海话，"她接着说出来吴密华的老婆，"王霞会说河南话，"她又说到崔星的老婆，"王瑞兰会说厦门话，"又说到谁的老婆都不是的女人，"回老家现在也没有回来，"她抬起头一口气说出来三个女人。"我也会说广东话，"她最后说到自己，"侬好啊——"说出来怪里怪气的腔调，"侬吃了吗？"好像不是她的厚嘴唇说出来的腔调，"不信你问一问国顺。"她又改回来自己的腔调，指一指国顺。我看一看国顺，他还在埋头干活。"我妈还会说安徽话，"杨香提到她妈那一辈的人，"我们祖祖辈辈都出去给人家看过孩子，都见过大世面！"杨香渐渐骄傲起来。"你见过什么世面？"我好奇地问她。"怎么的？"她的眼睛瞪起来。"行啦！"国顺说。"怎么啦？"我看见她那双挑衅的目光。"你妈干活还总戴头巾——"她又拉起来长声。"怎么啦？"我说。"好像谁没有戴过头巾似的！"她把眼睛也瞥起来，"嘁——哥！"她"嘁"着学一声"哥"。"非得是我妈生的我才叫哥。"我知道她往下要说什么话，我不再害怕。"好像谁没有生过孩子似的！"杨香果然说起来。"你别没话找话。"国顺干完活，满手黑乎乎。"唉——"杨香却没有继续说下去，却突然长叹一口气，"落叶总得归根呀！"突然显得意味深长起来。"杨香——"国顺喊着她。"本来就是呀！"杨香徐徐地说，"本来就是金窝银窝不如自己家狗窝呀！"她徐徐放开声音，脸色也爽朗起来。"你别理她。"国顺说。"我没有理她。"我说。"嘿嘿嘿……"国顺又有了巴结的笑容，笑着拽下来房檐上的一把草，来回来去地擦呀擦呀，擦着手上黑乎乎的柴油。

天完全阴下来，阴得低低的、灰蒙蒙的，仿佛一片灰色的草。我们坐在树桩上面。一共六个树桩。我们五个人。剩下一个空着，爹把脚踩在上面，爹坐着一个踩着另一个。

"等我过几天带你上山去。"姐姐说。

"别听她的。"妈妈说。

"听咱爹的。"他说。他说爹不说爸。他们是两个人。

"我才不愿意听他们说。"姐姐噘起嘴，表现出与她年龄不相符的天真神态。

"听着听着。"他说。

爹放下来脚，没有说话，他在抽烟。阴沉沉的天气里，吸进去的烟，从鼻孔喷出来，在脸前散开，脸变得模糊不清。

"我进过一次山，山里头什么都没有，"姐姐说，"我以为什么都有。"

"听着听着。"他说。

"我也进过山。"我说。

"你们别坐那么近。"妈妈说。

姐姐的两只手杵在他的膝盖上，头好像要扎进他的怀里。我们看见一匹马从房后面走出来。我们并没有注意他们。马低着头绕着树干走，从一棵树下走到另一棵树下。在每一棵树干上闻一闻，打一个响鼻儿。

"你们还坐那么近？"妈妈说。

"我哥怕什么。"姐姐说。

爹看他们一眼。他侧身坐着，余光看到他们。

"起来起来——"他把姐姐推起来，"坐好啦，"他说。

"不！不！"姐姐又噘起嘴。

"瞅你的样子。"妈妈说。

"谁！"爹说。

"绷着脸给谁看！"妈妈说。

"我就烦那么严肃。"姐姐说。

"有你什么事。"我说。

"你也少插嘴！"妈妈说。

"你去把它轰走。"爹说。他用夹住烟的手指着房山对面，对面一排树，在阴天里，树干上渗出一层细密的水珠儿。树在阴天里出汗。

"你把它轰走。"爹说。

"我去。"他站起来。

"你坐着！"爹说。

"我去。"我站起来。

马开始啃树干上的皮。马白色的牙露出来，往上翻动的唇部露出来，一下一下抽动着，皱起来黪黑的鼻子。隐隐约约有雷声在遥远的山顶上响起来。我走近马，看见它竖起耳朵不停地颤抖。

"爹！我想我还是回去。"他说。

"回去干吗？"妈妈的声音吃惊又空洞，好像在胸腔里转悠半天的声音传出来。

"你要走——"姐姐喊道。

"爹！"他说。

爹没有说话。他们在我身后一动不动，仿佛他的话没有说过，仿佛爹在思考着很远的事情。"爹！"仿佛这个称呼不是对爹说的。"爹！我想回去。"这种称呼肯定不是对爹说的，也不是想回去的意思。

"你听见没有？"妈妈探过身子，冲着爹喊道，"喊你那么多声爹爹爹，你听见没有？"

爹"噢"一声，笑一笑，脸上皱起许多褶子，"噢，"他没有说什么，只是这么"噢"了两声。

"你说话呀！"妈妈说。

"爹——"姐姐喊道。

"什么？"爹说。

"爹，我回去吗？"他说。

爹"噢"了第三声。

"你'噢'什么'噢'！"妈妈说。

我用脚踹着马的屁股，我不断地踹它的屁股。它总是在下一棵树下停顿，总是把嘴伸到树皮上面。我必须接二连三地踹它，直到把它踹到房后为止。

我往回走，看到灰暗的天上有积雨云在发展在壮大。我们家的房子，还有他们——爹、妈妈、姐姐和他，坐在树桩上，显得很老实、很呆板，像又长出来一截截的树干，顺着树桩长起来的树干。他们之间像这会儿阴沉的天空，酝酿着一场大雨来临。

"回去吧！"爹终于说话。

"这是你说的话！"妈妈说，她站起来，离开树桩，手指在爹眼前晃动，"你这叫说话！"她说，"说的什么狗屁话！"

"妈！"他站起来。

"狗屁话！"妈妈转身往屋里走去。

"爹——"姐姐看着爹喊，"妈——"她又看着妈妈喊，"哥——"

又看着他喊道，"我跟我哥一起去！"她突然决定。

"你去！你也去生一个'野种'！"爹突然愤怒起来。

"妈——妈妈——"他只喊妈，不喊别人。"妈——"他连声喊着，紧跟在妈妈身后，高大漂亮的身躯紧粘在妈妈后背上，手在她肩膀上悬着，随时要放下来，随时要把她搂在怀里。

"我去！我穿上我哥给我妈的旗袍、穿上给我妈的靴子、披上给我妈的披肩……我和我哥一起去北京！"姐姐变得更加地坚定起来。

我们等着火车从辽阔麦地里东西走向的山坡后面出现。这是一个叫新建的五等小站，和我们家相隔十里地。一条铁路穿过四幢瓦房，瓦房上面涂满黄土粉子。房前房后摞着铁轨下面使用的枕木。浸过防腐剂的枕木，黑黢黢地摞成一垛又一垛。人们陆陆续续从我们对面的麦地里，从我们身后宽敞的土道上，往这条铁轨跟前聚集过来。聚集起来的人们，说话的声音很大。有的是男人有的是女人，俩俩一对或更多的装束当中，总有一个是干干净净的装束，拎着旅行包，眼睛望着对方的眼睛，像是父女像是母女还像是姐妹，共同地攥着旅行带，叽里呱啦，连比画带说，旁若无人，表情生动，好像有说也说不完的话，有憧憬不完的景象。

我们没有站在一起，我们站成三拨。妈妈和他一拨，他们站在一道铁丝网下面。姐姐挎着旅行包和我倚在枕木上。爹自己一个人倚在另一垛枕木上。

"还不快点儿，"姐姐已经穿戴上妈妈的旗袍、妈妈的贝雷帽、妈妈的皮靴子，已经花枝招展，"有什么大不了的，"已经用头压在胳膊上，胳膊支着枕木，背朝着我，脸朝他们望过去。妈妈也是背朝我们。他的脸一侧朝着我们，另一侧朝着铁轨对面的黄色房子，正面朝着稻田地。"快点吧，快点吧——"姐姐用手拍打着枕木。他们没有任何动作，手垂在衣服两边，各自望着各自的方向，一动也不动。也看不见他们嘴动，他们应该在说话。"他们又该说什么？"我们都在想。"行了吧！"姐姐几乎喊起来，用脚踢枕木，眼光又急躁又闪闪发光。

铁轨周围的人们，脸上停止了兴高采烈的表情，一起扭向一个方向，一起行动起来，离开铁轨，向两边跑开，让出来铁轨两边七八米远的距离。突然都不说话了，一起望着那个方向。山包后面出现火车头喷出来的白色蒸汽，一股接着一股，连成一道又粗又长的白线，横着飘散开来，越飘越宽，变成一片白雾挂在更低的积雨云下面，也不消散。

爹从我们身边走过去。

"爹——"我想把他叫住。

"干吗？"他虽然答应，但没有停下来，摇晃着身子，两只手背在背后，迈着自信而又稳健的步伐。

姐姐在我眼前挺直身体，看见爹走过去，指一指爹，摆一摆手，不让我出声，自己笑嘻嘻地跟上去。我没有她那么小心翼翼、那么欢天喜地，跟在她身后离他们很近停下来，看着他们俩——妈妈和她的儿子。不包括我，好像我不是她的儿子。我看着另外一对母子，他们即将分别。爹也和我们一样，不是他的爹，也不是妈妈的丈夫，是他们的局外人，他们之间还有一个人，我们看不见他，但他存在着，横在我们中间。我们平静地看着他们，看着那个人。

"过去呀！"姐姐再也等不下去，推一推爹，又推一推我。她不像我们，她把他真正当成哥哥，把自己当成他们中间的真正一员：脸色发红，眼睛发亮，激动得浑身上下都在跳动。"干吗？"爹故作镇定，"让他们说会儿话。"他镇定说。我们不再吭声。我顺着两条铁轨看出去，它们发出两条耀眼的亮光，在越来越远的地方，变得越来越窄，变得光线在上面闪烁的过程。爹对着妈妈头发浓密的后脑勺，眯缝着眼睛，好像那里面埋藏他不知道的所有内容，令他迷惘令他费解，更令他愤愤不平。"姐姐哪——"我正想到她。"哥——"她已经做出来回答，"妈——"她召唤着他们，丰满的圆脸庞上，像成熟的柿子，鲜艳夺目，喊声被四周的嘈杂声压下去。

"怎么，还走不走啊！"姐姐转身奔过去，横在妈妈和他的中间。

"妹妹。"他低沉地说，揽住她的肩膀。"嘻嘻嘻……"姐姐笑起来，抱住他的胳膊。妈妈紧闭着嘴没有说话。他们脸色沉闷，像刚刚苏醒一样，刚刚从谁也说不清的里面苏醒，他们自己也说不清楚的里面。我们长吁一口气，是我和爹，不是他们俩也不是姐姐。我们不看他们，都面向铁轨，等着火车进站，铁轨发出"咣当咣当"的振动声，连同我们脚下的地面一起振动起来。

"你——"他伸出手臂，越过姐姐，双手扶着妈妈的肩膀探过头，"你要对我妈妈好。"他说的是"你"，不再是他的爹，不再是我妈，是他的妈，"你要对我妈好——"他瞪大眼睛喊起来，好像是另外一个人，一个我们谁都不认识的人，呼喊着自己的妈妈，警告着另外一个人。

"给！"爹转过身，好像没有人喊他，他出人意料掏出来一沓钱——三百块钱。爹没有瞅他，晃动着手里的钱，钱松松散散地展开来，一张又一张耷拉下来。"我不要钱！"他几乎要冲过来。"拿着！"妈妈说。"不要我不要——"他喊起来。"哥——"姐姐尖厉地叫一声，抓住他越过自己的一只胳膊，把它拽下来，拽到妈妈的胸口上，用力地按了又按。"行啦吧行啦吧——"她一遍又一遍地劝慰，"再见吧，再见吧！"一遍又一遍地让他们轻松欢快地告别。

汽轮机车头开进站，巨大的车头连同巨大的曲轴从我们眼前轰轰隆隆地掠过去，带来的风吹动妈妈的头发，还有我们身上的衣服随即鼓起来。

　　"拿着吧！"爹停下晃动的手，把钱放到指向自己空着的手里。"我不缺钱！"他的声音低下来。"就算我给的。"妈妈接过来钱，说明钱归属了她，说明她和爹分开来。"行！"他才接过去钱，放进上衣口袋里。"别放那儿！"妈妈掏出来，"放哪儿呢？"在他身上寻找着安全的地方。"放我这儿！"姐姐抬起头，夺过钱去，打开紫色旗袍的斜襟儿。"没有兜啊？"斜襟儿里面没有兜儿。"兜儿在这儿。"妈妈给她拉开斜襟外面的兜儿。"光有一道拉锁儿？"她把钱放进斜襟儿带拉锁的兜里，"哥有大头针吗？"姐姐突然想到。"什么？"他被愣住。"我用大头针别拉锁上"姐姐说出她的打算。"哈哈——"他笑起来，"没有人敢偷我们。"脸上又生动起来，又变得油腔滑调起来，但一瞬间又消失了。火车停下来。"快上车吧！"爹说。"才停一分钟！"我说。"我们走了。"他盯着妈妈，盯着妈妈朝后退过去，退到车门口，撞到梯子上，转身抓住车厢上的把手，踩住梯级，把身体用劲带上去，姐姐早已上去。信号员在我们前面笔直地站住，打开两面旗子，一面红的一面绿的，举到头顶上，交叉着摇晃起来。

　　"妈！"他挂在车门上，还有姐姐。"爹！"姐姐半截身子伸出来，两个人都伸出来长长的手臂，都呼喊着各自的亲人。他已经泪流满面，姐姐还是满脸欢笑，还是一身的旗袍、贝雷帽、靴子，还是满不在乎四周异样的目光，还是兴奋异常。"妈妈——"他们终于呼喊起来共同的亲人。妈妈！我拽住妈妈，不让她往前跑，不让她离开我们，不让她和我们周围跑起来的人一起奔跑。"放开我！"妈妈严厉地说。"放开吧！"爹让我松手。我放开手。妈妈并没有往前跑，也没有流眼泪。一点儿表情也没有。

跋：

一切不过如此

重新打量这些容颜老去依然倔强执拗、待嫁闺中的老姑娘，拂去尘埃，仍看出几分新娘的姿容：首先它（她）是周正的，其次它（她）是纯粹的，再有它（她）是雍容的。有些不自量力的自我甄别，肯定不是创作初衷。

源头无从找寻，记得是沉浸在大量阅读里面，渐渐进入忘我状态，不知身边城郭早已沸腾如潮，诞生一个个褴褛且生动的财富大梦，无序且嚣张的人们口干舌燥、焦急万分，仿佛没有来处没有归途……同样没有归途的阅读背道而驰，渐行渐远，来到了草木深深城郭之外。

自然界静默无声，依照自己规律枯荣有序，不动声色，仪态万千。

人界冥界神界，循环往复，恒久不变。

何以描述这不变的景象，并将此景呈现出来，用以慰藉实则已是骚动的内心。

作为一次祭奠的旅行，携带阅读获得的领悟，回到熟悉的细节当中，如同回到滋润的雨滴当中。

一旦沐浴其中，阅读的领悟便会匍匐下来，吸收到生命的源泉，依照它们自有的规律，萌发直至绽放，开放出自己的花朵，恣肆且摇曳。

无论微风掠过，无论暴雨将至，无论寒霜来袭，镇定自若完成自己的枯荣。没有瞻前顾后，没有患得患失，没有山呼海啸，甘愿自生自灭，遗留下等待萌生的种子，随风飘逝，生生不息。一切不过如此。

可以谈论的创作感受就是这些了。其实作品是不可以说明的，因为一旦完成，就有了自己缜密运行的轨迹，说明只会是挂一漏万、于事无补的徒劳。就像与嚣张对峙与争辩，其实都是徒劳的。不如超然物外，不如茕茕孑立……

其实所有的"不如"已是深陷其中，那么浑然不觉，处子般静观伫立，不是更好地觉悟？只是这般曼妙地舒适，要看造化的深浅了。所以，我们注定是孤立无援的！

图书在版编目（ＣＩＰ）数据

图景 / 何凯旋著. -- 北京 ：中国文史出版社,
2022.11
　（锐势力·名家小说集）
　ISBN 978-7-5205-3822-0

　Ⅰ．①图… Ⅱ．①何… Ⅲ．①中篇小说－小说集－中
国－当代②短篇小说－小说集－中国－当代 Ⅳ．
①I247.7

　中国版本图书馆 CIP 数据核字 (2022) 第 185877 号

责任编辑：胡福星　　全秋生

出版发行：中国文史出版社
地　　址：北京市海淀区西八里庄路 69 号　　邮编：100142
电　　话：010－81136602　　81136603　　81136606（发行部）
传　　真：010－81136655
印　　装：廊坊市海涛印刷有限公司
经　　销：全国新华书店
开　　本：787 毫米×1092 毫米　　1/16
印　　张：15.75
字　　数：248 千字
版　　次：2023 年 3 月北京第 1 版
印　　次：2023 年 3 月第 1 次印刷
定　　价：58.00 元